A TABUADA DO TEMPO

CRISTÓVÃO DE AGUIAR

A TABUADA DO TEMPO
A LENTA NARRATIVA DOS DIAS

A TABUADA DO TEMPO

AUTOR
CRISTÓVÃO DE AGUIAR

EDITOR
EDIÇÕES ALMEDINA, SA
Avenida Fernão de Magalhães, n.º 584, 5.º Andar
3000-174 Coimbra
Tel.: 239 851 904
Fax: 239 851 901
www.almedina.net
editora@almedina.net

PRÉ-IMPRESSÃO • IMPRESSÃO • ACABAMENTO
G.C. – GRÁFICA DE COIMBRA, LDA.
PALHEIRA – ASSAFARGE
3001-453 COIMBRA
producao@graficadecoimbra.pt

Junho, 2007

DEPÓSITO LEGAL
258645/07

Os dados e as opiniões inseridos na presente publicação
são da exclusiva responsabilidade do(s) seu(s) autor(es).

Toda a reprodução desta obra, por fotocópia ou outro qualquer processo,
sem prévia autorização escrita do Editor,
é ilícita e passível de procedimento judicial contra o infractor.

OBRAS DE CRISTÓVÃO DE AGUIAR

POESIA:
Mãos Vazias,
ed. do Autor com a chancela da Livraria Almedina, 1965 (fora do mercado)

O Pão da Palavra,
Cancioneiro Vértice, Coimbra, 1977

Sonetos de Amor Ilhéu,
ed. do autor, Coimbra, 1992 (esgotado)

PROSA:
Breve Memória Histórica da Faculdade de Ciências
(No II Centenário da Reforma Pombalina, Coimbra, 1972 (esgotado)

Alguns Dados sobre a Emigração Açoriana,
Separata da revista Vértice, Coimbra, 1976 (esgotado)

Raiz Comovida (A Semente e a Seiva),
1.ª ed., Centelha, Coimbra, 1978
(Prémio Ricardo Malheiros da Academia das Ciências de Lisboa);
2.ª ed. Bertrand, 1980 (esgotado)

Raiz Comovida II (Vindima de Fogo),
1.ª ed. Centelha, Coimbra, 1979 (esgotado)

Raiz Comovida III (O Fruto e o Sonho),
1.ª ed., Angra do Heroísmo, SREC, 1981 (esgotado)

Raiz Comovida (*trilogia romanesca*),
ed. num só volume, Editorial Caminho, 1987;
2.ª ed. revista e remodelada,
Publicações Dom Quixote, Lisboa, 2003

Ciclone de Setembro (*romance ou o que lhe queiram chamar*),
Editorial Caminho, 1985;
2ª ed. refundida (segunda parte de *Marilha,* sequência narrativa),
Publicações Dom Quixote, 2005

Com Paulo Quintela À Mesa da Tertúlia, nótulas biográficas)
1.ª ed., Serviço de Publicações da Universidade de Coimbra, 1986;
2.ª ed. revista e aumentada (no 1.º centenário do nascimento de
Paulo Quintela),
Imprensa da Universidade de Coimbra, 2005

Passageiro em Trânsito, novela em espiral ou o romance de um
ponto a que se vai acrescentando mais um *conto*),
1.ª ed. Editora Signo, Ponta Delgada, 1988;
2.ª ed. refundida, Edições Salamandra, Lisboa, 1994

O Braço Tatuado (narrativa militar aplicada),
1.ª ed. Editora Signo, 1990 (esgotado)

Emigração e Outros Temas Ilhéus, miscelânea),
Editora Signo, 1992 (esgotado)

A Descoberta da Cidade e Outras Histórias,
Editora Signo, 1992 (esgotado)

Grito em Chamas, polifonia romanesca),
1.ª ed. Edições Salamandra, Lisboa, 1995;
2.ª ed. revista e remodelada (primeira parte de *Marilha*),
Publicações Dom Quixote, 2005

Relação de Bordo (1964-1988), *diário ou nem tanto ou talvez muito mais*,
Campo das Letras, Porto, 1999 (Grande Prémio APE /CMP, 2000)

Relação de Bordo II (1989-1992), *diário ou nem tanto...*
Campo das Letras, 2000

Trasfega, casos e contos,
Publicações Dom Quixote, Prémio Miguel Torga 2002,
1.ª ed. 2003; 2.ª ed. 2003

Nova Relação de Bordo (final da trilogia), *diário ou nem tanto...*
Publicações Dom Quixote, 2004

A Tabuada do Tempo, a lenta narrativa dos dias,
Prémio Miguel Torga 2006, Livraria Almedina, Coimbra, 2007

Tradução
A Riqueza das Nações, de Adam Smith
Fundação Calouste Gulbenkian

Cristóvão de Aguiar nasceu no Pico da Pedra, Ilha de S. Miguel, em 1940. Frequenta Filologia Germânica, na Faculdade de Letras, em Coimbra, curso que interrompe para tirar o de Oficiais Milicianos. Em Abril de 1965 parte para a Guiné, deixando o livrinho de poemas *Mãos Vazias*, publicado. Regressado em 1967, conclui o curso, lecciona em Leiria e volta a Coimbra para apresentar a sua tese de licenciatura, *O Puritanismo e a Letra Escarlate*. Foi redactor da revista *Vértice*, colaborador, depois do 25 de Abril, da Emissora Nacional com a rubrica "Revista da Imprensa Regional" e Leitor de Língua Inglesa da Faculdade de Ciências e Tecnologia da Universidade de Coimbra. A experiência da guerra colonial forneceu-lhe material, inicialmente integrado em *Ciclone de Setembro*, de que era uma das três partes, e autonomizado mais tarde com o título *O Braço Tatuado* (1990). Da sua obra, por diversas vezes premiada, destacamos *Raiz Comovida I* (Prémio Ricardo Malheiros), *Relação de Bordo* I – *Diário ou nem tanto ou talvez muito mais* (1964-1988) Grande Prémio da Literatura Biográfica da APE/CMP, *Raiz Comovida: Trilogia Romanesca* (2003), *Trasfega – Casos e Contos* (2003), Prémio Literário Miguel Torga, *Nova*

Relação de Bordo (3.º volume de Relação de Bordo), 2004, os quatro últimos publicados na Dom Quixote, *A Tabuada do Tempo – a lenta narrativa dos dias*, (prémio literário Miguel Torga), Livraria Almedina, 2007, que, por curiosa coincidência, foi a primeira chancela do Autor quando publicou *Mãos Vazias* em 1965. Em Setembro de 2001 foi agraciado pelo Presidente da República com o grau de Comendador da Ordem do Infante Dom Henrique. Em 2005 foi homenageado pela Universidade de Coimbra pelos seus quarenta anos de vida literária, tendo sido publicado um livro, organizado pela Prof. Doutora Ana Paula Arnaut, com todas ou quase todas as críticas feitas à obra do Autor no decurso dessas quatro décadas.

PRÓLOGO

A aparente insignificância de cada instante do dia ou da noite é transcendida por Cristóvão de Aguiar com a paixão de quem vive esses momentos como se fossem os últimos, os decisivos da sua vida: ungindo-os – como se de um feito religioso se tratasse – com o amor, numa sacralização invasora que inclui quer o erotismo referido a Ela, quer o humanismo com que contempla o Outro, um Outro que, além de incluir o Homem, contempla também os bichos – o *Isquininho* ou o *Adónis* – e a própria Natureza.

E a memória – desencadeada pela sensualidade do aroma de uma flor, ou do toque aveludado de uma pele ou de um objecto, das cores da terra, do ar, da água, do som pacificador da música clássica ou do inquietante tilintar de uma bigorna, dos signos escritos de qualquer livro – lança as pontes dos emotivos encontros e desencontros que vivificam a sua infância, o Longe, o sentimento de momentâneas ausências que o tempo foi transformando em definitivas, numa topografia humana que une à Coimbra da paisagem e do afecto, das tertúlias e do irreprimível veneno literário e da amizade, com a Lisboa do amor, com o Canadá e a Nova

Inglaterra da emigração familiar, com o obsidiante passado de combatente na Guiné-Bissau e com as Ilhas, objecto de uma mitologia pessoal, organizada à volta da imaginação prodigiosa de Cristóvão de Aguiar, mas fruto, igualmente, de uma realidade vivida num apego constante às suas origens, dotadas de uma humildade basáltica enobrecida por ciclones oceânicos.

São, no entanto, as páginas dedicadas à própria escrita as que consubstanciam a oração mais intensa que percorre esta *Tabuada do Tempo*. Oração diversificada em metáforas referidas à palavra ("o seu coração de magma batendo na chaga esquerda do peito") ou ao escritor ("barco à deriva, com estragos na quilha"). Poucas vezes nos é dado assistir a uma luta tão agónica para atingir a perfeição da palavra como esta a que o escritor aqui se entrega. "Escrevo, diz Cristóvão de Aguiar, para iludir o tempo e procurar uma perfeição que nunca se deixa apanhar".

É na inatingível procura dessa perfeição que se debate, convicto de que a sua salvação como ser humano encarna-se nela e convicto também de que a sua sina vai ser a de nunca alcançar nem uma nem outra.

O humor franco e aberto que perpassa estas páginas e que consegue os seus mais originais registos na escatologia manifestada em frases (atente-se na comicidade impressa na adjectivação de "ventosidades silentes ou sonorosas") ou vertida em histórias (a referente a dona Prudência e o Ti Zé Peidão, por exemplo), estabelece um contraponto na expressão, refreando o ímpeto desse sentimento de incompletude que percorre o livro e que parte da solidão para desaguar na solidão, após a penosa travessia feita no deserto por uma afectividade, por uma criatividade e por uma autenticidade absolutamente invulgares numa época como a nossa, em que impera a forma mais banal e inócua das narrativas *light*.

Cada frase desta *Tabuada do tempo* transforma-se numa revelação estilística, com descobertas lexicais e sintácticas que, iludindo a divagação, partem da procura no cerne da língua portuguesa, identificando o estilo de um autor que mostra nesta obra o ponto mais alto da sua maturidade literária.

Eloísa Alvarez
(Porta-voz do Júri do Prémio Literário Miguel Torga)

[...] eu preciso deste cigarro antes de adormecer. Em pequeno, sem saber bem porquê, a esta hora benzia-me; agora, igualmente sem ver a fundo a razão da coisa, escrevo um diário. [...]

Miguel Torga, *Diário I*

16

JANEIRO, I

Sinto-me e sento-me à borda do pânico. Por seu turno, gera outro maior e sempre por aí acima, em espiral, até ao inferno interior da culpa total por tudo quanto acontece dentro e fora de mim. *Quem te manda a ti pensar que a escrita é o pão do teu supreio e a serenidade do teu espírito?* E, depois, o universo e tudo quanto nele habita vai moendo e doendo no tutano do íntimo. Caprichosa, a escrita. Deleita-se em vingar-se de quem dela se abeira de coração inseguro e de mãos menos limpas. Não descortino o motivo de tal vindicta que me foi imposta, nem que pecado cometi para que me pusesse neste estado de astenia anímica. O ano lá entrou com foguetes de lágrimas e outras mais verdadeiras em seus interstícios. Caiu-nos no regaço sem qualquer adjectivo (a gente encarrega-se de o qualificar, consoante a catadura dos humores, directamente pautados pela andadura da vida). Pegava já de sentir uma certa manqueira psíquica, poalha de angústia à mistura com um acento tónico de culpa. Nasaliza-me as vogais de certos sentimentos e torna-os roufenhos. A mente, por afinidade e simpatia, vai colaborando ou vai-se corroendo, nunca o consegui deslindar. Acontece-me muitas vezes desde que de mim dou alguma fé... O velho hábito de me lamber as feridas em público. Não será de somenos importância, não! Desde o ano passado que não vinha aqui pôr-me diante de mim, quase de joelhos, à espera de uma absolvição que nunca por nunca desce de qualquer céu, inventado ou não. Só quando o instalo dentro de minha casa interior – a procura da palavra nunca atingida – recebo dele algum alívio tão efémero quanto um orgasmo e tão precioso e imperativo como ele. A consciência, ou o que seja, já me atirava setinhas pontiagudas. Ao princípio abaixo ou acima da *mouche* (com essas podia eu bem). De há algum tempo para cá tinham o condão de acertar no coração do alvo – eu próprio e mais ninguém.

JANEIRO, 2

Há dias a fio que ando como um criminoso rondando o local do crime – a secretária e o que ela carrega em seu dorso: este computador portátil que me tem servido de lareira, acalentado de certos frios e entranhado grandes alegrias breves... Aproximava-me, mas não tinha o alvedrio de lhe tocar, não sei que força oculta deles me arredava, como se tivesse pavor de apanhar um choque de um fio eléctrico descarnado. Adiava o instante mortificador, atabafando como podia e sabia a chiadeira de desvairadas vozes, do mesmo passo que procurava silenciar as campainhas que já se faziam retinir por todo o íntimo, como cogumelos em chão de chuva. Vinham ecoar nas quatro paredes dos meus limites já transformadas em cantilenas acusativas.

JANEIRO, 3

Acordei de imaginação entupida. Não sei que coágulo nela se atravessou, talvez o bafor mormacento caindo sobre a Ilha e o Mar. A Ilha sou eu. O mar, inventei-o! Corta as asas aos pássaros e emudece-os num comprometido silêncio. Uma vez por outra, piam como quem ri da tragédia de não poderem poetar, a alma de penas a escapulir-se-lhes inteirinha pelo bico. Os galos apresentaram-se roucos ao concerto da manhã abetumada. Bem os ouvi num esforço de aplaudir o Sol. Os cânticos chegaram a vir empoleirar-se no peitoril da janela. Sem nenhuma cumplicidade comigo. Acordara sem melodia no miolo do meu descampado. Não fui capaz de os mandar entrar e de os recolher em agasalho de poesia. Atravesso um desses corredores desérticos e desnecessários – conduzem à bancarrota e à solidão. Encontro-me em débito limítrofe da falência psíquica. A escrita, logo a seguir a mim, é quem primeiro dá o alarme e se ressente. Não sei a razão por que de repente se me arvora em inimiga, exigindo-me um corte ou uma interrupção abrupta das relações de mútua e intensa convivência. Como se a sua rigorosa observância me deixasse de ser o imprescindível pão e vinho quotidianos com que cuidava saciar a fome e a sede, ambas em mim abertas em jeito de pequenas bocas ou de breves fontes lamuriando-se nas entrelinhas do espírito. Se é que se não extravasam e alcançam os subentendidos do corpo! Para meu desgosto e grande perda minha, a escrita não me deve constituir o obrigatório respirar da mente, sem o que se poria em dúvida o posterior equilíbrio de viver. *Não estarás a exagerar, a humilhar-te e a agredir-te com o grande motivo de não o teres?* Já o escritor José Régio cogitava o mesmo em relação a um diário escrito com longuíssimas intermitências durante quarenta e três anos de vida literária. Só o procurava por um subtil estratagema da vontade, nunca com a sofreguidão de quem procura alijar, com naturalidade e alívio, uma sobrecarga emocional em cata de uma expressão urgente e adequada, não artística – ele não via o género diarístico com a mesma elevação dos outros (não descortino o porquê da discriminação, se considerarmos que do melhor da obra torguiana, incluindo a poesia, se encontra nos dezasseis volumes do diário, o de Virginia Woolf, em cinco volumes, é considerado uma obra-prima, para já não referir o genebrino Amiel, cujo diário íntimo o tornou célebre após a sua publicação póstuma, e May Sarton, poeta, romancista e diarista americana, que, segundo alguns críticos americanos, elevou o diário a género literário naquele país). Eu, tão ou mais longe de Régio e de Torga e dos outros do que da minha Ilha para sempre perdida algures num mar de mistério, ando para aqui fingindo sofrimentos de escritor verdadeiro por não ter comparecido neste recanto durante algum tempo. *Olha a perda, dizes tu em mim!* Fico enojado da minha pessoa, a máscara com que me cubro. Não sei se esta ausência me provocou algum rombo no casco do navio ou não. Só sei que durante o intervalo me senti à deriva, com baixios e redemoinhos em forma de funil – a bússola da escrita está-me já indicando um norte, não sei ainda se magnético, se geográfico... Hei-de verificar com mais sossego e vagar. É possível que tenha provocado o seu estrago na quilha. Concedo. Teria procedido com muito mais aviso se aqui me tivesse denunciado sem dó (merecia-o), mal pressenti os primeiros indícios depressionários: aliviava-me como quem se confessa de um grande pecado ou de um grande pesadelo e depois fica leve e capaz de fazer a sua estreia em voo planado. E ânimo para dizer todas as misérias sentidas, mesmo utilizando uma linguagem codificada, num papel a que de antemão se pede a cumplicidade do cesto das inutilidades, como já o tenho feito? Depois havia a casa. Devia tê-la passado a estas linhas. Escrever, por exemplo: "Gosto tanto dela ou de mim dentro dela; é pequenina, mas no seu imo fico com a alma arrumadinha, sem nenhuma fralda de fora..." Mudei-me (mudaram-me) no dia mais minúsculo do ano, o do solstício de Inverno, quis assim homenagear o frio. Não tenciono nunca senti-lo, principalmente o que costuma ganir à porta pedindo asilo ou uma moedinha para se ir aquecer à fogueira da esquina... Devia ter escrito isto e outras coisas. Preferi afundar-me no atoleiro. Hei-de emergir. Devagar. Muito devagar. Vou-me agora de abalada em cata dos passos que hei-de percorrer, na esperança de que eles pouco a pouco me devolvam o quinhão de música a que tenho direito. Depois escrevo. Se o não fizer, não cai o mundo das alturas.

JANEIRO, 4

Desde manhã a pôr livros nas estantes ainda meio vazias por via da recente mudança de casa. Canso o corpo e aquieto o espírito insofrido. De uma das vezes em que carregava calhamaços de apreciáveis grossuras, dei com o terceiro tomo do *Teatro Popular Português*, referente aos Açores, coligido por José Leite de Vasconcellos e publicado por ordem da Universidade de Coimbra. Lembrei-me então do episódio da pré-adolescência em que me apaixonei, no teatro da freguesia, pela rapariga que saía de Inês de Castro. E tive saudades. Abri o livro e pus-me a reler o drama nas suas cerca de seis centenas de quintilhas, muitas delas ainda sabia de cor. No início do terceiro período escolar do segundo ano, com exame rigoroso e de apuramento em Junho, um fedelho de doze anos e de recentes calças compridas, apaixonei-me de tal arte por uma rainha de comédia que fiquei com a cabeça e as restantes miudezas em calda de pimenta-malagueta. Já de si pouco famoso, o aproveitamento escolar ressentiu-se com embriaguez e ressaca tamanhas. Mais para a banda da meia tarde, espero de novo assistir à comédia de D. Inês de Castro. Destarte se chama na Ilha a toda e qualquer representação teatral. Cinco actos polpudos e um de variedades para a sossega da lacrimaceira e das tristuras que sempre iam saldando certas dívidas e muitas dúvidas. As lágrimas embaciavam os olhos e as tristezas maceravam os sentimentos da assistência que atafulhava a casa das comédias e fitas faladas da freguesia de Pedreira. Aos sábados vinha da cidade passar o resto do dia à freguesia e a bem dizer todo o domingo. Um belo sábado de meados de Abril, mal me apeara da camionete que chegava à paragem da igreja à uma da tarde, fiquei ciente da novidade: no dia seguinte, domingo à tarde e à noite, ia haver comédia no Cine-Teatro local. Antes que o diabo a tecesse e lotasse a casa de espectáculos, fui logo tratar do bilhete para a primeira sessão. Ao final da tarde, havia que regressar à cidade e aos estudos, e a última carreira passava às sete e meia, hora oficial, há pouco em vigor. Escrito em letras gordas de imprensa num pedaço de papel de saco de cimento, o cartaz colado na parede exterior do teatro rezava: *GRANDE COMÉDIA // D. INÊS DE CASTRO // Enversada pelo falecido cantor popular // José Augusto de Faria // Natural da freguesia da Relva...* Há já algum tempo que me encontro sentado no galarim-galinheiro do teatrinho da Rua Direita, mesmo defronte da casa da escola. Fui o primeiro a chegar, "Ardido, como sempre foi teu timbre", ouço minha Mãe ou minha Avó, respingando. Não queria perder pitada da tragédia vertida em verso por um cantador popular, desses que abundam nas Ilhas e cujos versos repentinos sempre me causaram admiração, principalmente no renhido despique das cantigas ao desafio. A comédia de D. Inês de Castro era em verso. Mais de seis centenas de quintilhas bem escandidas e ainda mais bem rimadas. Davam fé da história real e verdadeira de uma nobre galega, aia de D. Constância, a primeira mulher do que viria a ser cognominado o Rei Justiceiro. De ela enviuvou D. Pedro. Tomado de amores por Inês, rumou a Coimbra e aí viveram durante alguns anos. Nasceram-lhes dois filhos, João e Dinis. Até que, a mando do Rei velho, dois algozes, o Coelho e o Pacheco, vieram assassiná-la ao *país* de Coimbra, onde se acoitara como o seu amantíssimo Pedro. Na "Loa de D. Inês", ou seja, na explanação introdutória do drama, o Vilão faz um resumo do enredo, recitando logo no início: "Vos venho cumprimentar; / Peço-vos, do coração, / Que me dêem atenção, / Para assim poder contar / De que consta esta função." E logo mais adiante: "Com D. Constância casado, / D. Pedro, o Justiceiro, / E de D. Afonso herdeiro, / Parece-me ser provado / Este caso verdadeiro. // Ao fim de tempos, quis Deus, / Este Pedro viuvou; / Para Coimbra retirou / Junto com D. Inês; / Ali com ela casou..." O grupo encarregado da representação, um dos mais afamados dos quatro cantos da Ilha, dava pelo nome de *Grupo Recreativo e Dramático Aliança Triunfante*, da freguesia dos Fenais da Luz. Neste instante, o pano de boca de cena, estampado com uma pintura da empinada ladeira que sobe Vila do Porto, a capital da Ilha de Santa Maria, vai-se erguendo aos soluços e aos guinchos das roldanas mal ensebadas. Encafuada no exíguo fosso da orquestra, a tuna ataca, em ternário valsante, uma cançoneta a condizer. O auditório emite as derradeiras tossidelas para esclarecer catarros e desentupir goelas. As luzes afrouxam. O silêncio principia a encher a sala à cunha... Sai o Infante e exclama para D. Branca, cujo Rei velho queria impingi-la ao filho: "Louvo aos Céus que me criam / E prometem o meu ter; / Às estrelas que me guiam; / Onde matar me haviam / Pelo meu mau proceder. // [...] Vim com D. Inês, de Lisboa, / / Senhora, para aqui direito; / Não desmerecendo vossa pessoa, / Inês é flor que povoa / As salas deste meu peito." A rapariga que sai de Inês deslumbra-me. Tal dom de beleza possui que não tenho palavras que a consigam narrar. Grossas e caladas lágrimas me faz verter por amor de tanto padecimento infligido, nas tábuas do palco, pelos dois algozes a soldo do Rei velho. Quando ela aparece e recita: "Oh Céus! Vos rendo mil graças / Por meus afectos constantes; / A ti, Sol, quando passas, / A esta infeliz abraças / Com os teus raios brilhantes. // Na minha vida passada / Eu fui feliz criatura, / Nunca imaginei nada; / Agora sinto chegada / A minha feliz ventura. // Toda esta manhã andei / Pelo prado, entre as flores; / Nunca o meu amado *vei*; / Porém eu não disfarcei / As minhas tiranas dores" – fico em tremuras de apaixonado à primeira vista, não curando de saber se estava ou não cobiçando a mulher do próximo, pecado mortal que um dos Dez Mandamentos das Tábuas da Lei, o sexto, condena com severidade... Ao fim de duas horas de representação e com mais uma para representar, já estou sentindo qualquer coisa gostosa no íntimo. Não consigo destrinçar do que se trata. Uns arrepios simultâneos de frio e de calor tomam-me por inteiro, o corpo e a mente. O ninho do pensamento fica de súbito revolvido em colchão de folhelho e pouco a pouco principio a representar no palco do íntimo o meu papel de salvador daquela mártir. No final do quinto acto, perco toda e qualquer esperança: morta está a rainha e eu sem lhe ter podido acudir. Apetecia-me chegar ao palco e suster a mão de Pêro Coelho, ao enfiar um punhal no peito da linda Inês, ao mesmo tempo que vociferava: "Eu já há tempos queria / Que isto mais cedo fosse; / Ando numa agonia. / Enfim, chegou o dia: / Olha lá se isso é doce"... Já totalmente minha por direito sentimental, Inês ainda lhe responde: "Oh! Céus! Que golpe de forte! / Cortou-me na fina veia! / No coração me deu corte. / Trouxe os horrores da morte; / Nunca vi coisa tão feia"... Fico sem ânimo para assistir ao acto de variedades. Nuvens negras sufocam-me o acanhado céu do peito. As ferroadas do remorso ferem-me por ter consentido que a tão linda rapariga sucumbisse às mãos de dois carrascos. Nem a vingança de D. Pedro, botando a mão ao braço de Pêro Coelho, me anima. O Pacheco tinha conseguido escapar-se para parte incerta. D. Pedro, cheio de vingança, diz-lhe: "Morre! espírito endiabrado, / Que a morte à minha Inês deste! / Sai! coração malvado! / Cai! corpo amaldiçoado, / Que tanto mal me fizeste!" Pêro Coelho cai morto.

Nas mãos do príncipe está o coração do algoz. Um coração arroxeado tirado de uma bananeira antes de o cacho pôr vulto. Trinca-o com raiva. Atira-o depois para as tábuas do palco, esfrega-o com os pés e vocifera irado: "Coração de astro ruim, / Quero-te pôr em engodo; / Feia é a tua fim. / Ainda mesmo assim / Não estou vingado de todo". Choro copiosamente! Sem saber bem o motivo, acabo por ficar para assistir ao acto de variedades, que principia a seguir ao intervalo. Assim como assim, pode ser que as cantigas e as palhaçadas me façam atenuar o negrume que sobre mim e os meus subúrbios desceu. As variedades principiam meia hora mais tarde com um palhaço de nariz pintalgado de zarcão e a cara besuntada de alvaiade. Nem sorrir me faz, quanto mais dar gaitadas como as que ouço ao meu redor. Serei diferente dos outros que se divertem, descuidosos, como se naquele mesmo palco não tivesse sido assassinada uma rainha tão nova e tão bela?! Ainda mal havia acabado de me fazer a pergunta e logo fico iluminado em arraial de luzes! Inês irrompe no palco, ressuscitada e sorridente, entoando uma cantiga em voga, numa voz quente e doce, já curada da morte e das amarguras que sofrera com os algozes a soldo do rei Bravo. Começo a senti-la incluída nos doces refegos dos meus planos secretos, levedando-se de futuro, quase-quase destronando minha Mãe por amor de quem, garantia eu em minha candura, nunca me haveria de casar... Saio confuso do teatro. Nos meus bastidores trago um outro drama em ebulição. Chego a casa. Minha Mãe põe-me a mesa para comer. Avisa-me que dentro de uma hora e meia passa a camionete. Que prepare a pasta, a mala de mão com a roupa e a comida da semana, já prontas. Olho-a com tristeza. Quase nada como. Debico apenas. Bebo uma tigela de chá com leite e biscoitos da esfregadura dos alguidares do pão. Não gosta do meu semblante sombrio. Minha Avó também não. Invocam meu Pai, emigrado na Terceira, trabalhando para os Americanos da Base das Lajes. Querem lembrar-me os sacrifícios dele, longe da família, para me custear os estudos. E a paga que dava era o ar embuziado e triste de quem não anda feliz com a vida... Às oito chego à Matriz de S. Sebastião. Encaminho-me, a pé, para a rua que vai desembocar na Arquinha. Passo pelo Teatro Micaelense, há poucos meses inaugurado, faz-me recordar a Inês da comédia. Todo me arrepio. Um pedaço depois, entro na pensão familiar. Na sala de serão, o adjunto ouve a Emissora Nacional em onda curta. A D. Cesaltina acha-me de má cara. Desculpo-me com uma ligeira dor de cabeça. Uma espécie de moinha. Prepara-me um chá de maria-luísa. Às nove e meia já estou na cama, mais confortado. Dormi bem mal. Intermitências de sonho e pesadelo. Apareceu-me a Inês no seu leito de rainha morta. Recostei-me ao seu lado. Espertei com um grito. Fiz tentativas para afugentar o pesadelo, procurando emoldurá-la em outro ângulo da lembrança. A intenção era só uma: que me fosse fornecida matéria para um verdadeiro sonho de amor. Na manhã seguinte, no

Liceu, andei metido comigo. Não ouvia os professores debitando a matéria, nem tão-pouco me entretive, durante os intervalos, no jogo do berlinde: três covetas no chão térreo à distância de um metro umas das outras, o dedo médio e o polegar em alavanca, sublimados de pontaria. Murcho. Nem parecia dono e senhor de dois berlindes abafadores, aço reluzente – possuíam todas as características magnéticas para surripiar (abafar) os de vidro multicolor, cujos donos não tinham a dita de ter como eu um pai serralheiro que lhes fornecesse esferas de ferro ou de aço para impor o poder do mais forte: "Passa para cá o berlinde e bico caladinho; está aqui o meu abafador..." Bem se esforçava, nas suas aulas, o padre Perestrelo, professor de Moral e Civilidade, "O verbo abafar, meus amiguinhos, mais não será do que um eufemismo de roubar; aqueles que praticam tal atentado em relação aos colegas devem restituir, já, o seu a seu dono, e ir limpar depois a consciência ao confessionário; quero que sejais amigos uns dos outros, não amigos do alheio..." Perto do final das aulas da tarde, que terminavam às cinco, minha Mãe ainda estava abolida de alguns afectos antigos. No filme da recordação apareciam-me ambas, ela e a Inês, lado a lado, e eu num verdadeiro balancé, sem saber para onde cair. Ao princípio da noite, muito antes do terço, a que assistia contrariado, e do chá, a que nunca deixava de comparecer, fingia que estudava as lições para o dia seguinte, o livro de Língua e História Pátria sobre a tampa em declive da escrivaninha. O compêndio servia-me tão-só de vara para saltar a fasquia do sonho mais alto. A dada altura do pulo, decidi amar a ambas como a mim mesmo. As duas passaram a viver aninhadas no meu afecto até ao dia em que a patroa da pensão me expulsou, por falta de fé e compostura, da sessão diária da recitação do terço. D. Cesaltina sempre estivera apostada em dar a todos os estudantes que lá viviam um suplemento de educação religiosa, dando o seu contributo para a solidificação da consciência católica, apostólica, romana, quase a soçobrar num mundo cada vez mais pecaminoso e desorientado... Nunca mais vi a Inês do meu primeiro abalo sísmico. Bem na procurei pelas ruas da cidade. Nunca sequer soube o seu verdadeiro nome. Pouco interessava. Inês ficava-lhe tão bem com os seus olhos grados e brilhantes. A sua imagem foi-se cobrindo de musgo e ausência. A pouco e pouco, voltou minha Mãe a reocupar-me por inteiro. Por seu turno, ia a Inês ficando reduzida à grandeza de um grão caído numa das ensilvadas ribanceiras da memória. Como na parábola bíblica, a sementinha não podia germinar nem tão-pouco medrar...

JANEIRO, 5

Devia principiar esta escrita por falar do tempo. Maneira de aquecer e preparar a palavra, para que ela execute com arte a dança do ventre no palco da página. Não sei se o faça ou não. Faz muito vento. Assobiante! E frio. É precisa disciplina e trabalho sem rede, para haver entusiasmo. Li algures, mas já o sabia, que Hemingway disse ou escreveu que nunca um escritor se devia levantar da banca de trabalho sem que soubesse o que iria escrever no dia seguinte. Caso contrário, poderá enfrentar a pretidão do abismo diante de uma simples folha em branco. Ao fechar a tenda, esqueci-me de praticar este exercício ingénuo e salutar. Como quem reza a oração da noite e se deita depois de consciência tranquila. Agora é isto. E até atravessei a noite de um trago só! Despovoada de sonhos e de pesadelos. Bem que olho pela janela com o sentido de pescar alguma im*agem* por entre a pais*agem* e não consigo nada que jeito tenha a não ser a rima interior em *agem* que é capaz de soar mal dentro da folh*agem* da frase... Se olho para dentro, deparo com inúmeros pontos a cuja sombra poderia caminhar carregado de destino. Em prosa ou verso. Por enquanto, andam adormecidos os vulcões de uma e de outro. Mais do último, praticamente extinto. Não vale a pena esperar que se ponham para aí ambos em súbita actividade vulcânica. Seria o pânico por entre a plantação de fantasmas desta minha chácara em estado adiantado de charneca. Prefiro esperar, aqui sentado, que outra maré mais cheia me traga alvíssaras. *Sentado não chegas a lado nenhum! Cala-te. Sentado, sim.* A alma nunca se senta. Nem os olhos. Muito menos as mãos que a constroem, construindo-me. Menos ainda o desejo. E o tempo lá fora, com asas nos pés, fazendo negaças. Que importa, se Ela está enraizada deste lado e a pressinto em sua vulcânica veemência?

JANEIRO, 6

Sonhei que me faltava fazer o exame de Matemática, sonho repetido. Encontrava-me na Pensão Familiar da Arquinha, onde fiquei hospedado nos dois primeiros anos do Liceu. Foi aí que pela primeira vez tentei cometer o meu delito poético. Apareceu em silêncio numa tarde morrinhenta de Dezembro ilhéu. Uma visita inesperada. Poucos dias antes das notas de fim de período do meu segundo ano e das férias do Natal, os derradeiros exercícios de apuramento ainda a bom decorrer. As notas adivinhavam-se medíocres, o costume, mas a visitante veio desensombrar o estado de alma que precedia estas ocasiões de final de trimestre. A freguesia ficava longe de mais e as camionetes da carreira não eram de fiar — atrasavam-se ou avariavam--se nas ladeiras mais empinadas, e apanhar faltas por via disso não era de bom augúrio, havia para elas um limite, caso fosse excedido perdia-se mesmo o ano. Além disso, andava uma pessoa sempre delida por dentro com receio de não chegar a tempo, principalmente quando se tratava de exercício escrito logo ao primeiro tempo lectivo. O melhor, e para que houvesse assento no juízo e nos estudos, foi arranjar uma pensão não muito cara nem demasiado longe do Liceu. Vinha a comida de casa às quartas-feiras, na camionete das cinco da tarde (eu próprio levava parte ao domingo), numa cesta de asa: a patroa aquecia-a e dava uma sopa ao almoço e ao jantar para compor a refeição, um chá à noite, e o que se pagava pelo quarto e por estes apartes,

91$20, era, ela por ela, o preço do passe mensal da carreira. E sempre se estava mais descansado. O maior senão seriam as saudades de casa, da largueza da freguesia e de seus ares puros e lavados. Só se mitigavam aos sábados após a última aula da manhã, terminava ao meio-dia e vinte, pelo que dava tempo de apanhar a carreira do meio-dia e trinta e cinco: partia do Largo da Matriz, em frente da Mercearia de Domingos Dias Machado, Sucessores, a uma corridinha não muito estugada do palácio do velho Liceu. Andava eu então estudando a lição de Português – Língua e História Pátria, para ser mais preciso – tinha um exercício no dia seguinte, quando ela me tocou ao de leve e me chamou baixinho. Bem na ouvi! Deserto e mouco se encontrava o quarto meio camarata. Senti uns arrepios não sei de que frio ou quentura, ou ambos caldeados, e de súbito principiei a compor uma quadra em redondilha maior. Nela procurava resolver por uma vez o mistério da Encanação do Verbo. Nunca tinha feito um verso, mas já os tinha ouvido e visto fazer a meu Avô e a meu tio Luciano, ambos poetas repentistas a viver na freguesia. Meu tio até publicava alguns, sobretudo na quadra natalícia, n' *O Oriental*, um dos jornais da cidade-babilónia, onde, para mal dos meus pecados, tinha sido obrigado a viver provisoriamente. A quadra ficou manca por lhe faltar uma palavra no terceiro verso que rimasse (rima difícil!) com Dezembro do primeiro... Nesse tempo, estava longe de conhecer o preceito do poeta latino, Horácio, que escrevera dever o manuscrito ficar nove meses (ou anos?) na gaveta, amadurecendo, antes de ser dado a lume... Por isso, a minha única estrofe ficou coxa. De qualquer modo, para me não sentir tão inútil, completei o quarto verso. Terminava em pecador, que rimava com Redentor do segundo: "A vinte e cinco de Dezembro, / Veio ao mundo o Redentor / -------------------- / Para exemplo do pecador..." A regra de ouro de Horácio de nada me podia ter valido, e o certo é que no fim de todos estes anos ainda não encontrei um verso inteligível com a tal palavra mágica a rimar com Dezembro. Ao aperceberem-se, pouco mais tarde, do meu delito poético, os meus dois companheiros de quarto, mais velhos do que eu e muito mais adiantados nos estudos, riram-se-me nas ventas. E ameaçaram ir contar a desvergonha aos outros hóspedes da pensão e à patroa, a D. Cesaltina, uma bicha-fera de saias. Fiquei tanto ou mais encavacado do que aquela vez em que, espreitando pelo buraco da fechadura de outro quarto contíguo, após ter ouvido uns gemidos, deparei com esta aparição: o ex--seminarista Serafim, em preparação para o quinto ano do Liceu, de pé, encostado aos bilros dos pés da cama, virado para a janela da qual se desfrutava uma vista sobre o casario da cidade, a torre do relógio da Matriz e a baía da doca, as calças e as cuecas de flanela caídas em cima dos sapatos, masturbando-se com apreciável ligeireza de mão, ao mesmo tempo que murmurava em ritmo ascendente, "Ai Lígia, dá-me as tuas mamas, dá-mas, querida, ai, ai, Lí-gi-aaaa..." Pejado de vermelhidão, safei-me em bicos-de-pés, escada abaixo, e fui trancar-me no quarto de banho. Passei a cara por água fria até o espelho me devolver as primitivas cores. A Lígia do transporte amoroso do ex-quase-futuro--padre Serafim era sua colega no Colégio de Sena Freitas, onde ele se preparava para o exame de equivalência ao Liceu para poder ingressar no Magistério Primário. A reminiscência da quadra de pé quebrado esfregulhou-me a lembrança desta outra aparição que, ao invés da primeira, foi tão-só um fruto sorvado da minha curiosidade de espreita o furo!

JANEIRO, 7

Retornou o frio para que se apague a memória de uma primavera breve aboletada algures na paisagem de dentro, nem me apeteceu sair, havia-me deitado às duas da manhã, mas, às sete e meia, já estava fora de lençóis, com o verso de Fernando Pessoa a saltar-me na ponta da língua: "Ai, como é bom não cumprir um dever..." e deixei-me levar por uma voz interior que me aconselhava a que faltasse a todos os meus compromissos; meu dito, meu feito. Peguei do telefone e avisei que não estava disponível. Alívio, mas sobretudo uma forma hábil de me vincular à decisão tomada, caso contrário poderiam surgir arrependimentos de última hora, nunca se sabe do que é capaz a consciência se atacada de escrúpulos moralistas, nem compareci ao almoço da tertúlia, para que a minha reclusão fosse completa e fecunda. Tinha ainda bastante sopa de agrião, além de fruta, queijo fresco e pão, tudo em quantidade bastante para enfrentar alguns dias de clausura sem passar grande fome... Há pouco, saí, já o merecia, precisava estender as pernas perras e tomar um chá, a cabeça parecia uma arredouça e em calda, os olhos areados de tanto olhar para o ecrã do computador. Dei uma pequena volta nas imediações, pouco me demorei, mas vim mais arejado e com o corpo mais solto, sempre que me encontro em cio de escrita, gosto de me trancar no casulo a pensar e a lidar só com ela, nada mais existe à minha volta, daí a incompatibilidade do trabalho criativo com o prático ou profissional, também não sonho, nunca sonhei, em dedicar-me, a tempo inteiro, à escrita, criar-me-ia muitos problemas e decerto o desejo de regressar à cadeia anterior. Se fizesse o balanço deste dia só dedicado aos meus papéis, teria de chegar à conclusão de que não havia sido positivo, pelo menos no que respeita ao que sinto em relação ao que hoje escrevi e mesmo ao que já vinha do antecedente. Anteontem e ontem, gostei muito mais do que li (ao contrário de alguns escritores, gosto, e não prescindo, de ler, reler e reescrever sempre o que fica para trás), até cheguei a vibrar com alguns passos escritos ou reescritos. Neste instante, tudo me parece insosso, sem melodia, mal escrito, cheirando a ranço... Basta dizer que ontem tinha mais de vinte páginas consideradas definitivas... Com a monda, emagreceram para cinco... Continuo descontente comigo e com elas, sobretudo com o que fiz. E para que me meto eu em altas cavalarias? Por que me isolei nestas quatro paredes em dedicação exclusiva? Tenho agora a paga! Por isso não consigo desfrutar do prazer de três cigarros ou duas cachimbadas por dia, tive de deixar o vício enleante, queria sempre mais e, depois, em vez de prazer, sobrevinha-me a náusea. Com a escrita também se passa o mesmo, nunca acerto com a justa medida. Ontem a euforia, hoje a disforia. Deve ser do frio...

JANEIRO, 8

O medicamento prescrito pelo médico há algumas semanas não me está fazendo o efeito antidepressivo da sua estrita obrigação. É cá uma desconfiança das minhas. Pelo que me disse o facultativo e reza a literatura inclusa, não está. Já se vão completar três semanas que o estou a tomar. Não está. Ando sempre a cabecear de sono. Mal me sento numa cadeira, ponho-me pouco depois a chouriçar. De manhã, acordo com uma angústia centrada abaixo do estômago, insuportável. Durante a viagem de comboio para Coimbra, vim praticamente a dormitar ao longo de quase todo o percurso, não consegui ler durante grande parte do tempo e em casa, ao fim da tarde, deixei-me adormecer várias vezes em frente do televisor. O medicamento não devia provocar soneira. Devia espertar. Daí ter de ser tomado de manhã, ao pequeno-almoço, para evitar, à noite, perturbações do sono. Não está. Efeitos paradoxais, não há que ver! Certo é que ainda não estou completamente curado da gripe. Atormenta-me há cerca de um mês, ainda tusso e expulso escarretas suculentas, principalmente de manhã... Mas também não deve ser essa toda a justificação para o meu estado geral de prostração e quase alheamento de tudo quanto me rodeia. Já pensei que seria a velhice entrando comigo a sério ou então a depressão será mais grave do que eu ao princípio supunha. Deve ser! A respeito de actividade intelectual – anda na penúria. Por mais esforços, não consigo de lá arrancá-la. Ando em estado quase vegetativo. A consciência começa já a ladrar-me dos seus confins. Entestam com os meus. Quando assim procede, trata-me abaixo de cão. Eu que a aguente, quase nunca tenho alento para a mandar à outra banda. De tal maneira me zurze que me acobardo e encolho perante as suas invectivas. Já me habituei ou habituaram-me a ouvir sem recriminar nem pestanejar. Até me parece meu Pai quando nalgum tempo me desonrava por uma nonada. Olhos caídos no chão, ouvia-o percorrido da sensação de que era o mais ínfimo dos vermes a rastejar sobre a superfície da terra... Deste teor fiquei. Particularmente, se emergem de novo essas ocasiões em que fico desabrigado e exposto aos gélidos ventos do desânimo. Concorrem para a minha desconstrução. Neste instante faz sol. Vou passear estas minhas angústias de trazer por casa. A pé. Pode ser que cobre ânimo. Tal como o meu filho mais velho me tentou animar ontem à noite. Procurou convencer-me de que o ladrão... Haviam-me roubado na véspera o rádio do automóvel. Fora consciencioso. O ladrão! Só partira o vidro pe-

queno, triangular, do lado do condutor. Concordei. Se
não fosse honesto, teria mandado o vidro grande para
o maneta e roubado os documentos... Mentalmente,
agradeci ao gatuno e cantei um hossana à sua honesti-
dade!

JANEIRO, 9
Pela amostra de céu que me entra pela janela dentro,
vamos ter de novo um dia esplêndido de sol e luminosidade, soalheiro e ameno de temperatura, até se
nota uma alegria desusada no rosto das pessoas, parece
terem vindo para a rua enxugar as mágoas de mais de
quarenta dias de dilúvio... Quanto a mim, também fui
dar à perna, a ver se afugentava certos espíritos mali-
nos – Baixa; às voltas no pátio da Universidade cada
vez mais parque de estacionamento; aulas; compras ao
princípio da noite. Recolhi a casa depois da aula do
Instituto, oito e meia. Deitei-me pouco depois com
uma soneira endiabrada a trancar-me os olhos. O telefone tocou duas vezes. Não consegui chegar a tempo de
tão tonto de sono. Dormi toda a noite e aqui estou,
menos ansioso do que ontem, mas ainda um pouco
aquém do meu normal. Espero atingi-lo um destes
dias. Já decidi pôr de lado o *Prozac*. Dava efeito contrário, três semanas desperdiçadas. Paciência. Vou antes
tomar (já comecei) um outro que me fez muito bem,
por ocasião de uma crise há cerca de três anos. Nem
digo nada ao médico, não quero ferir susceptibilidades.
Interessa-me sentir-me bem dentro de mim, começar

de novo a ter gosto pela vida, interessar-me outra vez pela leitura, não me sentir inferior a ninguém – uma das pechas mais desagradáveis nestas ocasiões de maré vaza.

JANEIRO, 10

Ergui-me tarde e deitei-me antes das galinhas, cerca das nove e meia – uma soneira a pingar-me de todo o corpo. Minha Mãe telefonou-me. Disse-me que, na véspera, me tinha ligado por duas vezes, entre as onze e as onze e meia. Ficara meio apoquentada por lhe não ter respondido. Lá a descansei. Não lhe referi o meu estado depressionário, a tomar medicamentos para o efeito. Para quê? Receei que ela, por simpatia, se fosse também abaixo – isto de doenças do foro psiquiátrico são terríveis para o mimetismo. Embora não de todo em forma, estou a sentir-me a caminho das melhoras, não devia era ter iniciado o tratamento com *Prozac*, nunca mais ganho juízo! Tinha já tomado um medicamento que provara ser adequado para mim. Estupidamente, deu-me para variar. Se calhar, já tinha ouvido falar e lido sobre essa nova panaceia que parecia ou queriam os seus promotores fazer passar por milagreira. Tudo tretas! Preciso agora de sair do lamaçal o mais depressa possível, estou convencido e cheio de fé de que vou. Dentro de duas semanas, há um intervalo nas aulas da Faculdade, cerca de um mês, fim do primeiro semestre. Uma pausa saborosa. Só darei aulas no Instituto. Tenho obrigação de me restabelecer por completo durante esse lapso ou mesmo antes.

JANEIRO, 11

Ao regressar da guerra colonial trazia por companhia uma caterva de fantasmas. Um deles até nem era desinteressante. Fazia com que me sentisse enjoado na sala de qualquer cinema. Mas, se fosse assistir, na mesma plateia, a uma peça de teatro, nada me acontecia. Nos filmes, tinha de sair a meio – tonto, agoniado, enjoado. Passei então a levar o meu doce fantasma apenas ao teatro, e risquei o cinema dos meus hábitos. Um dia de intensas intenções, decidi esconjurar-me. Decidi ir a um filme de Chaplin. Vomitei na sala de cinema. A cena passava-se a bordo. O mar revelava-se cavado e de tal forma desabrida se balançava o barco, no ecrã, que o enjoo do *Santo Amaro*, velho iate de cabotagem entre Ilhas, onde um dia aziago encomendei a alma, foi-me a pouco e pouco engulhando o estômago. Não tive mão no mal-estar e lancei a carga ao mar alcatifado da plateia. Não me dei por vencido. Fui outra vez. Senti-me mal, mas, por força de vontade, não arredei pé. Dias depois, nova ida. Saí muito menos agoniado. A partir da terceira vez, deixei de sentir os agudos sintomas de princípio de gravidez. Esta tarde fui ao cinema. Antes de me sentar à banca da escrita, lembrei-me e fui espairecer. Estou já na sala do Avenida. Chato é o filme, desligo-me do ecrã. Presto atenção ao moedouro de dentro. Nas conferências de sete léguas faço o mesmo, mas nunca durmo. A arte de dormir, em conferência, só na têm alguns eminentes eruditos. Sintonizam a ciência do não cabeceamento com a última palavra do orador que os desperta para as palmas e os bravos. O filme continua chato, as imagens rodopiam. E eu, sentado num assento fofo, persigo imagens diferentes em outras telas. O banco é duro e comprido. Estou à ilharga de meu Pai, na sala do teatrinho de Pedreira. Assisto ao primeiro filme da vida, a *Quimera do Ouro*. Pouco ou nada entendo, mas as cenas esculpem-se-me na memória. O actor de bigodinho, chapéu de coco e de bengala, andar escanchado e as ponteiras dos sapatos enviesadas, parece-se com o mestre ferreiro da Lomba, o mestre Jaime, que ensinou o ofício a meu Pai. Radiante com a descoberta, deixo-me arrastar pela corrente magnética que sai do ecrã ao meu encontro e me vai puxando para o miolo da aventura. Nem o coto de cinza em brasa de cigarro, caído do galinheiro do teatro e que me entra no olho direito, consegue fazer-me afrouxar a atenção. Mau grado o ardume e a gana de esfregá-lo, conservo-me impassível. Almofado o olho com o lenço de meu Pai e o esquerdo faz o serviço de ambos. Saí do cinema há poucas horas, o mestre serralheiro da Lomba subindo a saudosa ladeira da lembrança e o *Santo Amaro* já atracado há muitos anos ao molhe da doca. Que leveza não sentir o iate de cabotagem encalhado na cova do estômago!

JANEIRO, 12
Esta tarde a noite lembrou-se de cair mais cedo. Ainda não são quatro e meia e lá fora já há ameaças de escuridão. Tanto e tão grosso o nevoeiro que não consigo

enxergar o pequeno monte que veio debruçar-se mesmo em frente da janela do meu escritório. Cuido que ele por lá continua e vai decerto, numa hora destas, desembuçar-se e exercer de novo o seu mester de me ser paisagem sempre que eu quiser repousar os olhos cansados na sua vertente já em diligente estado de mudança de cor e com uma arborização ainda rasteira mas que pula como as gazelas que eu repetidamente via nas lalas da Guiné. Encontro-me aqui sentado diante da minha lareira da escrita – o meu computador portátil. Acho-me ainda em ponto morto de solidão. Não tanto como anteontem à noite. Tenho frio, apesar de o aquecedor novo do trinque, fui comprá-lo a crédito a semana passada, desde então se não cansa de me soprar vento quente de suas goelas apontadas na direcção do meu corpo. O frio deve ser outro e provir de outro quadrante. Só assim se compreende. O ano não me entrou como eu desejava. Dei-lhe todas as oportunidades e o ladrão que anda sempre à espreita aproveitou-as logo para se começar assim com ar carrancudo e ruim. Claro que ele não começa nem acaba. Eu é que sim. Sou um feixe de nervos amarrados com os atilhos de um enorme absurdo. No fundo da cratera, um bom ruminador, ajuda a tecer a paisagem de dentro ou a babá-la de um brilho de negrura estreme. Anteontem à noite! Já há tanto tempo que me não acontecia esborralhar-me com tamanha veemência! Depois, já deitado, até nojo tive de mim. Ao telefone, meu Deus! Como se o mundo se estivesse realmente afundando diante dos olhos néscios. Inseguro – a palavra certa para o meu estado de espírito. Diante de uma mulher que amo e penso, erradamente ou não, me vai abandonar, não me domino e caio de cócoras dentro de mim. Pejado de medo pânico. O homem mais desgraçado do universo. Uma sensação infinitamente dolorosa. Sempre assim foi. Durante a vida passei por tantas amarguras desse teor e afinal pouco ou nenhuns ensinamentos extraí de tanta experiência acumulada. O resultado não se faz esperar – fico de fácil leitura e cada vez mais acocorado... Torno-me em matéria espezinhável... Contribui para corar de vergonha e me virar contra mim, logo depois de tomar consciência da infantilidade cometida. Se tivesse um chicote à mão, flagelava-me até fazer sangue. Talvez aprendesse de uma vez por todas o preço da dignidade. Não estou a merecer-me. Tenho de me encantar e entusiasmar...

JANEIRO, 13

À entrada do fim-de-semana, chuva e granizo por telhas e selhas. Mal cheguei a casa das aulas, vesti-me com as minhas roupas proletárias: boné na cabeça para ajudar ao disfarce e fui-me até a um dos comícios presidenciais. Gosto muito de ir assim trajado para a guerrilha, hábito que me ficou de há muitos anos, num tempo em que o sentimento de perigo e de clandestinidade nos acompanhava nessas aventuras nocturnas! Havia dois simultâneos *te-deums* de graças, em outros tantos pavilhões desportivos, equidistantes de minha casa, uma espécie de derradeiro renhido desforço de ambos os candidatos empenhados na corrida a Belém. Cristão-velho, juntei-me àquele que me falava mais directamente ao ventrículo esquerdo. Bem sei que pouco ou nada tenho a aprender em ajuntamentos dessa natureza e até já me tinha desabituado de assistir a tais cerimónias de exaltação de fé político-religiosa... Havia a expressa companhia de dois amigos da mesa da tertúlia e existia em todos nós uma vontade de contribuir de qualquer feitio para a derrota de um dos candidatos! Nem que fosse apenas para fazer número, por via de tornar os comentários televisivos mais mediáticos e influenciar a opinião pública a favor do outro. À conta disso, apanhei chuva e frio, mas fiquei de consciência tranquila por ter contribuído com o meu pequeno óbolo. No interior do pavilhão já não havia lugares disponíveis desde as oito e meia e só lá chegámos uma hora mais tarde. Juntámo-nos à multidão cá de fora. De pé quedo e debaixo da intempérie, arrostámos com estoicismo os exageros atmosféricos de um chaveiro do céu indisposto há largos dias. Valeu-nos as piadas prontas e certeiras do João Paulo, aqueceram o ambiente, sobretudo quando disse em voz alta, para que os circunstantes ouvissem bem e ficassem baralhados: "O pior foi a pistola, não pela arma em si, claro, mas pelo calibre dela – uma arma daquele calibre não se deve usar em circunstâncias desta natureza, se ao menos fosse de calibre mais pequeno..." À uma da manhã fomos em procissão até à Praça da República para parecermos muitos e abnegados. Depois de passarmos em casa dele para vermos, na reportagem televisiva, o que tinha acontecido no comício, já eu contraíra o meu anterior estado gripal, agora muito mais assanhado e desde então me tenho mantido. Talvez hoje, sábado sem sol e de muito frio, dia reflexivo por excelência, fique um pouco melhor.

JANEIRO, 14

Alguma dificuldade em contracenar comigo próprio. De manhã esteve aí o meu primogénito com toda a sua carga de dificuldades e de nervosismo inerentes à perda do ano escolar por pura dispersão e eu não vislumbrei outra escapatória que não fosse a de abrir os cordões à bolsa, sem poder, para obviar às despesas de matrícula e das mensalidades que têm de ser pagas desde Outubro inclusive. Esteve comigo grande parte da manhã e confesso... A partir de certa altura comecei a sentir o moinho de dentro moendo angústia (ou o moer já vinha de antes?), de tal modo regredi no tempo e me transformei naquele homem sem rumo interior que fui e que ainda sinto bem vivo na lembrança (e ainda continuo a ser!). Arrepia-me de tal modo esta ideia que só me apetecia internar-me numa clínica e desresponsabilizar-me de tudo, principalmente de mim, estou cada vez mais exigente e rezingão comigo mesmo. Fui almoçar neste estado de espírito e nem os minguados companheiros que comparecerem ao repasto me puderam valer. Cada um tem também os seus poréns, a vida é dura para todos. A meio da tarde, de rota batida até ao Pólo II da Universidade. Já lá se encontram três departamentos da Faculdade de Ciências, todos das engenharias. Nunca tinha lá ido e aproveitei o ensejo para ir dar um passeio com dois velhos amigos: um, meu camarada de tropa; o outro, meu amigo desde há muito, sobretudo neste momento, a braços com uma séria crise depressiva, proveniente de um processo de perda. Não desgostei de passar parte da tarde naquelas paragens de horizontes desafogados, onde ainda se respira ar puro e os olhos têm paisagem cabonde para se deleitarem devagar. Há sossego para se reflectir, se uma pessoa para aí estiver virada. O meu amigo pouco falou, metido consigo. Quando dizia alguma coisa, notava-se, pela voz insegura e às vezes pastosa, que estava encharcado em medicamentos antidepressivos e ansiolíticos. Conheço bem os seus efeitos por experiência própria. Ao regressarmos, a sós, a caminho de casa, disse-me o primeiro que me havia portado muito bem – tinha contado histórias e não deixara o silêncio abater-se sobre os três... Só Deus sabe como eu estava por dentro!

JANEIRO, 15

Veio o Sol caiar a Natureza de uma alegria pré-primaveril, mas ainda se não sente aquele aroma de plantas no cio.. Deitei-me a horas mui pequenas, quase em cima da madrugada, a ver os resultados eleitorais, e dormi mal. Quando acordei e me ergui, sem sombra de

Deus dentro em mim, não consegui sintonizar-me com a festa que se sente agora lá fora: a paisagem ainda iluminada e o monte em frente, ontem sebastiânico, e hoje todo soberbo de majestade, espreguiçando-se de lascívia, o dorso aceso de poente, como se me estivesse fazendo negaças ou convidando para um festim afrodisíaco. Andei lá por fora de manhã durante pouco tempo, só o competente para ir comprar pão à padaria e o jornal ao quiosque da Praça. Todavia, e não desvendo o porquê, tinha pressa em regressar a este tugúrio, ainda tão ermo de mim mesmo, esperançado, quem sabe, numa palavra amadurada de amor – afinal me não chegou através de nenhum fio. Acho que não merecia o peso de silêncio tamanho. A esta hora dúbia e crepuscular, em que o dia se extingue e a noite me vai, às ondinhas, ensombrando o coração, como se ele fosse um penedo pensativo na praia nocturna, tenho todos os meus espíritos malfazejos à solta, voltejando ao redor de mim, escarnecendo-me e exaurindo-me, ao ponto de ficar com uma ferida enorme a latejar-me em todo o âmago e com o peso de uma vislumbrada perda, esfacelando-me a coragem de viver e com mais fundura a de sonhar.

JANEIRO, 16

De manhã nasceu o vento, não tenho ideia de que quadrante, era bastante forte, de tal sorte que me amanheci cedo após uma tranquila noite de sono. Fiquei naquele estado em que ele sempre me deixa – uma situação de vacuidade, como se tivesse entrado dentro de mim e me varresse o sangue para as veias de um outro corpo. Levantei-me de seguida – em situações mais carregadas da vida nunca a cama me foi boa conselheira... Vim sentar-me à secretária, acabar de pôr o meu diário em dia. Lembrei-me dos dias de Verão passados na Ilha. A ver se me animava a pôr as emoções em letra redonda. Diante do excessivo e deslumbrante, as palavras não ocorrem ou então apagam-se diante do inexprimível. Não fazem mais que a sua obrigação. Só as interjeições acorrem à ponta da voz. Como sou teimoso, fico aguardando que a memória obre o milagre de me coar e ordenar toda essa matéria ígnea que se encontra algures bem aferrolhada, para dela poder ser destilada um pouco de prosa, à semelhança do que acontece com o vinho ou o graúlho que se põem no alambique para que de uma bica goteje espírito. Estive há bocado na América com um telefonema de minha Mãe, dei lá de novo uma saltada, e à tarde escapuli-me para a Ilha. Gostei das viagens.

JANEIRO, 17
Fase de ruptura. Primeiro, comigo; depois com os outros. Ou vice-versa. Sou o meu alvo predilecto. Forma muito querida de me autodestruir. Habilidade muito chegada à minha afeição. Sinto um secreto prazer nesse extermínio. Como se estivesse empenhado numa grande campanha de solidariedade em prol de mim próprio. Desde que deixei subitamente de tomar pé nas

minhas águas enturvadas, tenho vindo a submergir-me – não consigo deslindar se alegremente, não posso jurar se compenetrado do grande papel que me foi distribuído. Sei só que a partir de uma escorreita mas exígua área onde ainda me sinto eu e onde tenho um posto de observação instalado – me espreito a transpor a linha divisória que está no limiar da outra margem. Depois, sofro porque sinto os passos seguirem sem rumo e sem que a vontade possa interceder no seu ir assim como autómatos movidos por uma estranha força. Juro que não nasce da minha vontade. Ainda ontem... Deixei de dar aulas no Instituto, não me pagaram o que me deviam. E tanto que lhes pedi! E eles prometeram resolver o assunto logo e já. Fiquei pendurado ao telefone esperando uma resposta e até agora ela veio. Tinha uma urgência a satisfazer, um compromisso. Passei um cheque sem cobertura, confiado no dinheiro que me deviam no Instituto, devia ter sido pago ontem. Não foi. Resolvi chegar hoje às aulas só para me despedir dos alunos. Despedi-me e vim embora. E agora? Se calhar, arranjei um bonito subterfúgio para cortar a mesada ao meu filho. Abstenho-me de comentar crueldade tamanha...

JANEIRO, 19
Quando a esmola é grande... Após dois dias lavados e limpos de sol e índigo, eis de novo instalado o mau tempo: chuvinha e nevoeiro a enfarruscar a paisagem que desfruto daqui da minha mesa de trabalho, como

se fora um quadro de João Hogan. Apesar do percalço, a tristura do dia por enquanto ainda me não contagiou e espero não venha a fazê-lo. Dia de partida e quando assim acontece tem forçosamente de haver um sol qualquer nem que para isso seja mister inventá-lo. Como talvez se possa pressentir pela sombra das minhas palavras – e quando alguma coisa projecta sombra é porque há uma luz a bater do lado oposto – encontro-me já bem adentrado no caminho da reconciliação comigo, a mais difícil de todas as pacificações. Se tivesse persistido no tal medicamento da moda, não posso garantir como estaria neste momento, difícil adivinhá-lo, mas estou em crer que andaria a braços com uma crescente ansiedade. Tal antidepressivo acicatou-me os nervos em vez de os apaziguar e também aos ardimentos de alma. Ontem à tarde estive com o meu amigo médico, tenho ido ao gabinete ter com ele praticamente todos os dias (quando me encontro assim meio alpardusco e precisado de companhia, vou dar-lhe um dedal de conversa), mas não tive coragem de o informar que tinha mudado a medicação por meu alvedrio e havia retomado a um que um psiquiatra de renome me prescrevera há cerca de três anos e tão bons resultados me produziu. Não quis melindrá-lo e assim dou-lhe o gosto de se sentir compensado por me ter levantado do lodaçal psíquico em que me encontrava. Amigo, merece que eu lhe faça este carinho, mesmo que se trate de uma pequena aldrabice... Quando me vou abaixo, principio logo a fustigar-me e a pôr-me em dúvida desde que nasci ou talvez antes. Deixo de acreditar em mim e nem sequer consigo levar a bom porto o pouco-chinho que até aí era capaz de fazer. Tudo se me embrulha em dificuldade tentacular e eu cada vez me apequeno mais perante o muro levedado diante dos meus olhos. Depois aparecem-me os fantasmas, nunca os consegui abolir da mente, exigindo-me estritas con-tas do feito e do por fazer. Aí, todo eu me vacilo e agito como a cana bíblica. Fantasmas que têm um rosto conhecido, alguns já morreram – não consegui sepultá--los. Eu próprio os ponho a espiar-me todos os passos, têm o condão de tudo saber com mestria, tudo avaliar com a mais alta competência, tudo julgar com incle-mência. Em suma, foram por mim edificados com todos os absolutos, iguaizinhos a deuses ainda no activo. Com um panorama deste teor, é evidente que saio ferido de cada julgamento, me sinto verme perante a sua sabe-doria, me considero um grão de poeira diante de seus arcaboiços de rocha... Uma tristeza em não sei quantos actos e um epílogo – a morte. Também gosta de vir en-roscar-se nos meus pensamentos nessas ocasiões azia-gas. Já tenho cinquenta e muitos anos feitos e por vezes sinto que gostaria de marcar encontro com ela...

JANEIRO, 20

Jantar em casa do José Augusto. Chovia. Chamei um táxi e o meu amigo ficou fulo. Devia tê-lo prevenido, vinha a casa buscar-me, num pulo. Só tem quatro cães neste momento e um comensal. Não gostou mesmo nada que tivesse gastado tanto dinheiro no frete... Fui sentir com ele a dor da perda, não pudera comparecer ao velório nem ao enterro – morrera-lhe há dias o *Isquininho*, dez anos de canidade, equivale a cerca de setenta de humanidade. Muito poupado, mas mãos largas para os cães. Coabitam com ele. Tanto na alimentação como na saúde. Restam agora a *Tina*, a *Monalisa*, a *Eunice* e o *Pitão*, diminutivo de *Capitão*, já com onze anos de casa, cama, mesa e pêlo esfregado... *Isquininho* era um cão mesclado de amarelo e branco, nutrido e luzidio de cabelo. Curtíssimo. De há semanas para cá, deu em não comer. Auscultou-o e medicou-o. Além do mais, tinha uma pequena úlcera numa perna, não maligna, salvo seja. Pensou-a. Mandou fazer-lhe análises ao sangue. Com o tratamento, foi ficando mais riquinho de cara. Mas sempre muito biqueiro. E o meu amigo embarcou para a América mais descansado. Ele e a Mulher. Foram a um Congresso que se realizou em Miami durante uma semana. Mas sabia que, mais dia, menos dia, o cão iria morrer. À cautela, despediu-se dele em vida. Vieram-lhe as lágrimas aos olhos. Muito amorável com os animais de qualquer qualidade e com as pessoas também. Mal aterrou em Nova Iorque telefonou a saber do cão. Tanto o *Isquininho* como os camaradas haviam ficado à conta da sobrinha e da mulher-a-dias. Responderam-lhe que estava a arribar. Até já comia um poucochinho melhor; todavia, ainda biqueiro. Não coube em si. Capaz ainda de o ver vivo, no regresso. Viu. Chegou da América e o cão recebeu o dono com uma alegria quieta, meio parada, apenas para comprazer, os olhos já mortiços. Antes, pareciam lampiões acesos. Franziu a testa! Muito inteligente, o *Isquininho*. Pouco antes de às cadelas chegar o cio, já ele estava pronto para montá-las. O primeiro a sentir no sangue e no desejo a lua das colegas. E montava-as, quer quisessem quer não. Comia como os outros em recipientes de plástico. Quando a comida estava chegando ao fim, o alguidar, mais leve, rodava sobre si, devido aos insofridos movimentos da língua e do focinho. Era incómodo. Assim também acontecia com os outros. Mas só ele resolveu o problema. Um ovo de Colombo. Passou a pôr uma pata no fundo da gamela, e assim ela ficava mais que segura ao chão. Comia o resto da paparoca à vontade e em sossego... No dia em que os donos chegaram... Estava deitado no seu sofá, na sala. O *Isquininho*. Depois, o dono sentou-se à ilharga, a cabeça do cão no colo. Fazia-lhe festas no toutiço e na papada. Ele gostava! Sempre que o dono interrompia, ele erguia a cabeça e fixava-o, suplicando-lhe mais meiguices. Nessa altura, já o José Augusto estava ciente de que o desenlace estava prestes a consumar-se. Médico. Assim estiveram mais de meia hora. A folhas tantas, o cão ergueu-se do sofá, espreguiçou-se, esticou-se... Pouco depois, como quem vai deitar-se, tombou no chão. Ao acudir, já estava morto. Não deve ter sofrido nada. Morte serena. Enterrou-o na quinta. Quando descia à cova para ser sepultado, os quatro colegas uivaram. Sorte de panegírico à beira túmulo. Juntou-se ao grupo a cadelita que, todos os dias, de manhã e à tardinha, vem às sopas. A comensal. Passa um pedaço de serão enrolada no sofá, mas, às dez da noite, ala para casa do dono biológico, o José Augusto foi por ela eleito o dono afectivo. Prestaram-lhe uma homenagem à sua maneira. Como quem ladra ou diz ladrando: "Até qualquer dia, companheiro!" Ficou a casa mais vazia. A memória do *Isquininho* continua ainda enchendo a sala onde os outros passam o serão juntamente com os donos, decerto já esquecidos do companheiro. Só perdura nas palavras saudosas dos amos. Até um dia. Paz à sua alma. De cão fiel e honrado... E nunca mais toca o raio do telefone! Continua chovendo. Merda! A noite está aí a cair não tarda nada. A hora de os fantasmas saírem de suas luras. Lá tenho eu de os ir atender e sofrê-los com infinita paciência...

JANEIRO, 23

Qualquer dia fica a paisagem afogada e a gente por simpatia... Que raio, nunca mais vem um grão de sol para estalar esta húmida tristeza que já se vem prolongando há não sei quanto tempo. Na América de minha Mãe e de meus irmãos, anda a neve cobrindo tudo com tal espessura que não há memória de coisa igual. Telefonou-me ontem à noite e quis saber de mim, achou-me com uma ponta de tristeza na voz. Pigarreei, fingindo obstrução na garganta. Interrogatório de mãe ausente e bem bom tê-la ainda, mesmo a uma enorme distância e com o mar-oceano de permeio. *Quem tem uma mãe tem tudo*, diz a cantiga, *quem não tem mãe não tem nada* – assim se remata a quadra. O Zeca Afonso e o Adriano cantavam-na e creio que se encontra gravada em disco. Muitos anos antes, estava eu ainda sem idade de ir para a escola, lembra-me que chorava lágrimas gradas como punhos... Por ocasião das doenças nervosas a que minha Mãe estava sujeita, sempre à beirinha de morrer (que Deus lhe dê, e a mim também, muita saúde e longos anos de vida!), alguém (ela própria?) ma cantava não sei se para experimentar a minha sensibilidade e pô-la à prova de bala, se para gozar antecipadamente o meu sofrimento, no caso de eu ficar de súbito órfão... Só parava a choradeira se acaso me garantia que não morreria nunca... Como se está vendo, andou sempre a morte a voejar-me ao redor. Pressinto-a desde infante e procuro combatê-la sem grandes armas, e nesta altura da idade ainda são menos eficazes e sê-lo-ão cada vez menos, na proporção que o tempo cavalgar por essa planura dentro até ao silêncio de três rosas amarelas já murchinhas, ainda dentro do copo-solitário sobre a secretária onde escrevo...

JANEIRO, 24

As três rosas estão mesmo a exalar o derradeiro perfume ao criador de suas essências. Nota-se pelo tom torrado que as cresta e pelo fechamento em punho de suas corolas – assemelham-se a dois piões de jogar e tomar à mão no terreiro da infância. Confesso: tenho pena de as deitar fora. Foram colocadas aqui por Ela, tocou-as, garantia bastante para não perder a esperança de as ver ainda revigorar-se, nem que seja por breves segundos. Ademais, com este sol festivo: veio, logo de manhã, apertar-me as mãos e ungi-las de quentura, apesar de o esbranquiçado rolo de nevoeiro vogando aos pés da serreta. Transforma o seu espinhaço numa ilha ancorada no mar do céu. Sinto-a cada vez mais debruçada na varanda desta sala onde costumo marcar encontro comigo, mas não tenho comparecido ao *rendez-vous* como gostava. Cansou-se a chuva de cair, seja o diabo surdo, oxalá fosse assim também na cidade d'Ela, mas desceu a temperatura. Embora. Prefiro frio iluminado à deprimência da chuva rezingona. Apetecia-me não ir dar aulas e flanar por aí à deriva até ao cansaço de me acompanhar sozinho. Depois, regressava a penates, enroscava-me no meu cantinho a ler e a ouvir música... Um desejo mais que simples, simplicíssimo. Por ser assim tão comezinho, até me dá vontade de adiá-lo para ocasião mais propícia. Ou ficar-me a boiar nele, para que se permaneça no interior do meu desejá-lo sempre com mais cobiça. O Sol está pedindo que a gente o vá apanhar ao ar livre. Vou fazer-lhe a vontade.

JANEIRO, 25
Olhei pela janela e ia-me escorregando o dedo – escrevo só com um, o fura-bolos da dextra... Ia mesmo falar do tempo. Sustive-o no próprio instante. Jura é jura. Pode fazer o nevoeiro que lhe apetecer; pode o Sol

querer a custo desflorá-lo e impor-lhe a sua lei em parágrafos únicos de luz e calor; pode a serreta, atacada de uma súbita feminil timidez, esconder-se por trás do seu algodão em rama um pouco sujo; pode o céu ostentar, aqui e além, qual mendigo altivo, os seus rasgões enodoados de anil; pode o frio ter vindo fazer-me ninho aos pés, deixando-lhes uma álgida marca de água; podem as previsões dos meteorologistas, para o fim-de--semana, tornar-se na verdade da chuva nossa de cada dia nos dai hoje; podem os comboios demorar-se nas viagens por amor das cheias do Ribatejo; pode acontecer tudo isso, que não direi uma palavra sobre o tempo atmosférico neste escrito que ainda não vai longo... Enfadonho talvez. Por isso lhe tenho de pôr um fecho daqui a já. Em certas ocasiões, as horas ganham asas quando deviam ganhar juízo e lentidão... Anda sempre tudo ao contrário, graças ao destino. Ainda ontem um conterrâneo, a quem, no domingo, morreu o irmão na América, me dizia a propósito do tempo que passa rápido quando não devia: "Um sobrinho telefonou-me a dar a notícia e disse-me que, se eu quisesse ir ao funeral, não havia problema – a casa funerária conservava o cadáver congelado até eu lá chegar..."

JANEIRO, 26
Por mais esforços para embaçar a memória afectiva (e não pertencerá toda ela a esse reino maravilhoso?), não consigo deslembrar-me. Nesta data, meu Pai desapareceu de repente. Saiu de casa num sábado deste dia do

mês. Minha Mãe garante-me que estava uma manhã de Sol criador, como compete ao sétimo dia do Senhor. Saiu e nunca mais voltou. Pelo menos, por enquanto, ainda não. Deixou-se render poucos minutos depois na oficina de bate-chapa de um afilhado. Visitava-o amiúde e nunca falhava nas manhãs de sábado. Considerava esse o dia santificado, guardava-o à sua maneira de crente e religioso sem religião. Era, isso sim, e desde que de mim dou fé, atento leitor da Bíblia e zeloso cumpridor da palavra que ele considerava de Deus. De tão inesperada, a notícia causou-me uma terrível sensação de orfandade e ao mesmo tempo de fria estranheza. Minha cunhada Maria Alice deu-me a notícia ao telefone por entre meias palavras articuladas a medo. Nem me chegou a dizer que meu Pai tinha morrido. Eu próprio cheguei a tal conclusão, tal o embaraço que a sua voz patenteava. Dir-se-ia que utilizou mui sabiamente o método socrático da maiêutica ou partejamento. Faz com que o interlocutor pára (de parir) sem se sentir. Entre mim e meu Pai houve sempre um que outro contencioso, mais da parte dele do que da minha. Neste e noutros aspectos, sempre representei o papel de vítima que ama o próprio carrasco. Em algumas ocasiões duro de mais comigo sem ter precisão de o ser. Sabia que ele havia tido também um pai muito cru, por isso eu amochava e perdoava-lhe. Contava-me muitas vezes o que sofrera com meu avô. De pancadaria de moio, ficando a seguir sem dar acordo de si durante tempos esquecidos, até ser posto fora de casa, por ter sido apanhado a falar à janela com minha Mãe, então namorada, num Sábado de Carros da mordomia da Trindade, integrada nas festividades do Espírito Santo. Opunha-se a tal casamento, consumado com meu Pai fugido havia um ano da casa paterna. Meu avô saiu nesse dia da freguesia com destino às Furnas, levando consigo minha avó e meus tios. Queria dar-se ao respeito e mostrar a sua valentia de pai omnipotente e tirano. Por minha causa remendaram as pazes. Tinha eu um ano de idade. Digo bem: remendaram. As relações entre ambos sempre as conheci por um fio ou mesmo rebentadas. Tempos tristes. Talvez seja essa a grande mancha negra da minha infância. Na sua globalidade, até a considero feliz. Mas tinha que haver um podre qualquer! Por isso, tenho a impressão de que a parte negativa do meu feitio, a que está sempre pronta a cortar relações com quem quer que seja, não tenho dúvida em enraizá-la nesses longínquos tempos da infância em que as malquerenças não só entre gente de família como entre vizinhos e conhecidos eram moeda de troca no intercâmbio entre as pessoas. Nessa matéria tive uma má herança. Tantas emoções esbanjadas! Tanto desperdício! Dessas pessoas que resta agora? Além do espaço reservado cá no meu pordentro, tenho meu Pai aqui, diante de mim, enfaíscado em duas fotografias. Uma, trabalhando no torno mecânico; a outra, dando de comer às gaivotas. Ambas na América. Ao vê-las, estremeço. O meu primogénito veio há pouco passar um pedaço da manhã comigo. Enquanto aqui estivemos conversando, vi-me em face de mim, pelo lado de fora. Quando terá ele uma fotografia minha apenas para olhar e estremecer?

JANEIRO, 30

Toda a gente tem histórias para contar. Ontem o João Paulo contou-me uma acerca do avô que é digna de figurar em qualquer livro de memórias. O senhor era transmontano e exercia a profissão de guarda-fiscal na Póvoa de Varzim. Pertencia às hostes oposicionistas e nesse sentido foi votar numas eleições que Salazar costumava promover para *inglasver*. Aconteceu que nesse ano os boletins de voto eram meio transparentes, para facilitar as operações de vigia e controle por parte de quem tinha a seu cargo preservar a todo o custo o bem da nação. Depois de votar, o senhor entregou o boletim ao presidente da mesa para que o depositasse na urna. Antes de o fazer, o presidente pegou dele e pô-lo em contraluz, a fim de se inteirar em quem tinha votado o guarda-fiscal. "Com que então o senhor votou na oposição!" Mais não disse. Dias depois, o guarda-fiscal era aposentado compulsivamente. A bem da nação. Como era uma pessoa ainda nova, foi trabalhar para o café de um dos filhos. Vendia gelados. De morango, para dançar o tango; de baunilha, para ir a Sevilha; de ananás, para a menina e o rapaz; de chocolate, para... tirar o retrato... Nunca conseguiu uma rima em *ate*! A facilidade que tem o meu companheiro de tertúlia de brincar com a língua, procurando trocadilhar constantemente com ela, é uma herança que recebeu dos seus. O próprio pai também assim é. Gosta muito de leitão à moda da Bairrada, por isso vem amiúde do Norte àquela localidade para matar o desconsolo. Claro que o filho vai de Coimbra para se encontrar com o pai. Um dia, disse para o filho: "Se houvesse leitão à Bairrada no tempo de D. Afonso Henriques, os seus vassalos e soldados conquistadores chegavam aqui e não seguiam para o sul, ficando para baixo toda a gente moura e a terra por conquistar..." A neta do João Paulo também já está sendo industriada pelo jovem avozinho de quarenta e dois anos. Disse-me a Mulher que a Inês é muito explicada em tudo quanto diz. E já vai tendo a sua piada, apesar dos seus tenros três anos. O João Paulo é perdido por chocolates. De modo que a neta acordou o outro dia e disse que tinha tido um sonho mau. "Que foi, minha linda?" "Sonhei que o avô me tinha roubado os chocolates..." Estou para aqui enchendo esta lauda de palavras, sem saber o que quero com elas significar, só sei que dormi mal, tive pesadelos e não sou capaz de me lembrar, como a netinha do João Paulo, quem, no sonho, me roubou a caixinha dos bombons... Ou talvez saiba. Ontem à noite veio cá a casa o moço que me costuma preencher os boletins do IRS. Veio pedir-me os recibos das despesas. Deve ter sido. Finanças!

FEVEREIRO, I

Assim se entra no segundo mês do ano da graça, sobretudo de muita chuva e mau tempo herdados da ponta final do anterior, a chamada pesada herança que os políticos tanto gostam de mencionar... Hoje, por exemplo, tal como ontem e outros dias atrás, além da chuvaceira, há fartura de frio e nevoeiro. Na Ilha, tenho ouvido, também tem sido um desassossego de temperaturas baixas. Está o quadro paisagístico que da minha janela se desfruta sob uma autêntica borraça, esborratado, já quase não consigo suportar tanto mau tempo seguido, parece castigo divino por tantos pecados ecológicos cometidos... O buraco do ozono ameaça-nos a todos, como se já não bastasse o facto de sermos desde há muito os degradados filhos de Eva e não sei por que não do pai Adão... Anda tudo cheirando a chuva. A minha escrita não deve fugir à regra. Neste delicado campo olfactivo só outrem poderá manifestar-se, ninguém dá pelo seu próprio odor. A experiência é fácil de se fazer. Basta uma criatura entrar numa casa de banho, logo após outra ter, consoladamente, acabado de dar de corpo. A pituitária da que entra fica logo toda ofendida ao ponto de transmitir as suas ordens duras e drásticas ao estômago que, ressarcindo-se, reage de imediato contra tamanha podridão corporal, embrulhando-se sobre si mesmo e exprimindo-se a seguir na graça estilística de um vómito bem arrancado do fundo do seu saco! E a pituitária daquele que se despojou ou despejou em silêncio apenas pontuado por uma doce névoa de lágrimas meio rebentadas de consolo à flor dos olhos? Não só não fica afectada como rejubila. Não há memória de alguém sentado no trono efémero da grandeza defecatória se sinta enjoado com o despejo que fez ou está fazendo. Ao invés, inspecciona com certo enlevo o torresmo de si brotado com ou sem esforço – depende da contextura e consistência do biscoito ou ovo mole... O mesmo sucede com as ventosidades, silentes ou sonorosas, próprias ou alheias. Se vêm do vizinho, e embora o mandamento mande amar o próximo como a nós mesmos, há a sabedoria das nações que lembra: amar, amar, sim, mas ventosidades à parte! Se nos chegam de outrem, aqui d'el-rei! Trazem o dom da pestilência e não raro atravessam-se-nos no fundo do estreito – o chamado traque entalado na garganta – um suplício! Quanto às outras flatulências, as inerentes à própria pessoa, não só não se instalam na garganta em dolorosa espinha como, se dadas em solitude e em ambiente fechado (num automóvel, por exemplo), têm o condão de excitar a imaginação e condimentar a atmosfera com aquele toque picante a impedir que se abra a janela para arejar o ambiente...

FEVEREIRO, 2

Bem que inspecciono os ares a procurar um raiozinho de luz ou de esperança de sol neste dia em que se inicia o primeiro fim-de-semana do mês e que, para mim, está quase sempre atravessado por dois carris sobre os quais daqui a pouco irá deslizar o comboio que me levará até Ela. É escusado – continua tudo enfarruscado e sujo e húmido, uma quase trágica tristeza cujo epílogo ainda vem longe, para as calendas gregas, segundo os entendidos na matéria meteorológica. No meio desta tão prolongada situação calamitosa e deprimente, tem-me ultimamente valido uma franca recuperação do meu estado psíquico, o medicamento começou já a produzir os seus bons efeitos, bem avisado fui eu em ter cortado com o *Prozac* e regressado àquele que já tinha provado estar mais de acordo com as minhas moléstias psíquicas e que dá pelo nome de *Mutabon D*, mesmo *muita bom*! Que me perdoe o meu amigo médico por estar a enganá-lo, dizendo-lhe que me estou sentindo cada vez melhor com o medicamento que me receitou... Mas que é da coragem de lhe declarar que mudei? Antes quero ficar enleado nesta mentirola – não a considero lesiva da nossa amizade – do que abrir-lhe o jogo. Deixá-lo ficar contente com a boa acção praticada na minha pessoa. Esta e muitas outras. Tenho impressão de que se viessem agora uns dias enxutos, menos frios e agrestes e com algum sol a condimentá-los, acabaria por sair do atoleiro. Só uma minúscula parte de mim lá se encontra, exactamente aquela que é responsável e norteia a confiança que todo o bicho-careta deve ter em si próprio. Contos largos que dariam muito que contar. A minha grande fragilidade. Raramente tenho confiança nas minhas fracas possibilidades, tornando-as ainda mais débeis. Nos raros momentos em que a tenho, sinto-me outra pessoa, com outro preparo e tudo.

FEVEREIRO, 5

Durante todo o fim-de-semana e nas viagens de comboio de ida e volta li um livro inteiro, americano, intitulado *Fit for Life*. Impressionou-me agradavelmente. Como sugere o título (apto ou em forma para viver), trata de alimentação racional e vegetariana, não dogmática, da maneira como se deve combinar os alimentos para que não haja brigas intestinas, e dos resultados benéficos que traz para a saúde e o bem-estar físico e psíquico. Não tinha ainda experimentado nenhum regime ou combinação de pratos lá sugeridos e já me estava sentindo bem e desintoxicado! A desintoxicação é uma palavra-chave ao longo do livro. Segundo os autores do manual – um casal – somos quase todos retretes entupidas por dentro. A melhor forma de desentupi-la é comer alimentos com pelo menos setenta por cento de água na sua composição. Não há dúvida, sou mesmo um óptimo aprendiz ou paciente para qualquer médico ou feiticeiro, com ou sem tabuleta à porta da tenda. O que faz o poder da sugestão! O livro foi-me oferecido por uma colega do Departamento, casada com um holandês, casal que pratica o semivegetarianismo com muito convencimento, mais ela do que ele, este não deixou de fumar, mas ambos gostam de angariar adeptos para essa forma particular de alimentação. Pelo sim pelo não, vou seguir o conselho de só comer fruta natural ou sumos de fruta ou vegetais até ao meio dia. Já comecei. Diz-se no livro ser o melhor remédio para a lavagem do corpo por dentro e a reposição de energia anímica roubada pelas difíceis digestões da alimentação clássica. Tenho uma batedeira eléctrica, descobri-a há dias na despensa, já nem me lembrava que a tinha, mandou-ma minha Mãe há muitos anos da América e, aquando da mudança, os meus filhos trouxeram-ma. Logo de manhã, já fiz um batido de fruta e daqui por mais um pouco vou tentar um de cenoura. Quero ficar com os olhos bonitos e energia bastante para gozar a vida sem grandes sobressaltos. Terminei a leitura do livro um quarto de hora antes de chegar a Coimbra. Como não estava com a cabeça ocupada, lembrei-me de repente da cigana que, na sexta-feira à tarde, se abeirou de mim junto da Estação Velha, no local onde estacionei o automóvel, e me pediu esmola. Dei-lha e, ingenuamente, deixei que ela me lesse a *buena dicha* na palma da mão. Como tinha uma barreira de invejas e outros males que me muralhavam a vida, perguntou-me se não me importava que ela mandasse rezar dez missas para que a muralha desabasse e eu ficasse livre. Respondi-lhe que sim, não esperando que me exigisse dez contos de réis. Quando ouvi tal, desandei para a estação e ela ficou a rogar-me pragas. Lembrei-me dela antes de chegar a Coimbra. Pensei: "E se o automóvel, por vingança, está danificado?" Um quarto de hora imenso... Tudo no seu lugar. Só os pássaros haviam medalhado o tejadilho com muita abundância. Suspirei de alívio. Como o dia acordou chuvoso, está o carro já limpo. Espreitei pela janela e vi. Agora vou a pé até à Faculdade. Regresso de novo depois de almoçar pelo mesmo meio de transporte. Tudo a bem da desintoxicação.

FEVEREIRO, 6

Ao fim da tarde resolvi comprar uma impressora para o meu computador. Quando se me mete uma coisa na cabeça, tem de ser resolvida logo e já. É feitio que trago comigo desde que me conheço e não vale a pena querer modificá-lo radicalmente. Temperá-lo, sim, creio que o tenho feito, para bem, ao longo dos anos. Fui ao *Continente*, catedral do nosso consumismo deste final de século e de milénio, e adquiri uma impressora de jacto de tinta de marca comprovada por bom preço, quarenta e nove contos e novecentos, em dez prestações, assim custa menos a desembolsar o dinheiro, por regra contado até ao magro vintém já no princípio do mês. Trouxe-a para casa, telefonei ao meu filho mais moço para vir instalá-la. Veio uma hora depois e fez o serviço impecavelmente, mas ainda demorou o seu tanto. Aqui tenho pois à mão o brinquedo por que tanto ansiava e me vai poupar algumas energias e arrelias – a impressora do Departamento de que me servia estava quase sempre ocupada e por vezes tinha pressa em imprimir e obrigava-me a pedir a quem estava a usá-la que me desse um jeito... Nos dias de não ir à Faculdade, nesta pausa entre semestres, não preciso de sair de casa de propósito. Estou aqui a escrever com um barulho ensurdecedor causado por uma ou mais betoneiras das obras do prédio abaixo do meu. De vez em quando, há uma paragem e então sobrevêm o alívio e o silêncio gostoso, já lá vai o tempo em que se amassava a cal, o cimento e o barro com um sacho nas unhas, sem barulhos poluentes a incomodar a vizinhança, só as vozes bem puxadas dos mestres, desumanas na sua humanidade, a gritar para os serventes, "Venha daí mais massa!" Até se me arrepia a pele, também passei por essa aprendizagem por castigo de ter *in illo tempore* reprovado no Liceu... Telefonou-me minha Mãe à noite perto da hora de deitar, queria dizer-me que me não esquecesse de ligar amanhã a meu tio da América, completa oitenta anos de idade. Apenas um pretexto para me falar... Ela, logo no início da conversa, apressou-se a dizer, como a pedir-me desculpa, "tu não precisavas que eu te lembrasse, nunca te esqueces das datas lembradas." Só me recorda ter cometido uma grande falta nessa matéria: as provas do mestrado da Cristina Martins. Ainda estou para saber a causa de tamanho lapso de memória... Tanto mais grave quanto é certo que, desde o mês anterior, estava sempre a falar-lhe no dia do mês e da semana e na hora do acto académico... Contou-me então minha Mãe da neve cobrindo toda a América daquele lado, nunca ela viu coisa igual em vinte e oito anos de estada naquela terra; não tem saído para ir a casa de meu irmão: tem medo de atravessar o atalho feito na neve, já vidrado, para ir até ao automóvel. Uma vez partiu um braço devido a um escorreganço dessa natureza, mas nunca há mal que não venha por bem: nessa altura, estava com um enorme crise depressiva e, ao partir o braço, deixou de incidir o pensamento sobre si própria, desviando-o para um caso concreto, o braço partido. Fez-lhe sair mais depressa da depressão. Mistérios da mente!

FEVEREIRO, 7

Acabei de telefonar para a América. Seis da manhã de lá. Meus tios já andavam há muito a pé. Oitenta anos é já um bom avanço na vida, sobretudo quando vividos com saúde de ferro, poucas apoquentações materiais e espirituais (estas foram resolvidas desde os anos longínquos da catequese, onde aprenderam e apreenderam que depois desta vida há ainda uma melhor do que aquela de que hoje desfrutam na santa terra da América; as de dinheiro nunca as tiveram, nem mesmo nos recuados tempos da Ilha). Notei-lhe uma pontinha de comoção na voz, disfarçou, nunca foi homem de mostrar pieguices sentimentais, embora nos versos demonstre alguma sensibilidade. Sou sempre o primeiro a dar-lhe os parabéns, o ano passado estava lá, telefonei-lhe também de madrugada. Tanto meu tio como a Mulher encetam o dia ainda o Sol vem nos quintos, sempre tiveram um contencioso com o sono e resolveram-no erguendo-se mal acordam. Segundo ela, e no caso de se perder o sono, a cama é muito má conselheira. Ambos acentuaram a minha prontidão de lembrança. Mostraram gratidão. "Quando eu morrer", disse-me ele, "já morro com muito mais idade do que meu pai e meus irmãos mais velhos, mal passaram a casa dos setenta; dos que foram comigo às sortes, só resto eu e um primo, com o mesmo nome, está em Fall River, os demais estão já lá estão à nossa espera..." Até na idade e na morte há-de ser o maior da família e da sua geração. Conta minha Mãe, mais nova do que ele três anos e meio, que ele foi sempre gabarola com tudo o que lhe pertence, seja um par de sapatos cambados, uma ninhada de pintos ou alguém da sua descendência — os melhores do mundo, os mais inteligentes ou os mais espertos do planeta, como ele ainda costuma dizer. Tão diferente de meu Pai! Mal apanhava uma brecha, tratava de diminuir tudo quanto lhe dizia respeito, dos objectos não só do ofício mas também da imaginação criadora que lhe saíam das mãos hábeis, até às capacidades dos filhos... Tudo medido por uma rasoira muito envergonhada. Paciência. Meu Pai levava-lhe apenas quatro meses de avanço na idade e meu tio já lhe leva cinco anos a mais de vida.

FEVEREIRO, 10

Dia tão bonito lá fora! A serreta em frente da varanda reverdece diante dos olhos e algumas casinhas brancas escorregam por ela a baixo. Por mais merencória, não há tristeza que lhe resista. Desde que eu não fuja de mim ou não me agrida com os consabidos azorragues, é sinal de que estou em ordem cá por dentro. Pelo menos, sinto-me em paz. Até estive a fazer uma sopa de legumes e feijão vermelho: saiu-me um primor culinário. Dei uma volta para fazer exercício. Quase em passo de corrida, o frio entrava e era preciso suar para expelir algumas toxinas do corpo – estou neste momento empenhado em cuidar do meu físico para que o psíquico fique em forma. O tempo não está muito seguro, de vez em quando fica o Sol tapado por nuvens negras de mau agoiro. Aproveitei o passeio para comprar o jornal, hoje traz como brinde o primeiro volume do romance de Stendhal, *O Vermelho e o Negro*, cuja tradução é do escritor Branquinho da Fonseca, da geração de Miguel Torga e como ele dissidente da *Presença*, no início dos anos trinta. Confrontei-o com a edição do mesmo romance dos *Amigos do Livro* e verifiquei que a adquirida hoje por duzentos e quarenta escudos é superior à outra que já tenho há muitos anos. E não é preciso ler muito para se chegar à conclusão a que cheguei. Passo a ter dois romances diferentes, com o mesmo título, *O Vermelho e o Negro*. O que faz ser um bom escritor a traduzir!

FEVEREIRO, 13

Aqui em frente do ecrã do computador há não sei quanto tempo e sem conseguir pescar uma palavra das muitas que sinto correr pela ribeira que nasce e desagua em mim. Até parece a angústia do escritor perante a página em branco de outras eras de má memória! Como se isso ainda não bastasse, Coimbra lá por fora encontra-se deserta e fechada a cadeado. Nela me internei logo de manhã e parecia eu o seu único habitante. No Departamento não encontrei vivalma: dá ideia de que anda toda a gente jogando ao Entrudo. Mas tinha correio de refugo que bastava para me entreter a rasgar e a pôr no cesto dos papéis. Entre as cartas rasguei uma portadora de um convite para ir a São Jorge pelos finais de Abril assistir a mais uma reunião *acongressada* de escritores açorianos. Como o prazo da resposta expirava em 31 de Janeiro, poupei-me ao sacrifício de umas linhas de prosa a dizer que não, muito obrigado, não gastava nem gostava de tal mercancia! Em casa estou muito melhor. Depois de uma noite de insónia lúcida, em que estive relendo algumas páginas do *Dom Quixote de La Mancha*, na tradução exemplar de Aquilino Ribeiro, e vou continuar até onde as páginas derem, a alma enche-se, referve e tumultua-se com as engenhosas façanhas do tresloucado *Cavaleiro da Triste Figura*, de tal arte que não há Sancho Pança por mais terrosa sensatez, destilando de seus miolos enxertados numa proverbial manha campónia que lhe corte o voo em flecha... Volta e meia, gosto de recair nestas releituras clássicas – não só me enchem o bornal de sentimentos saudáveis como também me fornece presigo para mais uns passos na caminhada que deste modo vou povoando de sonhos que só eu cá sei. Aqui em casa, ouço os pensamentos, rio com as oportunas saídas de Sancho e as delirantes aventuras de D. Quixote, deito-me, levanto-me, torno a casa mais habitável, encho-a de música, empresto vida às fotografias, mudo um livro de um lado para o outro, assisto ao crescimento da paisagem que me entra cada vez mais pela janela dentro e me vai deixando nos olhos um prazer nostálgico com sabor a campo percorrido já de uma Primavera temporã... Chega a noite sem que eu a sinta, tão sorrateira veio ela descendo, ao mesmo tempo que se vão abrindo tantas pálpebras de luz que apostam em negá-la e anulá-la. Exactamente o mesmo que ando aqui a fazer – a negar algo que me transcende e me tenta codilhar...

FEVEREIRO, 26
Aqui e acolá já se sente a Primavera, nos intervalos batidos de muito sol e tingidos de um azul puríssimo. Não fora os aguaceiros de hoje a querer desmenti-la e um certo frio de manhã e à boquinha da noite, e tínhamos tudo a rebentar de alegria e de seiva. Espero estar em consonância para recebê-la. Tenho andado embebido no meu trabalho de coligir, podar e limar centenas de páginas para com elas fazer um livro. Espero represente um dos percursos mais importantes da minha vida. Um ou vários livros. Por agora estou trabalhando no primeiro volume. Do ano de 1964 até 1988, um quarto de século, não sei ainda muito bem, depende da quantidade e qualidade do material existente. Só sei que estou gostando de reviver os anos por que tenho agora passado ao reler e reescrever as notas que na devida altura escrevinhei, a maior parte das vezes atabalhoadamente e com muita ingenuidade. Tenho de facto facilidade em me transportar a outras épocas da minha vida e revivê-las quase com a mesma intensi-

dade com que as vivi. Basta-me um incentivo que incendeie a memória. Não sei se isto constitui um benefício ou um prejuízo, talvez as duas coisas juntas. Já tenho título. Sugeriu-me o Carlos André há já algum tempo: *Relação de Bordo*, levando logo abaixo numeração romana – I, II, III, IV – consoante o volume de que se trata. Estou para aqui entusiasmado e nem sequer sei se vou levar o projecto até ao fim. Mesmo que o não leve, encontro-me neste momento envolvido da cabeça aos pés neste sonho. Um privilégio ter as horas cheias por coisas de que se gosta de fazer e isto não se pode nem deve desprezar. Privilégio também ler o que eu li no jornal Público de sábado passado, a respeito do meu amigo António Resende Oliveira. Trata-se de uma entrevista de Óscar Lopes, a propósito da 17ª edição da *História da Literatura Portuguesa*, da sua autoria e de António José Saraiva, recentemente desaparecido. Em resposta a uma determinada pergunta do jornalista, Óscar Lopes responde que desta vez remodelou totalmente o capítulo referente à Poesia Trovadoresca. Havia aparecido um livro do historiador António Resende Oliveira, da Faculdade de Letras de Coimbra, que veio revolucionar tudo quanto se sabia sobre aquele período da nossa cultura. E confessa que aquela parte da sua *História da Literatura* estava totalmente errada, assim como errado estava o saber que existia até agora sobre aquela época da nossa poesia. Ainda há gente séria e grande na sua humildade. Por norma, as teses são calhamaços para derrearem as prateleiras e pouco mais. Fico contente por ele e do meu contentamento já lhe transmiti. Pouca gente tinha lido a entrevista em causa. Encarreguei-me de badalar, em alto e bom som...

FEVEREIRO, 27

À secretária até às duas e meia da madrugada, sem me lembrar que o mundo existia à minha volta. Levantei-me cheio de fome e fui comer uma sopa, as sopas de fogo, como se dizia na *República dos Corsários das Ilhas*, quando, por volta da meia-noite, descia a marinhagem dos respectivos camarotes e se encontrava na cozinha para um retouço da palavra repartida e uma bucha para o estômago. Às vezes entrávamos pela madrugada dentro, sempre dependurados na conversa saborosa, quem lhe sabia dar o tempero exacto era o Victor Lobão da Graciosa, um dos maiores conversadores que já conheci, agora professor na Ilha. No tempo em que fui para a *República*, ele já era casado, morava ali perto, vinha todos os dias dar duas de paleio, conduzia sempre a conversa e quando ela esmorecia tinha artes de a espevitar, como se fazia nalgum tempo aos fogões de petróleo *Primos*. Ontem, recebi uma carta dos *Corsários das Ilhas* anunciando-me e convidando-me para o centenário da casa, este ano calha no dia 27 de Abril. Mas, e voltando à minha *Relação de Bordo*, já tenho neste momento cento e dez páginas mais ou menos limpas, mas estou sempre a alterar, a cortar de um lado para aumentar do outro, o costume. Continuo com o entusiasmo ao rubro para prosseguir o trabalho: espero que me há-de dar, para este primeiro volume, outro tanto de páginas, sensivelmente. Pena não ter mais um mês sem aulas, só precisava de quatro semanas isolado, para pôr a escrita em dia. Quando me deitei eram três da manhã. E sono? Liguei o rádio e estive, às escuras, ouvindo um magnífico programa, com intervenção dos ouvintes, até do Nordeste da Ilha telefonaram, o tema do programa da noite era *Racismo e Tolerância*, gostei a valer. A última vez que olhei para o mostrador luminoso do rádio-relógio eram cinco menos vinte. Daí para a frente não me recordo de mais nada. Acordei às nove, levantei-me e aqui estou estreando o dia frio e nevoento com a escrita. À tarde, depois do Bar das Letras, vou entregar-me de novo à minha *Relação de Bordo...*

FEVEREIRO, 28
Um pouco murcho, o ânimo não, continua elevado, mas do físico. Dei sangue esta manhã nos Hospitais da Universidade, dou sempre de três em três meses. Fiquei um pouco abatido, apesar de ter lá comido duas sandes de carne com dois copos de sumo de fruta. E também apoquentado com o que me disse a médica que me atendeu a respeito da minha tensão arterial. Dezasseis, dez. Um pouco altinha. Não como comidas salgadas, nem bebo bebidas alcoólicas, nem sequer fumo... Como bastante fruta, tem aliás sido o meu único alimento da parte da manhã. Que raio será en-

tão? Perguntou-me se me tinha enervado, se andava sob tensão nervosa. Respondi-lhe negativamente e é verdade. Claro que lhe ocultei a minha febre criativa, tive pudor. Deve ser do café e do queijo. Tenho de cortar em ambos. Já não tomei bica ao almoço. E estive deitado a fazer a sesta. Tenho de aprender sobretudo a descansar e também a trabalhar no ritmo certo. Quando estou em período de criação – o meu período não é regular – extravaso todas as medidas e depois fico desasado. O meu trabalho de escrita continua a caminhar a um certo vapor. Pena tenho que este estado de doce tensão interior me não visite mais vezes. Muitas graças tenho eu de dar porque ele ainda vai aparecendo, o período, não sei o que será quando entrar no climatério! À noite, só fiz serão até pouco menos da uma. Batalhei comigo próprio para não ultrapassar essa hora – a cama também é precisa para o equilíbrio da mente. Não consigo ler o que os outros escreveram. Só tenho cabeça para o que é meu. Natural e humano. Já tenho lido declarações de escritores que apontam nesse mesmo sentido.

FEVEREIRO, 29

À túlipa que Ela deixou num solitário sobre a secretária resta ainda vigor e saúde para me desejar os bons dias. Ao entrar no meu novo e tão velho refúgio, cuido ter ouvido a salvação de seus lábios. Subi a persiana para que a paisagem, pesada e enegrecida de humidade, viesse enxugar-se e aquecer-se comigo a esta banca e se não sentisse tão sozinha e desolada. Apressam-se as horas a subir as cordas da manhã. Daqui a pouco terei que me erguer da banca e sair para a vida lá de fora. Apetecia-me ficar por aqui, esquecido entre mim, os livros e os papéis. Já vou suportando a vida um pouco melhor: consigo ver-lhe um til de sentido. Não sei se será de mim, mais cordato, mas sem deixar de ser cada vez mais exigente. Por vezes implacável. Lá de vez em quando sinto alguns acessos de escuridão apunhalando--me os raríssimos instantes de alegria que já se me aflo-ram no íntimo como as borbulhas de água nos instan-tes que precedem a fervura. Ainda há pouco era noite escura. E mesmo com o Sol já nascido, mas invisível, continua uma húmida escuridade a embrulhar o dia que promete ser repassado de chuva e sobretudo de uma prolongada tristeza.

MARÇO, I

Continuo a aprender a casa. Já lhe sei alguns segredos e estou gostando de lhe entrar devagarinho na intimi-dade, como um velho amigo que regressou de longe e se não esqueceu de conversar em silêncio com as coisas e as casas. Entro a porta e sinto-me outro. Como se descal-çasse uns sapatos apertados e mergulhasse os pés numa infusão de água quente com ervas aromáticas. Está-se--lhe vagarosamente criando uma alma, noto-o aos pou-cos, se bem que seja ainda prematuro falar-se desta parte espiritual que as casas costumam ir adquirindo em confraternização com o tempo, e com as pessoas, e com os fantasmas que elas dentro de si acarinham. *Ela* já está nela presente através da túlipa deixada sobre a secretária; da cadeira de baloiço, sonhando o bem esculpido volume do seu corpo; das chinelas, procurando ainda reter a forma delicada de seus pés, e de tantas outras coisas que tocou com as mãos e o pensamento. Para que de sua alma faça parte é mister ainda que venha derramar-se um pouco mais em seu íntimo. Assim tudo ficará mais certo. E eu mais rico. Que bem que estava Ela ontem à noite em minha fantasia! A alegria que lhe inventei foi pássaro poisado num galho descido na minha solidão. Cantou e encantou-a!

MARÇO, 2

A bigorna a tilintar nas oficinas do departamento, nos baixos do edifício, e meu Pai, que já morreu, a ressuscitar e entrar-me pela janela do gabinete. A memória atiça-se-me num som, num cheiro, num toque, numa cor. Tanto basta para que ela empreenda a corrida de retorno a qualquer tempo e não se faz demorar pelo caminho como eu em certos mandados da infância. Será uma das regalias de quem já viveu e ficou com a recordação encarcerada mas apta a libertar-se do subsolo da consciência...

MARÇO, 3

Caiu há pouco uma pétala da túlipa que Ela me deixou no solitário sobre a secretária. Ia fazer-lhe uma carícia, mas, antes que lhe tocasse, reagiu assim: tombou, não sei se em protesto, se por desânimo, se por amor – lágrima arroxeada, a cor forte com que a saudade costuma colorir o caleidoscópio do peito. Encontra-se agora sobre o tampo, abandonada, coberta e protegida pelo meu olhar – envolvo-a numa muda meiguice. Fogo brando ardendo sobre o preto luzidio do verniz da secretária. Assim reclinada, desfalecida, pede-me que a abrigue na concha da mão. Faço-lhe a vontade. Recolho-a. Na palma da mão, arde devagar, sinto o calor dos dedos que a tocaram. Levo-a à flor dos lábios. Sinto-lhe um beijo. Tem o quente sabor da boca de Ela.

MARÇO, 4

A viagem de regresso a Coimbra ao fim da tarde foi desmonotizada pela leitura de mais um jornal. O melhor, porém, aconteceu pouco antes de o comboio se pôr em andamento. Uma senhora da minha carruagem começou de repente a gritar – tinham-lhe roubado a carteira de dentro da mala. E apontava para o marmanjo que se esgueirava porta fora. Ainda o vi de costas, saltando pela porta do lado da linha. Um sujeito correu imediatamente atrás do gatuno, não o apanhou. O rapaz (tratava-se de um jovem), vendo-se perseguido, atirou a carteira para o chão, sem lhe ter sequer tocado... A senhora ficou aliviada ao vê-la de novo na sua posse. Tudo acabou em bem. Houve, depois, motivo sério de conversa para um bom pedaço da viagem. A folhas tantas, já quase todos tinham dó do jovem ladrão e a própria senhora até disse: "Se não fossem os documentos, até nem me importava que ele me tivesse levado a carteira..." Perguntei-lhe se lá guardava muito dinheiro; respondeu-me que só quinhentos escudos (as outras notas estavam na mala, escondidas)... Quando já não havia mais achas para atiçar a palavra repartida, fui caindo numa modorra gostosa, ao mesmo tempo que rememorava o fim-de-semana ainda mais gostoso...

MARÇO, 5

Daqui por mais um pouco, vou para a Faculdade. Já andava dela desabituado – um mês bem medido sem dar aulas torna-se num rico estágio para se sonhar acordado e dar um avanço nos papéis a pôr em ordem! Hei-de continuar. Preciso de estímulo e vontade. Neste momento nem um nem a outra me faltam. Sol e vento lá fora, quadrante leste. O estore da janela lá de vez em quando todo se abana com uma guinada mais forte. Não se pode ter nenhuma greta aberta, caso contrário, há grandes correntes de ar encanado, levam tudo à sua frente. Deitei-me cedo, um pouco antes da meia-noite. À secretária escrevendo até àquela hora. Apetecia-me continuar, mas vi-me obrigado a pôr um ponto final. Caso contrário, esquecia-me pela noite dentro e podia depois dormir mal com a excitação que este tipo de trabalho costuma provocar-me. Enquanto continuarem as obras do prédio abaixo, a noite vai continuar a ser o período mais fecundo. De manhã, barulho ensurdecedor: as betoneiras entisicam a alma dos tímpanos, principiam a triturar logo ao raiar do dia. Só nos intervalos se torna o silêncio numa espécie de almofada de veludo após a cabeça ter estado tempos infindos reclinada num bico-de-pedra. Como por exemplo neste instante! Depois de uma hora sonoramente dantesca, entrou-se num corredor mudo. Só se ouve a fala do vento. Não polui e até profunda as raízes do próprio silêncio. Vai ser quietude de pouca dura. Daqui a nada vêm de novo os decibéis febris rebentar com toda a escala da frugalidade acústica, cada vez mais precisa no dia-a-dia infernizado. Sou capaz de sair de casa um pouco mais cedo, ao meu passeio no pátio da Universidade. Embora transformado num gigantesco parque de estacionamento, deve ter mais silêncio do que aqui em casa. O frio estimula a estender as pernas e a reavivar o sangue na circulação.

MARÇO, 6

Admira-me o silêncio das obras. Só ouço o vento a casquinar como um doido varrido, gosto pouco dele. Falei com uma pessoa que me disse sofrer de dores de cabeça quando se acendia e andava por aí à solta. Fico angustiado. Vem-me isto da Ilha – o palco privilegiado onde ele ainda representa um papel de grande senhor. De tarde, sentei-me à secretária e deixei-me ficar até às tantas, espécie de oração pelas melhoras de Ela. A minha maneira de rezar. *Capsulite* é uma palavra que nunca tinha ouvido antes. Nem sequer vem dicionarizada. Depreende-se o que seja – uma inflamação (o sufixo *ite* assim o inculca) numa cápsula. Como maleita, não deve ser muito comum. Ela nunca gostou de coisas corriqueiras. Na doença segue os mesmos passos. Explicou-me tudo muito bem explicadinho, um médico não se exprimiria melhor. Não resisto à curiosidade de ir mais logo procurar saber o que dizem as sumidades científicas sobre o assunto... Deve ser grave, disse-lhe o médico. Está ao menos no caminho certo para tentar mitigá-la. Da maneira como se encontrava não era nada agradável. Nem sequer se sabia ao certo de que sofria. Sofria apenas e já não era pouco. Agora já pode dizer: – "Sofro de uma capsulite..." O nome não é tudo, mas ajuda. Faz isto lembrar-me o poeta Marcolino Candeias. Andou durante meses com uma dor no ombro e ninguém lhe dava alívio. Até diziam que devia ser do sistema nervoso ou mesmo avaria na caixa dos pirolitos! Às tantas, seria capsulite! Ao fim de correr Ceca e Meca, encontrou um médico ortopedista que deu com a causa do sofrimento – um quistozinho na omoplata a impedir-lhe o movimento dos músculos e pisando um nervo que por ali passava em paz e sossego. Desassossegou-o ao ponto de maldizer o dia em que tinha nascido. O médico fez-lhe uma cirurgia, não sei se pequena se grande, e o poeta nunca mais se queixou do ombro. Passou a padecer de outros males – os poetas têm sempre por onde escolher. Tenho esperança de que Ela vai melhorar. Pelo menos, vou fazer por isso. Logo à noite vou continuar a rezar por sua intenção, trabalhando na escrita. O livro vai crescendo...

MARÇO, 7

Nesta manhã meio molhada, meio soalheira, deu-me para cavar a minúscula nesga de terra que tem o comprimento da frontaria de minha casa. A largura, essa, é apenas uma força de expressão do sistema métrico... Numa das minhas ausências para a Ilha, cobrira-se de ervas daninhas e de outras espontaneidades botânicas. Cavei e mondei como se escavasse o íntimo e dele arrancasse também algumas junças. Mas não quis utilizar nenhum herbicida – facilitar-me-ia a tarefa. Não gosto de facilidades, pelo menos julgo que não: se calhar, arrogância da minha parte. O esforço e o suor serão porventura irmãos colaços do barro de que fui feito. Sempre com a fragilidade da condição humana a cujo reino ainda vou pertencendo. Muni-me da cinta ortopédica, não fosse um qualquer deus menor que tem a seu cargo o pelouro da ciática exigir-me elevados juros de mora pela aventura. À medida que rasgava o fofo ventre da terra, libertava-se-me o espírito ou o que quer que fosse que o corpo atravancava com certas amarras quezilentas e tantas vezes o sujam e o chagam. Senti caírem-me alguns bagos de suor, quem sabe se um pequeno aguaceiro de lágrimas (não tive vagar para os destrinçar) – os fins-de-semana vazios e apagados de uma presença fortemente acesa trazem a vocação para os fazer chover. Apesar disso, senti-me como um balão pejado de oxigénio ainda preso por um cordel à terrena cláusula de não ter nascido pássaro alado. E bastava-me, se quisesse, vir cá dentro, à secretária, onde, numa das gavetas, conservo, com sovinice de devoto, uma velha navalhinha que me deu meu Pai há muitos anos. Embora de fio já cego pela usura do tempo, creio que teria gume bastante para cortar o tal cordel e assim se desataria o balão dotado de profunda queda ascensional. Meu Pai decerto aprovaria a acção praticada pelo filho situado deste lado da ausência onde ainda se encontra implantado. Celebrou em Outubro oito décadas de existência, mas, porque já apagado há mais de seis, ficará eternamente com a idade com que disse adeus ao mundo. Eu é que não. Vou subindo a escada cada vez com mais pressa, não minha, mas do tempo – a partir da maduridade ele ganha asas cada vez mais lestas. Depois, hei-de também obter essa idade imóvel que os anos, cinicamente, deixarão de assentar na coluna do haver por estar há muito esgotada a do deve... Paguei-a a pronto ou a crédito, consoante as posses, as circunstâncias e o baixo ou alto valor da factura. Aprendi muita daquela filosofia prática, por vezes simples na sua cândida aparência, mas precisa e obrigatória para que a vida se não torne um escoadouro ingovernável de sentimentos desencontrados e mesquinhos. A Amizade bem praticada é uma bússola cuja agulha se pode e deve orientar para um norte mais a norte ou mais a sul do consabido norte magnético que ela aponta por apontar, sem o mais minúsculo til de intenção. Tenho feito da vida um contínuo acto de vontade, mas não soube transformá-la, transformando-me, ou vice--versa, porque me não cresceu sabedoria e sobretudo predisposição, paciência, lucidez e alegria para distribuir por quem mais amo, ensinamentos que devia e podia ter construído pedra a pedra, tormento a tormento... Quando há pouco cavava e ancinhava as ervas da fita de terra que tenho em face de minha casa, senti suor ou talvez lágrimas, não consigo ainda deslindar. E fiquei lavado. Alguém me disse que era no jardim e no quintal que mais paz e quietude tinha encontrado. Do próprio lavar da louça se extrai a volúpia não só da água com que se a enxagua, mas também o deleite de sentir escoar-se pelas mãos e pelos dedos uma qualquer sombra impertinente que tenha pairado ou parado no céu da consciência. Quanto às lágrimas, também aliviam. *Lembras-te do instante em que recebeste da boca do médico a notícia de que estavas livre daquilo que, no nosso silêncio contrafeito, todos suspeitávamos? Choraste sem vergonha, eu bem vi, e nesse momento cresceste ainda mais dentro de mim, se é que é possível um aumento de crescimento de ti em mim.* Não tenho medo de chorar. O pior é quando se secam! Há pouco, quando cavava, não sabia se era suor ou lágrimas que me molhavam. Neste preciso momento, sei-o de ciência certa. Não é suor, está um frio de navalhas e encontro-me sentado à secretária, aquecedor ligado, uma mantinha pelos joelhos surripiada um dia num dos aviões em que tenho viajado – são lágrimas mornas, não de desespero, nem tão-pouco de angústia, talvez de uma súbita solidão que, contraditoriamente, me está inundando de bonança e de uma irreprimível saudade de mim próprio...

Daquele que ainda há pouco tempo eu guardava no tesouro que continua intacto dentro de mim e que, por artes diabólicas, desapareceu sem se desvanecer. Ao invés, vai-se agigantando em dor ainda não feita suave lembrança: tais maduras requerem tempo e persevera para cicatrizarem. É sina minha este constante viver entre fogueiras de amores e desamores. Sei muito bem o que gasta a minha casa interior sempre em fervedouro de caldeira. Mas há uma assinalável diferença: não estou a desmoronar-me em pânico. Ou melhor dizendo: com os coices que a vida tem feito o favor de me ir dando, aprendi a recusar-me inumar num poço de lodo e desesperança. Hei-de consegui-lo. Nem que para isso tenha de gritar por socorro – também me não envergonha, nunca me envergonhou. Talvez seja o preço que me pede a escrita. Escrever é um acto solitário, de introspecção profunda, quase de psicanálise, não se compadece com o sol brilhante da chamada felicidade. Exige, sim, um estado psíquico de penumbra, situado entre a saúde e a doença, entre a mágoa e uma alegria meio triste. Era este o estado tranquilo que eu gostava de alcançar.

MARÇO, 8

À noite trabalhei pouco. Quis assistir, na televisão, ao primeiro episódio de uma série agora iniciada e transmitida às quartas-feiras. Trata-se de uma denúncia das novas seitas evangélicas, seu poder económico e forma hábil como são explorados os fiéis em troca de milagres e outras aldrabices metafísicas. A época histórica em que se enquadra a série é muito próxima: vai desde 1970 até 1992, período em que nasce, no Brasil, a famigerada Igreja Universal do Reino de Deus. A avaliar pelo primeiro episódio, tenho a impressão de que vai ser um bom trabalho pedagógico, timbre dos brasileiros neste tipo de produção televisiva. A nossa televisão está a ser cada vez mais noctívaga: só a partir da meia--noite ou pouco antes são transmitidos programas de qualidade. Levantei-me da secretária e deixei a escrita em pousio – não me arrependi.

MARÇO, 9

Mais uma noite de serão estendido diante do computador. Às três da madrugada ainda andava a pé. O tempo assim, com a gente embebida no que está fazendo, torna-se um bom companheiro. Até fala através do silêncio e não amedronta. Logo pela manhã, ergui-me, sem raça de sono, a voz dentro de mim a dizer-me que eram horas não sei bem de quê, lá obedeci. A seguir, iniciou-se a cantilena ensurdecedora das obras aqui ao lado, e ainda permanece enquanto escrevo. Paralisa qualquer boa vontade que haja para pensar, quanto mais para escrever com uma sombrinha de música de fundo, como é meu hábito, música que utilizo para condimentar a transpiração e alegrar o espírito... Uma mãe aflita acaba de me telefonar. Sempre que pressinto alguém atormentado, sobretudo quando se trata de uma mulher, fico sem grande préstimo para dar ânimo.

A mãe de um grande amigo, suplicando-me que faça qualquer coisa pelo filho. Está de novo atolado numa grande depressão nervosa e pede-me que tente interná--lo como em Novembro passado. E aqui estou eu, à espera das dez e meia para ir ao hospital falar com um médico amigo a ver o que ele diz. Depois, irei buscar o meu amigo a casa, se for para ser internado. Ou irei lá na mesma para o informar do que disse o psiquiatra. Tinha planeado trabalhar toda a manhã nos meus papéis. Fecho com gosto a intenção na gaveta – há quem precise de mim. Quando há tempos quis ser internado, para ficar entregue a mim mesmo e descansar, numa irresponsabilidade reparadora, nenhum médico amigo me fez a vontade. Um deles até me disse: "Internar? Estás mas é maluco..." Se tivesse tido na ocasião pre-sença de espírito, ter-lhe-ia respondido que, por o estar, é que precisava... Tenho de fechar esta conta-corrente por hoje.

MARÇO, 11

Nem senti a viagem por aí acima. Mal me sentei no meu lugar, procurei, como vem sendo hábito nas minhas cada vez mais ternurentas madrugadas de segunda-feira, o artigo do Mário Mesquita, actual-mente provedor dos leitores do Diário de Notícias. Parece ter sido talhado para o cargo a preceito e à medida certa, tal a competência como tem vindo a desempenhar o seu novo múnus – basta compará-lo com o do Público, aos domingos, e logo se notará a desproporção. Mais uma glória para a nossa Ilha, dir-se-á com ênfase, mas muito longe da ironia e da màzura com que o Ramitos, na *República*, em Coimbra, empregava o estribilho, a torto e a direito, referindo-se aos estudantes açorianos mais certinhos e mais chatos desse tempo. Se estávamos à mesa e acaso se falava em algum deles, o Ramitos elevava a batuta da mão e dirigia o coro da malta *corsária* que, já tarimbada, lhe respondia em uníssono: "Mais uma glória para a nossa terra..." Meu irmão costuma vestir as pessoas mais sacristas de xale e lenço de romeiro da Ilha, o terço e o bordão em cada uma das mãos. O Ramitos, ao invés, calçava esses futuros doutores das Ilhas e das dúzias com sapatos de polainitos, colocava-lhes um chapéu de coco na cabeça e punha-os a passear de bengalinha de castão de prata na Avenida Marginal, "Eh'm, este que está aqui é deitor..." De facto, os inúmeros anterianistas que por lá pululam distinguem-se entre si pela cor dos polainitos. Tão excessivos são eles que chegam a estrangular-lhes os tornozelos do raciocínio. Há-os de três cores: acinzentados, madrepérola e branco-sujo. Cada tonalidade corresponde às diferentes facetas da personalidade do poeta em que se especializaram os inúmeros anterianistas da Ilha berço do Poeta dos *Sonetos*. Os que os usam acintosamente acinzentados, fugindo para o cinza-ferrete, representam o domínio do conhecimento relacionado com o cariz nocturno do Poeta de "Beatrice"... Os utilizadores de polainitos madrepérola vivem ancorados na tese recente e originalíssima, qual seja a de que Antero tinha já uma propensão, *avant-la-lettre*, para o surrealismo, que deu origem a um estudo aprofundado e não menos peregrino... Os que se pavoneiam com os polainitos branco-sujo estão em sintonia com a intermitência diurna do filósofo das *Causas da Decadência dos Povos Peninsulares*... Depois folheei o jornal e li uma ou outra notícia sem nenhuma convicção, apenas enganando o tempo à espera que viesse o revisor. Desagradável acordar com ele a sacudir-nos para picar o bilhete. Chegou por alturas da Expo 98, já o Sol era nascido. Ainda vi com detença todo aquele mundo em construção, parece pular de semana para semana. Pouco depois, recostei-me no assento individual (privilégio de quem compra, com antecedência, os bilhetes de comboio com o cartão do multibanco), cerrei os olhos, nem em Santarém, primeira das três paragens do percurso, me dignei abri-los. Ia dormindo, não digo profundamente, mas o bastante para me esquecer de mim e do que me rodeava. Acordei de vez cerca de dez minutos antes de chegar. Esfreguei os olhos assombrados com a luminosidade da manhã. Prometia, como de facto veio a acontecer, um fabuloso dia de primavera, quente e puxavante, inçado de aromas inebriantes, mas muito menos intensos do que aquele, afrodisíaco e incisivo, que se inala à janela da casa de Ela, vindo dos incenseiros do palácio vizinho. Tomei o comboio de ligação, e logo depois, quando aguardava o autocarro, surgiu-me um que dizia Hospital Novo. Lembrei-me:

"Vou lá consultar um médico neurologista, meu amigo e professor da Faculdade de Medicina..." Queria saber se na minha cabeça havia alguma coisa ruim. Não havia, quer dizer, havia. Era o nervosismo que herdei que anda alvoroçado. Mandou-me em paz com uma receita. Já a aviei – duas qualidades de comprimidos. Segundo o médico, vão-me pôr novo e sem negruras no pensamento. Vou tomá-los com fé, como é meu timbre, a ver se começo a ficar menos estúpido. Nesse campo, tem sido cá uma penúria que não digo nada. Só eu e Deus é que sabemos!

MARÇO, 12

Abri uma excepção neste período intenso de escrita em que não consigo ler. Abri-a para Vergílio Ferreira de quem ontem chegou a Coimbra o seu último livro, já póstumo, mas ainda revisto até à derradeira linha pelo autor. *Cartas a Sandra*. Compõe-se de uma longa introdução explicativa e dez cartas, a última delas incompleta, acaba mesmo abruptamente a meio de uma palavra – *tant...* para haver *suspense...* Ainda não o li todo. Tenciono acabar esta tarde a primeira leitura. Cerca de cento e cinquenta páginas e módico o seu preço: mil e quinhentos escudos, já quase se não usa. Sandra é uma personagem do romance *Para Sempre*, para mim o melhor da panóplia vergiliana. Aí se conta a história de um grande amor, nascido na mítica cidade de Coimbra, lá baptizada de Soeira, cidade do sol. Ambos estudantes de Letras. Desse amor nasceu uma filha, Xana.

É ela quem agora escreve a introdução ao livro. Ficção da ficção. Sandra morreu na flor da idade, eternizou--se nas páginas de *Para Sempre* e continua agora nas deste livro acabado de sair. Segundo me disse Vergílio Ferreira, aquando do seu doutoramento *honoris causa*, Sandra existiu. Não há fumo sem fogo. Creio que Vergílio ficou marcado para toda a vida pela morte de uma estudante, ao tempo sua namorada. Daí talvez a obsessão que o leva a matar quase sempre a heroína dos seus romances. António Lobo Antunes, que não gosta nem isto sequer do escritor de *Alegria Breve*, disse numa entrevista que não precisava de ler os livros de Vergílio Ferreira; já sabia que ia matar a mulher nas primeiras trinta páginas do romance... Voltando à introdução de *Cartas a Sandra*, em que o narrador, sob a máscara da sua filha de ficção, Xana, explana as razões por que publica as cartas encontradas no espólio do pai... Impressionou-me o tom e o dom profético do romancista. Xana, a filha de Paulo e de Sandra, encontrou, após a morte do pai, um conjunto de escritos, entre os quais estas dez cartas à mãe, já dactilografadas, com excepção da décima, incompleta – o pai fora encontrado morto à banca da escrita quando escrevia esta, surpreendido pela morte ao escrever a palavra *tant*... Se pensarmos que há pouco mais de um mês Vergílio Ferreira recebeu a morte da mesma maneira, até arrepia... A realidade por vezes supera toda e qualquer ficção e os grandes escritores são por vezes grandes profetas. Vates! Escrito o que atrás ficou, vou agora à padaria comprar pão acabado de sair do forno. Apetecia-me depois ficar o resto do dia entregue à minha pobre escrita. Tenho de ir exercer a minha profissão de professor de que muitas vezes me esqueço...

MARÇO, 13

De manhã, nos Hospitais da Universidade para consultar um médico amigo, otorrino, por causa do ressono. Enfiou-me uma espécie de funil, com uma luz na ponta, pelas narinas dentro e chegou à conclusão de que eu tenho na verdade uma obstrução nasal que me dificulta a respiração e a transforma em ronco nocturno. Para aplicar durante duas semanas três vezes por dia, receitou-me dois *sprays*: um de água de mar esterilizada e o outro de *vibrocil*. Se, entretanto, não passar, prometeu-me que iria estudar o assunto e tentar outra terapia. Como me encontrava no hospital, lembrei-me de ir dar sangue. É o dás. A tensão arterial estava de novo nas suas tamanquinhas, upa, upa, mais de onze de mínima. A médica hematologista que me atendeu mandou-me ir dali à cardiologia, a um especialista dessa área; levei comigo um bilhete, para ser logo atendido. Fui. Até nos conhecíamos. Tenho de comparecer na próxima quinta-feira de manhã naquele Serviço, para me colocarem um *halter* no peito, do lado do coração, com o qual ficarei durante vinte e quatro horas e onde serão registadas todas as andanças e contradanças do coração durante o dia – é a única maneira de se procurar descobrir com eficácia a causa destas tão súbitas subidas de tensão. Por enquanto, sinto-me bem.

MARÇO, 15

De novo um pouco mais reconciliado com o meu eu profundo e com o texto que já vai tomando as proporções de um livro e até já estou acreditando que talvez não esteja de todo tão mau como o pintava. Meter-me assim em casa todo o santo dia à roda da escrita, sem querer saber de mais nada, torna-se numa violência deste tamanho. Nem faço intervalos nem me distraio (à noite ia vendo televisão enquanto o texto se ia imprimindo). Nenhum dos meus filhos veio cá a casa passar o serão, parece ter sido serviço combinado. Um dia de grande azáfama e outro tanto silêncio, só escutei as minhas vozes de dentro, quase sempre muito exigentes e duras comigo, não têm a mínima condescendência nem transigem um cisquinho no que diz respeito ao trabalho de escrita e a outros pontos da gramática de viver. Daqui por algum tempo vai-se-me pôr o problema de arranjar editor para o meu livro. Hei-de entrar em contacto com a editora *Campo das Letras*, por intermédio de um seu sócio de Coimbra, das minhas relações pessoais. Um mês depois de ter entregado o meu último romance à *Salamandra*, um dos sócios da nossa editora do Porto veio pedir-me um original para estrear a secção de ficção da recém-fundada editora. Não sei se neste momento ainda estará interessado em publicar obra minha. *Relação de Bordo* sai do âmbito do que tenho vindo a fazer até este momento.

MARÇO, 16

O comboio avançava para norte e a Primavera ia ficando cada vez mais anulada. Melhor fora anilada. Por alturas do Vale de Santarém, principiou a chuviscar, para não desmerecer da região das grandes cheias. Nas planuras ribatejanas ainda se vêem pequenos lençóis de água, mas pouco ou quase nenhum gado bravo à solta a pontuar a paisagem de pontos negros, semoventes. Mal cheguei, dirigi-me para casa. Gostei de ter chegado. Estavam os quadros pendurados nas paredes e postas as cortinas no quarto – ficou tudo com um ar mais acolhedor. A casa limpa. Tudo como estava previsto. Quando assim acontece, até a vida rola sobre esferas. Só falta colocar o cortinado no escritório, mas sê-lo-á qualquer dia. Estive a trabalhar na *Relação de Bordo*, pouco ou nada adiantei, mas sempre lhe pus as mãos correctivas. Logo ao serão regresso de novo a ela, tenho algumas alterações a introduzir-lhe. Coisas e loisas que me foram caindo para dentro do pensamento enquanto viajava no comboio ascendente. Quando me encontro nestas andanças da escrita, ando sempre a magicar e a remoer. Por isso faço e desfaço, ou refaço, atacado da síndrome de Penélope. Daí, por vezes, a minha dislexia não só da fala como também dos gestos. Daí o meu receio de que seja atropelado na rua! Já estive quase... Penélope desfazia para enganar os pretendentes. Eu para iludir o tempo e procurar uma perfeição que nunca se deixa apanhar. Situa-se sempre um pouco mais além. Entretanto, narciso-me nos espelhos que eu próprio vou polindo em cada palavra ou frase que conserto na bigorna da perseverança. E da paciência. Suor e paciência – os ingredientes indispensáveis.

MARÇO, 19
Dia de recomeço das aulas. Suspendi-as há uma semana por pura preguiça criadora. Quem me dera fazer o mesmo outra vez. O tempo lá fora não mete cobiça para nada, a não ser para uma pessoa se deixar ficar por casa, bem gostava de dar um longo passeio, a pé, desentorpecer os músculos do corpo e do espírito – há uma endiabrada chuvinha a cair de um céu sujo e não há outro remédio senão o de acatar com paciência cristã os misteriosos desígnios meteorológicos. À noite acabei por ir para a cama cedo – duas menos um quarto da madrugada. Estive a consertar e a remendar textos, alguns deles escritos de raiz. A *Relação de Bordo* já ultrapassou de novo a barreira das duzentas páginas. Nunca tive, em original, um livro tão extenso. Resolvi aumentar-lhe o espaço temporal para o ano de 1992. Assim fica, em minha opinião, com outra lógica interna, mais coesa. Hoje e amanhã vou tentar concluir a revisão meticulosa (cortar, reescrever, aumentar) a partir da página cento e sessenta e oito (onde fiquei), para, depois – espero que ainda esta semana – recomeçar, a

partir da primeira página, uma última (oxalá seja) vistoria geral. Tenciono imprimir todo o texto para entregar ao editor ainda este mês. Meu irmão Francisco ontem ao telefone pareceu-me com uma incrível boa disposição. Quis também saber do meu novo livro de que minha Mãe lhe havia falado. Sempre que a ela anuncio que estou com um livro entre mãos, fica logo em pulgas e pergunta-me sempre se vou ser muito crítico para com as pessoas da família, "Não escrevas blasfémias", costuma dizer-me, "não remexas no passado que enjoa...", mas, no fundo, fica inquieta por que eu o conclua para que o possa vir a ler de um fôlego, tem sido sempre assim. A ela devo críticas bem inteligentes acerca dos meus livros. Meu Pai, esse, tinha medo que viesse a pisar-me. Embora os lesse e apreciasse, não se desfazia em grandes elogios, pelo menos na minha frente. Não queria dar colacias. Pais dalgum tempo! Os pais da Ilha. Quase sempre tiranos, para que houvesse respeito, obediência e temor a Deus...

MARÇO, 20

Não há sinais de que a Primavera está para chegar mais logo. Esqueceram-se de dizer em que rápido da noite... Os órgãos de comunicação têm andado eufóricos a dar a nova desde manhã. Mas os preparativos da festa ainda estão atrasados. Deve haver adiamento *sine die*... Não tenho incensos por perto, seu perfume afrodisíaco de procissão da Ilha, gritando secretas convulsões na seiva e acicatando desejos latentes e sempre de olho espreitão. Deste meu poiso, usufruo de uma paisagem hoganiana – verdes atardados, tristonhos castanhos a predominar. Querem persuadir-me de que o Inverno ainda se encontra em vigor. Os meus filhos vieram passar o serão com o Pai, era dia do dito. Convidaram-me para ir jantar com eles, amanhã, para celebrar a data. A máquina das obras do prédio ao lado reiniciou com muita força o seu ofício de chatear, tenho de concluir. Vou a um passeio, a pé, bem que preciso. Tenho os triglicerídeos em grande altura, cerca do dobro do permitido por lei...

MARÇO, 22

Continuo a dar os meus passeios, a pé, de manhã e depois do almoço, sempre no pátio da Universidade, passo estugado, nunca gostei de corridas a martelo, quero enrijar os músculos, debelar flacidezes, queimar gorduras – pôr-me em ordem para a próxima análise bioquímica, em finais de Maio, altura em que irei de novo fazer a minha habitual dádiva de sangue aos Hospitais da Universidade. Até lá, tenciono fazer descer para níveis decentes a demasia de triglicerídeos. Desde que reiniciei a sério este meu pedestrianismo, tenho notado um sono mais profundo e mais estendido, sem quaisquer intermitências. Atravesso a noite de uma só passada, acordo bem dormido com o sinal horário das oito emitido pelo meu rádio-despertador, quase sempre mais cedo – o meu relógio interior é mais preciso e exigente – mas deixo-me ficar mais um pouco entre lençóis a gozar a semi-sonolência do primeiro acordar. Jantar com os meus filhos. Estavam à porta de casa à minha espera. Resolveram ir a um restaurante chinês, junto da Estação, o mesmo a que fui, juntamente com o poeta António Vilhena, no dia do lançamento do livrinho azul dos sonetos, em 14 de Dezembro de há quatro anos, dois dias depois de Ela ter recebido uma orquídea a selar o nosso reencontro. Estive lá também na noite de fim de ano de 92, desta feita sozinho, para que a solidão se tornasse mais que perfeita... Ontem, nem de propósito. Estava lá o poeta a jantar com dois colegas. Até parece invenção para dar mais ênfase aos meus pensamentos retrospectivos e a esta deslavada prosa. Não. Verdade nua e pura. Ao ver-me entrar, recordou-se do facto e disse-o em voz alta de mesa para mesa... Agradável estar com os meus filhos. Bebemos um bom Borba, comemos uma sopa de gambas e um combinado chinês: porco doce e vaca, sobremesa de fruta frita. Viemos depois para casa para ver o resto da telenovela brasileira. Finda esta, foram-se às suas vidas e eu ainda vim sentar-me à secretária até à uma e meia da manhã, à roda da *Relação de Bordo*, em fase adiantada de envernizamento ou de enfernizamento...

MARÇO, 25
Anda o tempo de calças na mão. À hora em que escrevo relampeja e troveja. De manhã, ao sentar-me à secretária, Sol e uma chuvinha de feiticeiras casando-

-se, como na Ilha. Quase no fim da manhã, parou de chuviscar e eu aproveitei a aberta para um passeio, a pé, nas imediações. Deixei a impressora a imprimir o segundo lote de cinquenta páginas da *Relação de Bordo*. Quero entregá-la amanhã, completa e encadernada, ao seu possível editor, um dos sócios da editora Campo das Letras. Quando voltei do passeio, suado e agoniado do pesadume da atmosfera húmida e da marcha estugada, já estavam todas impressas. Como já eram quase horas de almoço, deixei a imprimir outras cinquenta. Cheguei há pouco da minha tertúlia onde passei um bom bocado. Estive e estou muito bem-disposto, a energia toda, notou-o um deles, não sei se por ter nascido, nesta manhã, o herdeiro real da coroa portuguesa, o Príncipe das Beiras, e ficado assegurada a sucessão dinástica... Vou continuar a rever, com muito cuidado e outra tanta lima, o texto da *Relação de Bordo* e imprimir o resto, cerca de cinquenta páginas, ainda esta tarde.

MARÇO, 26
Noitada até às três da madrugada para ultimar a *Relação de Bordo*. Penso entregá-la hoje ao possível editor. Duzentas e oito páginas de computador! Até ser publicada, ainda irei dar-lhe outras demãos e outros afagos, para que se pareça cada vez mais comigo... Falta-me imprimir mais uma cópia. Esgotou-se-me a tinta na impressora. Tenho de ir comprar outro cartucho. Destina-se ao Carlos André. Quero que me dê uma opi-

nião frontal sobre a validade ou não de publicar um trabalho desta natureza, meio diário, meio desabafo sentimental. Em última análise, serei eu o juiz que corta a sentença final – mas é sempre bom colher opiniões abalizadas, mormente de uma pessoa alheia à atmosfera do livro e idóneo na coisa literária. Por este facto, fica mais capaz de o apreciar com o distanciamento e a frieza necessários a uma crítica e juízo isentos. Tenho pena de ter chegado ao fim. Semanas e semanas de labor louco, contagiante, sem mais nada no pensamento que não fosse escrever... Vou sentir saudades deste ofício ou vício diário. Mas estava a precisar de uma pausa para mudar de actividade: ler – devoção que não pratico a sério desde que me embrenhei no trabalho de escrita. Preciso de me dedicar à leitura, não só porque me preenche o tempo de sentido, mas porque é também por ela que se vai aprendendo como se escreve, aprendizagem que nunca tem fim. Nunca o ditado popular *aprender até morrer* foi tão válido como no campo da escrita.

MARÇO, 27
Escrevo às primeiras horas da madrugada. Acabei de imprimir o segundo exemplar da *Relação de Bordo*. Destina-se ao meu possível novo editor. Oxalá se resolva este imbróglio de uma vez por todas. Se calhar, ainda não vai ser desta. Tenho pouca sorte nesse campo. Amanhã de manhã marquei encontro com ele logo após mandar encapar e guilhotinar o respectivo

original na Secção de Textos. Quero-o bem trajado para o encontro. Afinal, não consegui encontrá-lo. Tinha ido a Lisboa tratar de assuntos relacionados com a editora, só regressa à noite. Entreguei o exemplar ao Carlos André, que não vem todos os dias a Coimbra, e à terça é dos poucos em que comparece. Leu dois bocadinhos à minha frente e disse-me que prometia... Estou aqui como um escolar antes de um exame de responsabilidade. Nem consigo ler o que escrevi. No papel – parece-me – não é para mim tão excitante como lê-lo no ecrã do computador. Habituei-me assim. E, mesmo aí, umas vezes gosto do que está escrito, outras detesto e fico desanimado e com vontade de desaparecer do mundo... das letras. Estou cansado, fisicamente falando. A partir de amanhã, vou tentar reiniciar as minhas leituras, a ver se descanso e fico mais desanuviado. Tenho de ir para a cama a horas civis. O tempo atmosférico não tem ajudado com tanta humidade no ar e chuvinha bastante. Os passeios, a pé, já os reiniciei e dei-lhes já continuação. No pátio da Universidade, antes da primeira aula, e depois do almoço. Esta noite, fui dar mais um, aqui em volta, durante cerca de meia hora. Sentia-me um pouco pesado de estômago e fiquei aliviado.

MARÇO, 29
Continuo com o livro a ferver cá dentro. O parto só se dará depois de impresso e lançado às feras. Depois de devidamente encapado, estive a lê-lo. Ainda me faltam

cerca de noventa páginas para concluir a leitura. Hei-de terminá-la daqui por mais um pouco, ainda antes de partir. A impressão que me ficou do já lido não é má. Estou positivamente em maré alta de sim ou de mim. Em certos passos até o achei muito bom, modéstia à parte. Vamos a ver se hoje não se me muda a opinião e não o venha a achar detestável... Corrigi meia dúzia de gralhas, não no exemplar, não o quis desfear, mas no computador. Um castigo. Fáceis de castigar. Se o livro for publicado, enviarei para o editor uma disquete com o texto limpinho.

ABRIL, I

O dia manteve-se em plenas funções diurnas até Santarém. Não fora a atmosfera envinagrada por nuvens negras e uma chuvinha mansa, e a tarde teria o estatuto de maior clareza às oito menos vinte p.m., hora a que ali parou o comboio intercidades. Só viria a anoitecer para as bandas do Entroncamento – uma densa capa de chuva, forrando e anoitecendo a paisagem lá de fora e cá de dentro. Não havia ainda morrido o artista de dizer a palavra, o que trazia sonho e mãos nervosas no seu forro, causava arrepios e outras tremuras em quem o ouvia, embevecido. Mário Viegas ainda estava fisicamente vivo, ali, na sua cidade escalabitana. Ali nascera havia quarenta e sete anos e em cuja estação o comboio pára durante alguns instantes para deixar e tomar passageiros. Nem sequer nele encostara o pensamento. Naquele primeiro pequeno intervalo da viagem para quem vem de Santa Apolónia, ocorre-me sempre Almeida Garrett e as suas *Viagens*, a Joaninha dos olhos verdes ou a menina dos rouxinóis, cujo canto não me lembra de ter alguma vez ouvido... Havia nele pensado durante o fim-de-semana, em Lisboa. Estranhara a homenagem que os amigos e a Câmara Municipal lhe haviam prestado, dando o nome do actor, *diseur* e encenador, a uma sala do teatro de São Luís. Sempre que assim acontece, há morte na costa... As autoridades têm o condão de atraí-la, sempre gostaram de homenagear a morte. Só viria a morrer hoje, em dia de enganos, como convém a um artista do tamanho dele. Às seis da manhã, no hospital de Santa Maria. Pena ter desaparecido tão novo. Aos quarenta e sete anos, ainda há muitos poemas para cantar e encantar. Ainda não tinha levado a imaginação ao poder. Deixa para sempre em aberto a sua candidatura à Presidência da República... Ouvi a notícia transmitida pela rádio. Tinha dormido pouco por amor da coluna – dores mais ou menos declaradas. A andar ainda piora um pouco. Quase dobrado em dois. Deve ser do tempo, digo eu para não acreditar ou adiar a crença de que estou envelhecendo... Desde anteontem que tenho uma pontada nas costas. Dei com certeza um mau jeito. Mais logo, se a chuva se recolher ao seu reino etéreo, vou a um passeio – talvez tudo regresse ao normal. Tenho matéria de sobejo para rememorar. Os meus passeios, a pé, são sobretudo isso: uma viagem por mim dentro a par da outra que os pés vão empreendendo... Gostei muito do filme italiano, *O Carteiro de Pablo Neruda*, cheio de poesia e ternura e ingenuidade; da reacção magnífica do Oliva e do Mário Mesquita ao meu livro, ainda em original. O primeiro, passou cerca de duas horas a ele agarrado, à mesa do bar das Letras, na sexta-feira; o segundo, não disse praticamente palavra durante a viagem inteira de comboio de Coimbra a Lisboa, entretido a lê-lo... Isto promete. Daqui a dias tenho a opinião do Carlos André. Estou delirante. Será que desta vez vou ter mais sorte?

ABRIL, 4

Ouço o sol brincando em silêncio num retirado recanto do jardim. Por vezes sabe-me a som. Tanto desejava compartilhar este secreto sol que esbraseia o meu saboreá-la. Repouso o coração no sanguíneo desfecho da tarde relvado de memória. Andarinhocos empoleiram-se no telhado da casa enquanto retiro pétalas às palavras. Hão-de profetizar e matizar as cores pacificantes que molharam o seu corpo escorrido de verde-mar. Com os olhos acaricio-a ao longe e ao longo das linhas de água que de Ela se despenham coalhadas da luz salina que as ondas nele esculpiram. Gostava que o mapa de sal, que a cristalografia constrói no silêncio suturado de sol, entardecesse sobre a pele do seu corpo. Eu e os olhos arredondamo-nos dentro de um casulo irisado de espanto. Sinto-me crescer um pouco mais para além do enleio inicial – aparatoso crescendo de sinfonia. Rasgo a película do primigénio assombro e medro como se tivesse acabado de ser parido junto ao mar já com a idade que me sombreia a pedra onde me assento, rastilhando um nunca acabar de sonhos nascidos da ígnea intersecção de nossas mãos demoradas. Continuo a amanhecer-me na tarde tombada das Poças. Nas minhas mãos sinto o doce morse das suas e decifro o genuíno entrelaçar-se dos dedos sonâmbulos. Dão-me notícias dos passos construídos diante da cerúlea omnipresença do mar. Caminhamos dentro do mesmo corpo molhado de azul. Recomeço a crescer n'Ela, na saudade eterna de seus olhos em mim semeados, como se me tivesse plantado uma lua num céu toldado de tristeza e o tornasse subitamente lírico. Tangeu sem pressa as cordas de uma cítara escondida. Num ápice verteu uma gota de música no pino da noite – lágrima explodida em alegria antiga, deslembrada de seus primórdios de água que me cingia o corpo ainda despido da idade para a morte. Amanheço com Ela na tarde tombada das Poças. Continuo a ouvir a lenta toada de seus dedos na subcutânea voz que das ondas me chega e afaga. O Sol amadurece a mostarda do crepúsculo que se reclina, leve, por sobre o salitroso mapa da pele. Procuro atardar-me, aturdir-me, no fundo de seus olhos, municiado contra o ardil da noite adivinhada sobre as pedras sozinhas do Calhau. Nelas retardo a comovida simetria dos passos que hei-de insinuar. Na comissura do céu cerzido ao mar por mútuo acordo dormita um barco. Depressa fica a paisagem pronta e concorde para aprovar de pé e por aclamação o sonho da viagem. Hei-de amanhecer sempre com Ela na tarde caída das Poças entretecida de lembrança. Neste instante enriçado de longe não quero deixar-me entardecer por nenhum dos crepúsculos que me rondam o horizonte já lavrado de tanto tempo. Prefiro incendiar--me em voo de gaivota e ir pousar no mastro daquele veleiro a meio Canal. Vou velar o cadáver do nosso sonho ainda não apodrecido...

ABRIL, 9

Verdadeiro dia estival com calor bastante para fazer despir o corpo de vestes mais pesadas e revestir a alma de uma película de alegria mais consentânea com a profunda vocação de uma Primavera enfronhada em teimosa letargia. As aulas só principiam amanhã, avisou-me a minha colega de gabinete, quando ontem à tarde lá entrei. Acordei cedo e logo me ergui para vir trabalhar para esta mesa de partos difíceis. Às sete e meia, o nevoeiro prenunciador de um pleno desnudamento solar, já me encontrava abancado. A fazer o quê? Nada mais, nada menos do que escrevendo e reescrevendo a minha *Relação de Bordo*, da qual ainda me não chegou nova alguma da parte de quem a dei para ler e apreciar. O Carlos André ainda está em férias, nem sei até se aparece cá por cima esta semana, embora seja o vice-presidente do Conselho Científico da Faculdade e tenha por isso sempre despachos a fazer. O editor também ainda me não telefonou a dizer-me da sua justiça ou injustiça. Se calhar, ainda não a leu ou então está com receio de me dar uma nega... Deixá-lo! Quando estou em trabalho de parto, tanto me faz como me fez – venham ou não boas ou más notícias sobre o que dei para apreciar. Recebi dois estímulos que não esperava de duas pessoas insuspeitas na matéria, o Oliva e o Mário Mesquita, e isto por enquanto me basta. É exactamente em atenção à sua magnífica atitude e reacção perante a escassa centena de páginas que *devoraram* que me decidi a outra incursão pelo original dentro. Quero colmatar certos hiatos temporais muito longos e limar algumas arestas do já escrito que nunca o está em definitivo... Tenho memória de elefante e também notas dispersas sobre determinados períodos da minha vida, estou mesmo resolvido a reviver tudo de novo. Principiei a escrever de memória, em Lisboa, e pensava continuar a fazê-lo durante a viagem de regresso, mas encontrei uma amiga, com quem vim conversando durante a viagem ascendente. O Oliva veio hoje de novo a Coimbra e tornou-me a falar do meu diário com muito entusiasmo para os presentes à mesa. Homem estimulado, ânimo redobrado.

ABRIL, 10

Vem aí de novo um dia esplêndido de Primavera, nota--se já o calor a marcar presença a esta hora matutina, cerca das sete e meia, ergui-me há pouco, tomei já banho e o pequeno-almoço, mas o facto de daqui a pouco principiar as aulas retira-me o entusiasmo de trabalhar descansado o resto da manhã – uma espécie de moinha interior chamando-me a atenção para esta comezinha verdade: o dia de hoje já não te pertence por inteiro. Ontem trabalhei bastante, cerca de seis magras páginas em sete horas e picos de severa aplicação e o tempo foi generoso comigo, derramou-se para tudo quanto eu havia delineado. Até fui ao fim da tarde ao hospital visitar o meu amigo. Fazia ontem anos, dezassete, que se inaugurara o estabelecimento e eu quis dar-lhe os parabéns, apesar de neste momento constituir a causa mais próxima do seu destrambelho. Estive lá cerca de uma hora. Antes, fora ao supermercado comprar fruta e verdura e cenouras e até fiz sopa de nabiças antes de ir para a cama. Daqui a pouco, e foi bom ter-me lembrado disso, tenho de a mudar para recipientes de plástico para a conservar no frigorífico. Só não consegui ler. Continua vivo o meu contencioso com a leitura. Já na cama, tentei abrir um livro, mas logo-logo o pensamento me fugiu da página e foi fazer o pino para outro lado. Quando ando em trabalho criativo, fico assim, sem apetência para ler outrem – converto-me em egoísta militante. Durante quase todo o dia de ontem deambulei pela Guiné dos meus pesadelos, encontrei e abracei o Viriato Madeira, andei pela Ilha dos meus renovados sonhos onde reconstituí sentimentos, consoante as datas em que ia penetrando, a fim de as recriar a partir de pequenas notas mentais ou escritas. Recuei ao ano de 1965 e também a parte do seguinte, ainda não o terminei, falta-me fazer nascer o meu primogénito. Se escrever com afinco, deve acontecer um destes dias...

ABRIL, 11

Cheguei a casa por volta das onze da noite, fora jantar a casa de um amigo, mas queria ainda ver, e vi, a continuação da série brasileira *Decadência* de que ainda não perdi um episódio. Desde há muito que me interesso pelo fenómeno das seitas religiosas e esta série trata da Igreja Universal do Reino de Deus, o escândalo religioso-financeiro deste final de século, muito bem desmascarado nesta série. Tive, finalmente, ontem de manhã, por telefone, a resposta do Adelino de Castro, da editora *Campo das Letras*, acerca da minha *Relação de Bordo*. Reacção excelente! Confesso que não esperava tanto. Elogiou muito a minha escrita, disse que ficou deliciado, tinha lido o original de um fôlego, com grande prazer e sempre com bastante expectativa. Já o tinha enviado para o Porto com a sua opinião bem expressa, a fim de ser lido por outros elementos da editora. Estou ainda a trabalhar no original, aumentando-o e limando-o, e disse-lhe isto mesmo. Hoje de manhã telefonou-me de novo a perguntar se lhe podia dar o original acabado na próxima terça-feira de manhã, tinha curiosidade e queria levá-lo para o Porto. Respondi-lhe que seria pouco provável, por toda a semana lho entregaria. Ficou satisfeito e desejou-me bom trabalho.

ABRIL, 12

Espectáculo no Teatro Académico de Gil Vicente pela Tuna Académica da Universidade de Coimbra, está a celebrar os seus 108 anos de idade. A Cristina Martins toca flauta na orquestra daquele organismo académico e mostrou empenho em que os membros da tertúlia estivessem presentes. Todos nós gostamos de que nos apreciem as prendas. É humano! Da tertúlia, fomos apenas quatro, incluindo o Ricardo, marido da executante, os outros escusaram-se, alegando afazeres àquela hora. Valeu bem a pena ter ido. Espectáculo completo, acabou por volta da uma da manhã. Vim para casa com a alma consolada. Estava mesmo a precisar de um interlúdio musical. A Tuna Académica não possui só orquestra de câmara. Tem também um grupo de música popular, dois grupos de fados e um agrupamento (o grupo de *rags*) constituído por nove músicos de sopro e de cordas que nos deliciou com música *rag*, da Pantera cor-de-rosa, passando pelos Beatles (*with a little help from my friends*) até *Rock around the clock*... Os trombones de varas e os clarinetes – um espanto. O Folclore das Ilhas esteve muito bem representado no grupo de música popular, *Contos Velhos, Rumos Novos*; cantou três modas, uma de São Miguel (Chamarrita); outra da Ilha Terceira (Meu Bem), e outra da Ilha do Pico (Eu cá sei). Também um cantor de um dos grupos de fados cantou a saudadinha (foste nada no Faial, baptizada na Achadinha), há muito adaptada a fado de Coimbra. Desde que estou em Coimbra que ouço música e cantares das Ilhas pelos organismos da AAC, prova da sua riqueza e universalidade. Quanto à orquestra da Tuna, constituída por dezenas de figuras, gostei da *Suite Portuguesa n.º 1*, de Ruy Coelho. Mal rompeu o primeiro acorde, escapuli-me *in continente* para a Ilha. Foi lá que a ouvi dezenas de vezes, em criança, executada pelas suas filarmónicas, inclusive pela da minha freguesia. Por isso, à medida que se desenrolava a partitura fui a pouco e pouco substituindo a figura do maestro da Tuna Académica pela de meu tio e vieram-me as lágrimas aos olhos, não sei se da saudade, se pelo facto de me ter lembrado... A música é um grande lenitivo. Por isso, amanhã ao fim da tarde vou a casa da Ana de Cristina assistir ao ensaio sabático do quarteto de três flautas e piano – reúne-se todas as semanas para um pouco de música e de amizade partilhada.

ABRIL, 17

Vi de longe o doutor Almeida Pavão e a Mulher, a D. Lili, a minha primeira professora de inglês. Vieram ao Encontro de Camonistas há pouco inaugurado no auditório da Reitoria da Universidade. Nem tive alma de me aproximar, como, no íntimo, tanto desejava. Conheço-me tão bem! Em estado de negrura, começo por fugir dos outros, o que, em última análise, significa que estou fugindo de mim. A sete pés...

ABRIL, 18

A ver se me ponho de acordo com o dia. Nasceu ensolarado e promete outras delícias ao longo das horas que hão-de vir e o irão compor. Estou mais calmo, dormi bem e vou fazer diligência por reagir em conformidade. Ao fim da tarde, aula no Instituto. Ao descer do bar para a sala, dez minutos antes da hora – gosto de perambular um pouco ao longo do corredor – bateu-me ou nasceu-me um vento na cabeça que, ao dar por mim, já me encontrava dentro do automóvel a caminho de casa. Deixei-me ir. Precisava fazer outra coisa que não fosse dar aulas. Em conjunturas como a que estou atravessando, torna-se-me tarefa demasiado penosa, parece que se me esvai toda a energia juntamente com o pouco que sei para vender aos alunos, o pensamento longe do que estou fazendo e não consigo ou não estou para metê-lo nos varais... Cheguei a casa, pus-me a fazer uma sopa. O descascar das batatas e das cenouras faz com que se escoe os nervos pela ponta dos dedos fora, tinha comprado de tarde um molhinho de agrião no minimercado ao lado da barbearia onde resolvi ir tronchar o cabelo. Ontem, à mesa da tertúlia, disseram-me que estava demasiado intonso... Vira-me de manhã no vidro da porta da Faculdade de Medicina e não gostei da imagem reflectida. Ia em cata do José Augusto, um pequeno hematoma no escroto – não resistiu à ponta de uma agulha: sangue pisado a sair logo e tudo voltou ao normal. Abre hoje a Feira do Livro na Praça da República, telefonou-me há pouco o meu possível futuro editor – quer-me na inauguração logo ao fim da tarde. Com a idade, estou a ficar uma espécie de jarrão para deleite não sei de quem. Anteontem levou-me para o Porto o original da *Relação de Bordo*, corrigido e aumentado de algumas dezenas de páginas. O Carlos André vai hoje fazer uma intervenção no Encontro de Camonistas. Disse-me muito à pressa que já tinha lido uma boa fatia do livro e estava entusiasmado. Prefere, todavia, guardar a sua impressão para o fim da leitura. Dei-lhe também um novo exemplar com os aumentos introduzidos. O meu filho mais moço está delirando, já deve ter acabado de o ler, não o vi ontem. Veio só o do meio. Esteve a passar um pouco de serão comigo. Parte para a América a 10 de Maio, no dia a seguir ao final da Queima das Fitas.

ABRIL, 19

Depois de reflectir, resolvi ir procurar o Doutor Almeida Pavão. Não queria que a sementinha do medo em mim insinuada, fazendo que o não via por duas vezes, crescesse dentro de mim e se transformasse em arvorezinha incómoda, obstruindo-me a traqueia do peito do corpo e sobretudo a do espírito nublado. Sei por experiência própria: assim me nascem os grandes fantasmas com que depois me debato. Atalhei a tempo. Custa um tudo-nada pôr o espírito em face de si mesmo e ordená-lo que reaja. No fim e ao cabo, compensa e fica-se com uma sensação de alívio. O Doutor Almeida Pavão representava, na ocasião em que dele fugi, o meu passado de adolescente e de jovem no Liceu da Ilha, casarão que ainda me amedronta e no qual me encontro amiúde! Mas tudo em mim se concertou. Assisti ao final de uma conferência integrada no Encontro de Camonianos, sabia que ele lá estava. Depois fui cumprimentá-lo e à Mulher. Uma grande festa. Ambos meus professores. Ela de Inglês, a primeira que tive, no longínquo ano de 1953; ele de Literatura Portuguesa e de Latim, no sexto e sétimo ano. Disse-lhes que diante dos meus velhos professores de Liceu, e por um mecanismo inconsciente, recuava no tempo e ficava tal qual era nessa altura da vida. Não lhes menti. Mas não lhes referi que este retorno me deixa todo em carne viva por dentro. A meio da tarde fui assistir à conferência do meu velho professor sobre *A Presença Explícita do Poeta no Contexto de Os Lusíadas*. Sentei-me à ilharga da D. Lili, ficou comovida com o meu gesto. Como tive de sair mal acabou a conferência — estava na hora da minha aula — só logo irei ter com ele para lhe dizer que gostei de o ouvir. Escutei-o com a mesma atenção que sempre lhe dispensei nas aulas de Literatura Portuguesa e de Latim nos bancos do Liceu. Vou agradecer-lhe por me ter feito reviver, durante cerca de meia hora, um passo saboroso da minha vida. Saboroso agora, bem entendido... Não queria terminar a prosa sem contar um episódio que se passou comigo e o Viriato Madeira no nosso segundo ano de Coimbra, a propósito de uma pessoa fugir de outrem por não poder fugir de si, como eu fugi há dias do Doutor Pavão e tenho fugido do Doutor Eufrásio a quem não visito há mais de dez anos. Labirintos da mente... No segundo ano de Faculdade já se pode usar a pasta universitária. Eu e o Viriato Madeira fomos, em Outubro, à livraria Coimbra Editora comprar cada um a sua pasta. Duzentos e vinte escudos. Como era muito dinheiro de uma só vez, a senhora que nos atendeu, já nossa conhecida, facilitou-nos o pagamento em onze prestações mensais de vinte escudos. Pagámos três prestações e nunca mais lá aparecemos. No entretanto, o Viriato Madeira foi para prefeito de um colégio, ali à Praça da República, por dificuldades económicas. Sempre que íamos à Baixa e passávamos pela livraria, cobríamos a cabeça com a capa e lá nos esgueirávamos... No fim do ano, o Viriato Madeira seguiu para a tropa e resolvemos ir pagar a dívida por completo... Ficámos aliviados. Ainda hoje ao passar pela livraria me dá um baque. Só depois de reflectir, me sinto aliviado. Até paro diante da vitrina a ver os livros...

ABRIL, 22

Na sexta-feira de manhã falei com o Doutor Almeida Pavão. Encontrei-o numa das últimas conferências sobre Camões, o Encontro Internacional sobre o Poeta terminava nesse mesmo dia à tarde. Ainda não tinha começado a sessão, tive tempo bastante para lhe transmitir o que sentia sobre a sua palestra da véspera. Durante a meia hora da charla, nem uma só vez proferiu a palavra apanágio! Eu que tinha dito à mesa da tertúlia, ao almoço, que de tarde ia escutar um velho professor do Liceu e que tinha quase a certeza, e apostava, que ele iria empregar a palavrinha mágica *apanágio*. Fiquei descoroçoado e defraudado. Ainda estive para lhe pedir contas pela minha decepção! Ficou encantado com o que eu lhe disse sobre a conferência e quase ia chorando de comovido. Não lhe menti nem sequer fiz nenhum frete. A idade torna as pessoas frágeis, as emoções à flor das lágrimas. Ele e a Mulher. Comovidos. Mas ela tinha recebido, na véspera à noite, um telefonema anunciando a morte de um irmão radicado na América. Na Ilha toda a gente tem um parente nessa santa terra. Iam ambos, após o fecho do Encontro, a casa do Doutor Eufrásio, meu velho mestre de Inglês e de Alemão, que muito me influenciou, pelo seu exemplo de professor, na escolha do curso. E fiz mal a escolha, mas isto são outros contos, nada tem a ver com o modelo escolhido na juventude. Encontra-se em Coimbra há mais de vinte anos, aposentado. Esteve no Liceu da Ilha cerca de quarenta anos. Ao princípio visitava-o regularmente, em casa, ou encontrava-o na Praça da República, mora ali perto. Depois, foram escasseando as visitas, passei também a fugir dele não sei por que razão e nunca mais o procurei. Não entendo que mecanismo mental se me pôs a trabalhar no espírito para assim acontecer. Com oitenta e cinco anos de idade, se calhar nunca mais o vejo em dias de vida... Na sexta-feira almocei com o Mário Mesquita. Come tão devagar, dá gosto e apetite olhar para ele. A dada altura, pediu-me se lhe podia emprestar o original da *Relação de Bordo*, tinha lido só até à página 70, quinze dias atrás, no comboio em que seguíamos. Ficara entusiasmado e gostaria de continuar. Fiquei inundado de um calorzinho bom por dentro e respondi-lhe que o ia buscar a casa e lho daria quando fôssemos, às cinco da tarde, para Lisboa. Agradeceu-me. Depois disso, como poderia eu comer devagar? Estava ele na sopa e eu já ia na bica. Um galope a toda a brida pelo bife grelhado com arroz e salada... Disse-me ele, depois, num café onde parámos na auto-estrada, "Vou escrever no jornal sobre este livro..." Mais derretido fiquei ainda.

ABRIL, 25

Despenha-se-me em cascata pelos sentidos abaixo. A Ilha. Por isso me encontro arrimado à escrita, consolo que me povoa a solidão parida pela sua crua ausência por mim agora inventada. Nem sempre a vida se me monotoniza às primordiais pinceladas de sombra. Por vezes transfigura-se em trampolim para outros voos embriagados de altura, segundo o evangelho de tantas recônditas ambições. Pode até corporalizar-se em pão de sossego. Ou numa pausada entrega ao miolo da paisagem. Aprendida nos primeiros balbucios e firmada e apreendida e impressa com todos os sinais de pontuação, sobretudo os parágrafos de silêncio, revestidos dos verdes convergentes para um regaço azul com que a lonjura e o mar a tingem. Redescubro a Ilha tomado de um ímpeto sensual que nunca julguei possível na maturidade. Sempre dela me aproximei com muito temor e algum fel ressentido. Tempos de tormenta. Em esconderijos de mais densa penumbra, dilacerava-me com navalhas de velhas metástases. Redescubro-a com Ela – um privilégio. Tudo me diz que dela estou a fazer o primeiro achamento. Tinha os olhos cegos e o coração fechado para o feitiço que dela irrompia. Aprendi que o encanto principia algures aqui dentro. O entusiasmo projecta-se e vai reflectir-se nos seres animados e inanimados que em mim e através de mim sempre amei. Dobrar esse promontório sabe à conquista de um reino voluptuoso. "Uma máquina de fabricar entusiasmo" – escreveu um poeta acerca da poesia – implanta-se-me no rodopio do sangue. E em sua placenta se deixa exaltar de comoção. Fico mais genuíno se um fundo de Ilha me serve de moldura não estática. A viagem por si só continua sendo para quem na Ilha nasceu um motivo de pacificação e de deslumbramento. Trouxe o bornal bem fornecido. Esqueço--me de que estou cansado de uma noite branca, os mosquitos sarnicando-me o juízo até o Sol se erguer e eu me levantar – o peso do mundo em cima do lombo. Ainda rescendo a marés. A Ilha. Dela acabo de voltar. Por lá me internei, em carta, durante três páginas sem parágrafos. Gosto de poupar espaço para me alastrar em emoção. Estou esperançado de que transmiti o essencial do que o meu sismógrafo tem gravado no dia--a-dia. Muito arguta ao captar a minha transfiguração emocional ajudado por forças que fui exumando do meu algar. Logo que exista luz, tudo se torna menos inquietador e a luta mais suave. O amor é revolucionário. Torna os seres mais inteligentes, mais serenos, mais simpáticos, mais tolerantes, mais justos, mais confiantes em suas forças. E mais aéreos: à disposição está sempre um par de asas para os grandes voos. Soltou--me, e eu principiei a voar. Disse tudo isto por outras emoções numa carta que escrevi à Ilha. De Ela nunca saí por completo. Tem sido em parto lento, para não haver traumatismo na nova (re)nascença. Nunca me senti tão apaziguado com a Ilha e enamorado dela através de mim. Ela terá sido a grande descoberta do meu bombordo. A Grande Antília. Num mapa durante muitos anos perdido em gavetas de convés de naus meio naufragadas. Quis o destino que eu viesse a encontrá--lo. O portulano. Numa luarenta noite de Julho. No mesmo dia em que Vasco da Gama zarpava do Tejo em busca de uma Índia menos verdadeira do que a que acabei por achar...

ABRIL, 28

No centenário da minha velha *República*, lembrei-me da cadela *Regina*. Estanciava na rua da Matemática e por vezes entrava ali em casa para comer os restos que a Dores ou a Augusta lhe deixavam numa lata. Nunca teve dono. Por desobriga quase quaresmal, desbarrigava duas vezes em cada ano lectivo. Num abrir e fechar de sebentas, ficava a rua infestada de descendência que incomodava a vizinhança. Principalmente a edilidade municipal, investida do imperativo categórico, higiénico, moral e cívico de lhe dar descaminho condigno. Sem que ninguém se apercebesse, surgia a rede camarária, de supetão, a horas mortas, e limpava a artéria da cachorrada vadia e plebeia. Ficava assim reposta, na via pública, a moralidade e os bons costumes. A alma da rua reatava o sonho em lençóis lavados no rio por entre cantigas e motejos das lavadeiras da Alta. A *Regina*, porém, nunca se deixou enredar nas apertadas malhas da fúria morigeradora das autoridades municipais. Por artes que só uma mãe solteira sabe utilizar em legítima defesa, cumpriu durante longo tempo o seu destino de cadela parideira. Sem remorsos, satisfazia os seus apetites carnais e, dois meses mais tarde, nascia a criação mais ou menos alentada. O director do canil municipal cumpria, por seu turno, a obrigação cultural e pedagógica de ordenar a recolha da progénie já desmamada. Antes disso, nenhum bicho--careta se consolava de saber o esconderijo em que paria e amamentava a descendência. Só quando os filhotes se aventuravam para fora do ninho, já emancipados, que uma cadela tem mais que fazer do que apaparicar filhos matulões, é que a rede os podia prender e levar. A cadela-mãe sobrevivia sempre às investidas regulares dos funcionários municipais e dos técnicos do laboratório da Faculdade de Medicina. Caçavam-nos para que os vadios servissem de cobaias nas experiências científicas. A *Regina* acabou por morrer, em idade tardia, vítima de atropelamento. Encontrava-se já zarolha e fedorenta, inçada de chagas tinhosas, semeadas pelo pêlo do corpo. Maninha, maninha, creio eu bem que nunca ficou, mesmo tendo em conta a sua decrepitude. A pouco e pouco, contudo, foi perdendo o encanto olfactivo responsável pela perdição dos machos. E na rua onde estanciava, principiaram a rarear as turmas de fadistas galantes. Na estação do cio, vinham disputar os favores da cadela experiente nas andanças da vida vadia, sempre em suas tamanquinhas, muito rogada, mesmo tratando-se do período lascivo do desejo. Nunca considerou o seu corpo *res publica*, mostrando à saciedade *modus in rabus et in vaginulae*...

MAIO, I

Acordei logo de manhã com a primeira estrofe do poema de Nemésio, Maio de minha Mãe, a bailar-me na memória: "O primeiro de Maio de minha Mãe / Não era social, mas de favas e giestas. / Uma cadeira de pau, flor dos dedos do Avô / – Polimento, esquadria, engrade, olhá-la de longe – / Dava assento a Florália, o meu primeiro amor". Tão simples e tão belo, como todas as coisas grandes. No ano em que saiu o livro (1976) onde vêm estes versos, *Sapateia Açoriana* (alguns dos outros poemas que dele fazem parte constituem, por vezes, um verdadeiro libelo contra o chamado colonialismo português nos Açores) – estava-se ainda em plena época de fúria independentista nas Ilhas, sobretudo em São Miguel. O livrinho de Vitorino Nemésio caía assim como sopa no mel: "Na cinza parda o vento esconde as bombas / Da independência. / Há sombra em todas as lombas, / Espírito Santo na violência..." Também, quando na altura li o livro, fiquei bastante indignado e com uma mossa na admiração que por ele tinha, que felizmente, com o tempo, foi passando. Cerca de dois anos depois ele morria... Peguei então no livro e fui com ele a casa de Paulo Quintela, numa tarde de sexta-feira, e li-lhe os poemas mais ferozes, mas, no fim, ele riu-se: "O Nemésio é só poeta, não vejas nisso nenhum ideário político, são apenas desabafos de um lírico ferido" – dizia-me para me embrandecer e sobretudo para defender o amigo de uma vida inteira! E eu continuava lendo-lhe, a ver se o convencia de que não era bem assim: "A perfídia centralista outorga carta de Colónia às Ilhas. / Sofro as minha dores de coxo: pràs do sabote falta-me a paciência [...] O Conselho da Revolução espera-nos amanhã: / Mesmo de maca, ao General compareço. / Um rumor de aguilhadas, de bulldozers velhos, latas de leite, corre as ondas. / Chamam-nos os mortos, o mulherio, os baleeiros mansos com o cabo do arpão nas unhas. / As minhas velhas primas, desamparadas, esmolam dos senhores do MEC a renda dos vidros por que espreitam o mar que sempre foi nosso. / Confiam no velho coxo, e o velho coxo corre a acudir. / É como fogo posto ou briga de arruaceiros de fora. / As furnas são nossas, / As pipas do vinho velho são nossas, / As carroças do peixinho nossas, / O leite das tetas que ordenhamos, / As pontas com poucos faróis e muita craca, / Os caminhos seculares mal calçados. / Os chafarizes com um tapete de bosta quente cheiram bem. / Vamos salvar as

Ilhas: Eu tenho lá ossos de Pai e Mãe [...] / Amiga, espera-me com as tuas inesgotáveis reservas exoftálmicas: / Arregalar os olhos é um privilégio oportuno. / Tu outra, conta comigo na tua dureza brusca (tu que és sempre menina) [...] Eu agarro uma insónia, além de perder a noite a berrar da ciática, / Mas estes filhos de mamã hão-de nos pagar tudo o que nos fizeram, / Estes filhos de cerva hão-de afinal entrar na linha, / E levar nas canelas, / Metidos nos porões / (As moças às janelas), / Os grilhões / Que nos queriam enfiar à socapa nos pulsos duros da canga, / Eles que nos tratam como se andássemos de tanga. / (Até que me passe a zanga)…" Seria só um desabafo lírico? Tenho dúvidas!

MAIO, 7

Esta Coimbra em festa mas toda molhada não mete cobiça a ninguém, muito menos a mim, farto de estúrdias académicas vistas do meu lado de fora. Só metido nelas se vibra a valer. Aí, sim, não há chuva que esmoreça nada! Logo ao princípio da tarde sai o cortejo monumental da Queima das Fitas, dezenas e dezenas de carros alegóricos, ao qual terei de ir por dever de ofício de pai, apenas para marcar presença, uma vez que o meu filho mais moço vai de cartola e bengala, sinal de que é finalista. Já estou vestido em conformidade para esta guerra: calça de ganga e blusão a condizer. Não tenciono demorar-me muito. Sobre não estar o tempo seguro, não aprecio por aí além os grandes ajuntamentos e respectivos apertos, ainda para mais com colossais bebedeiras à mistura. O automóvel fica à porta de casa, o trânsito deve mostrar-se infernal e vai ser cortado nas artérias por onde o cortejo irá passar durante cerca de quatro horas. Nem a procissão do Senhor Santo Cristo dos Milagres, por aí a rebentar. Tenho-me ocupado a ler. Durante o fim-de-semana li o novo livro de Augusto Abelaira, *Outrora Agora*. Gostei da sua prosa brincada, cheia de jogos, evocações da infância e de outras fases da vida. Por vezes uma simples palavra basta para iniciar a viagem, prova da maturidade da escrita do autor. Continua elegendo a mulher e a cama como principais personagens deste seu novo e bem conseguido romance. Escrever um livro destes aos setenta anos é um prodígio de arte e de muito amor amassado ao longo dos anos. Não quero precipitar-me, mas estou inclinado a pensar ser esta a sua *opus magnum*. Tenho de reler alguns dos seus anteriores romances para verificar o que estou afirmando. Li também o livrinho do Mário Mesquita, publicado há cerca de uma semana – uma entrevista com o Eduardo Lourenço, em 1972, que ficou inédita todos estes anos, mas mantém a actualidade dos temas tratados: *Cultura e Política na Época Marcelista*, um excelente prefácio do entrevistador, *História Breve de uma Entrevista Reencontrada*, cerca de vinte e cinco páginas, não só ao nível da escrita limpa, clara, como no referente à informação política e cultural nele contida. Li igualmente o novo livrinho de versos do Manuel Alegre, *As Naus de Verde Pinho, Viagem de Bartolomeu*

Dias contada à minha filha Joana. Nada acrescenta à obra poética do autor, a não ser a intenção pedagógica e o facto de ter sido ilustrado pelo filho mais velho, Afonso Alegre Duarte, a figura do pai por uma pena. Já o vi mais do que uma vez, posso abonar esta flagrante parecença, pelo menos física – a mais não me é lícito abalançar. Lê-se de uma assentada e, claro, nota-se pela temática e por certas toadas e tons que não podia ser senão do Manuel! Na viagem de regresso a Coimbra, adentrei-me bem na releitura de António José Saraiva, *Para a História da Cultura em Portugal*, livro imprescindível para a compreensão das grandes linhas culturais e literárias do nosso país. À conta de um ensaio que lá vem sobre Almeida Garrett, apeteceu-me ir reler uma biografia desse escritor, político e orador do século XIX, e o livro *Folhas Caídas*, versos de um grande amoroso e apaixonado. Fez tanto e morreu com a idade que hoje carrego. Há pessoas a quem Deus bafeja. Logo, ao regressar a casa, vou de novo embrenhar-me na leitura. Oxalá me conserve com esta apetência, o tempo desta maneira preenchido faz-me esquecer de certas sombras e de mim.

MAIO, 8

Deitei-me perto da uma da manhã. Ainda procurei ler um pouco, mas depressa veio o sono cerrar-me as capelas dos olhos. Dormi a noite de uma assentada, fez-me muito bem. Continua o tempo a fazer negaças. À tarde, aguentou-se e a rapaziada académica pôde fazer o seu cortejo em seco, regado com muita cerveja. Ressaca geral. A Coimbra universitária dorme a sono solto e deve estar cozendo a monumental bebedeira da véspera. Ao regressar a casa, a pé, depois de ter ido abraçar o meu filho, encontro o João Paulo, a Mulher e a netinha. Iam os três para a Praça da República ver o cortejo. A Joana, filha do casal e mãe da Inês, vinha num carro alegórico. É fitada ou quartanista. Estive um pouco à conversa. A pequenita está lindíssima.

MAIO, 9
Saí de manhã, a pé, pensava que o passeio até à Faculdade me bastava para desanuviar o peso do peito. Enganei-me. Levei o guarda-chuva, não me foi preciso durante o percurso. Deixei-o por esquecimento na livraria onde fui estrear o dia cultural, apesar de o dono se encontrar ainda internado. Estive ontem passando um pedaço da tarde com ele. Tenho lá ido todas as semanas, às vezes mais do que uma vez. Não gostei do que me disse. À boa maneira alentejana, desabafou que qualquer dia se enforcava... Telefonei há pouco para a livraria – guardaram-mo, era de esperar. Sou da família e da fundação da casa nos idos de Abril de setenta e nove. Tenho lá adquirido bons objectos de cultura e alguns guarda-chuvas, principalmente nos fins de Inverno. Há muita gente que se esquece e nunca mais os reclama. Já não é a livraria de há alguns anos. Tudo se vai definhando como a gente... Depois, foi a pasta. Fui ao gabinete do José Augusto para meia de conversa

e deixei-a no sítio onde a poisara. Antes, também exaurido, passara pela Faculdade de Letras a encomendar o almoço e aproveitei o ensejo e fui interromper o Mário Mesquita a uma aula para combinar a ida para Lisboa amanhã ao fim da manhã. Passei de novo, depois do almoço, no gabinete do José Augusto a buscar a pasta. Esteve na Ilha neste último fim-de-semana. Embarcou na sexta e veio no domingo. Uma palestra no Hotel Açores Atlântico destinada a médicos de clínica geral, a convite de um laboratório que se encarregou de todas as despesas. Gostou de ter estado na Ilha. Três dias muito escassos, preenchidos até ao minuto. Não sei o que se passa hoje comigo, estou muito esquecido e distraído. Do queijo não será, não o tenho comido. Tenho andado a requeijão. Talvez seja da idade. De manhã acordei com um peso medonho de anos em cima do corpo. Ao almoço compareceu grande parte da mesa. Até o Oliva, arredio há umas semanas, também lá estava. Lá estivemos à conversa, espécie de concílio dos deuses preparando e escolhendo o próximo Presidente do Conselho Científico, a mesa doze arvorou-se ela própria em *lobby* de pressão da Faculdade... Até que chegou o meu filho do meio, veio tomar a bica comigo e deu-me boleia para casa, onde me encontro neste momento. Escrevo e contemplo pela janela do escritório uma magnífica trovoada de Maio, acompanhada de fortes relâmpagos e de chuva torrencial. Sinto-me mais aliviado, tamanha a descarga de electricidade no ar desde manhã. A luz eléctrica já me anda fazendo sinais de que se pode ir embora de um momento para o outro. Continua a trovoada cavalgando pelos céus afora. Apetecia-me enrolar num canto da cama a ler. Acho que não tenho a cabeça arejada para esta operação mental. Mais para o fim da tarde, talvez. Já me despedi do meu filho, parte amanhã cedinho, tem de estar às nove no aeroporto. Do meu diário o Carlos André ainda me não disse nada de especial. Está a lê-lo com muito interesse, muito devagar, tem uma vida agitada de professor ambulante. Até para o Algarve vai regularmente. Responsável pelo Latim na universidade local. Do Porto ainda não chegaram notícias. Tenho de esperar com paciência. O pior é tê-la. Preciso cultivá-la num dos meus canteiros devolutos. Tê-los-ei?

MAIO, 10

Rompe a madrugada sem nenhum fulgor. Estou triste da tristeza de Ela. Do distante cansaço que suas palavras me trouxeram. Desde ontem à noite rechinam-me sobre a bigorna dos ouvidos. Bem gostava eu de senti-la com um sol nas mãos e outro nos lábios e outro ainda em seus olhos... Só por si tem uma parelha de sóis em pleno meio-dia estival. Dardejam sobre as terras abertas do sul. Por agora adormecidos, virados para dentro. Como a manhã emergindo da noite sem vontade. Há pouco pôs-se a descer a colina. Entra-me agora pela janela e tropeça na mesa onde escrevo. Quem me dera que do ventre das palavras se parisse o mesmo sol, assíduo e pontual, que lhe frequentava o nascente do corpo nos dias cavalgados de esperança. Descobrimo-nos devagar e devagar nos fomos amando por entre as horas dos dias e das noites sem que o Sol repousasse um instante no ocaso abolido de sua rosa-dos-ventos. Amando-nos como quem desfolha amores-perfeitos e fica com os dedos ardendo de um lume bom guardado sem rancor para se explodir numa corola de espanto. Nutro-me dele. Nele aguardo que a asa do dia me passe à porta.

MAIO, 13

Com um dia tão lindo até é pecado andar motorizado!

MAIO, 14

À noite recebi a visita de meu filho mais moço. Esteve comigo a passar um pouco de serão até chegar à hora da piscina. Pediu-me que o levasse hoje ao José Augusto. Quer consultá-lo acerca de um problema do foro sexual. Não sabe se é da sua especialidade, mas, de qualquer modo, ele poderá dar-lhe uma indicação ou aconselhar-lhe outro médico. Trata-se, segundo me disse, de ejaculação prematura... Fiquei meio embatocado. Não dei sinal de fraqueza nem de qualquer puritanismo. Pregou-se-me meu Pai na lembrança. Acho que nunca lhe poria um problema dessa natureza! Por medo, por vergonha, sei lá, embora se fizesse crer que era por respeito. Havia muito respeito e obediência... No fundo fiquei feliz pela confiança. Outra geração, diferente da minha como o dia da noite. Apesar da diferença, há coisas comuns em todas elas. Na maldade, por exemplo. Estava ontem a Cristina Martins toda incomodada com um colega pouco mais velho do que ela. Trabalha na mesma área linguística. A fazer-lhe das suas: de copiar-lhe passos de textos sem referir a fonte até sonegar-lhe informações, etcœtra... Começa cedo a ter desilusões desse teor. Neste aspecto a raça humana não evoluiu um milímetro. Ontem, ao passar na Praça, topei com um conterrâneo, investigador da Universidade. Mal me viu, tentou passar despercebido. Como não conseguiu, teve de me acenar e cumprimentar muito frouxamente e de raspão, como se tivesse fogo no rabo... Emprestei-lhe dois contos de réis em Junho passado, em Santa Apolónia, e até hoje. Depois disso, vi-o uma vez. Garantiu-me que no fim do mês me pagaria. Era o mês dos dois ordenados... Já se passaram quase doze meses, afinal não só não me pagou, como também deixou de ser aquele amigo que sempre que o encontrava parava a dar dois dedos de conversa. Puta de vida!

MAIO, 16
O tempo parece ter-se recolhido a um cantinho para se repensar de alto a baixo, à guisa de certos intelectuais que o fazem a respeito do país e de outras calamidades visíveis. E deu nisto – um céu de chumbo de onde caem fortes aguaceiros e uma temperatura meio arrepiada, não raro abafadiça, imprópria para esta altura do ano e da vida. Tempo propício para que uma pessoa vá con-

servando os nervos em molho de muita exaltação contida... A Semana Cultural, integrada nos festejos da Queima das Fitas, começou, na segunda-feira passada, com o colóquio "A Importância das Ilhas Atlânticas no Actual Quadro Internacional". Falaram todos com muita propriedade e sabedura. Eu estava entre a luzida assistência juntamente com o José Augusto, que não esteve até ao fim, tinha de ir dar uma aula. O que me contou foi o suficiente para me entreter durante o resto do colóquio... Disse que, no passado fim-de-semana, lhe tinha morrido um dos cães, o *Alex*, atropelado na rua por um automóvel. Deram por falta dele na Sexta--feira à noite, mas de nada desconfiaram. O cão às vezes ficava uma ou duas noites por fora, nas suas sortidas amorosas pelas redondezas. Como o animal não aparecesse ao outro dia de manhã, perguntaram aos vizinhos se tinham dado fé dele. Uma vizinha informou que, na véspera, ouvira o estrondo de um carro e os ganidos de um cão. Quando foi ver não bispou ninguém na rua. Encontraram-no, na cave, morto e ensanguentado. A família humana ficou de luto. Recordou que o cão não era dado a grandes festas, mas, na véspera da morte, quinta-feira feriada, tinha ido deitar-se ao lado do dono, no sofá da sala, e o beijara muito. Ficara bem impressionado com a atitude meiguiceira do cão e não foi além disso nas conjecturas. Estas vieram depois de o ter encontrado sem vida. Se calhar, estão certas, o instinto dos animais é fiável e seguro. Estava adivinhando a sua morte prematura, só tinha três anos de idade, a celebrar em Julho próximo... Na sala de conferências da Casa da Cultura, tudo de repente ganhou um novo sentido. Passei a perceber melhor as estratégias e os conflitos da guerra-fria, etc. e tal... Muito gostei de ouvir gente tão sábia sobre a matéria tão árida, ardente como as areias do deserto. Do que gostei muito, e o José Augusto também, foi de um espectáculo dado, à noite, pelo *Alpendre*. Um belo recital de poesia, com uma encenação excelente. Toda a alma ilhoa despidinha no palco do Teatro Académico de Gil Vicente! A folhas tantas do sarau, ou, melhor dizendo, a lágrimas tantas, senti-me bastante comovido, um quente consolo por dentro... O pior foi o *Alex*. Não me saía do pensamento. Às tantas, aquelas lágrimas vertidas...

MAIO, 17
Alvitrei à mesa do almoço que fôssemos amanhã a Viseu, a casa do Oliva, ver o desafio da finalíssima da Taça de Portugal, a ser transmitido pela televisão. Apesar do semblante do tempo, quase todos os convivas se entusiasmaram com a ideia, sobretudo o anfitrião – péla-se por um convívio com a malta que lhe está próxima, principalmente ao fim-de-semana, período enfadonho no seu calendário íntimo. Mais logo, à mesa da tertúlia, vamos combinar os pormenores da excursão. Eu irei. Nem que seja sozinho. Já disse ao anfitrião. Estou precisado de rever os cumes dos Montes Hermínios, possivelmente ainda nevados, pretexto para dar um saltinho à História de Portugal, de Tomás

de Barros, em idade de calças curtas, encontrar-me com Viriato e Sertório – tonificar-me por dentro! Mau grado eu ser homem da beira-mar, gosto muito da seriedade pensativa da montanha. Dá-me paz e faz-me sonhar conchegos de lareira antiga, quase pré-histórica. Não perdi ainda a esperança de escrever uma página de prosa datada daquelas serranias. A cidade de Viseu sempre esteve bem acolhida na minha memória, primeiramente apenas como nome numa cantiga infantil, *indo eu, indo eu a caminho de Viseu*, lembro-me de minha Mãe ma entoar. Depois, já adulto, quando a visitei no primeiro ano que vim para Coimbra, nas férias do Natal de 1960, ainda uma pacata cidadezinha de província. Depois, nos livros de Aquilino, que lá estudou e a evocou como ninguém... Minha Mãe entoou-me ontem uma linda moda ao telefone... Acabara de ler o original do meu próximo livro, *Relação de Bordo*. Quis dar-me conta das suas impressões de leitura. Consolou-se! Chorou e riu, consoante os passos. Mal acabava uma página, logo queria saber o que dizia a outra. Assim, enviçada, como afirmou, percorreu com sofreguidão as duzentas e tal páginas do original. Dois dias e dois serões. Terminou dizendo que o vai ler de novo. Quer afirmar-se melhor em certos episódios. Deitei-me com um melrinho cantando-me, empoleirado, no beiral da empena da casa onde me sou. Meu irmão Francisco, disse-me ela, ficou também encantado. Daqui a pouco vou-lhe ligar. Hoje é o dia do seu 44.º aniversário e já saberei os pormenores.

Viseu, 18 de Maio

Quase duas horas da madrugada e não estou de modo nenhum com sono. Tão-só os olhos areados. Lá fora, tagarela a chuva, monótona, pontuando o silêncio percorrido por uma pontinha de vento sudoeste. Ouvi dizer esta tarde a um amigo de infância do Oliva que se a Lua Nova é trovejada um mês inteiro é molhada. A de Maio foi saudada com trovões e relâmpagos. Longe vá o agoiro! A primeira vez que pernoito nesta cidade beirã que dentro de si alberga a Cava de Viriato (o das *vírias*, daí o nome), o primeiro herói luso das páginas iniciais da história da quarta classe, de Tomás de Barros, um pouco antes de se entrar nos reinados propriamente ditos, que ficaram todos na ponta da língua. Os meus anfitriões ainda se encontram a pé. Vêem um filme na televisão. Noctívagos! Fazem bem. É fim--de-semana e amanhã não há o barulho garantido das obras – a mestrança está de folga. Durante a semana, a partir das oito, já não se pode estar no choco. Têm obras para longo tempo, a urbanização da Quinta de Marzovelos está para durar, é enorme. Recolhi-me para ficar mais comigo. Maçado da viagem e do resto do dia. Preenchido até à gota do pormenor, incluindo a assistência, pela televisão, com mais dois amigos do Oliva, da finalíssima da Taça de Portugal, entre o Benfica e o Sporting. Terminou em tragédia – a morte de um homem de trinta e seis anos, atingido por um *rocket* atirado da bancada da claque do Benfica. Torci pelo Sporting, fiel ao preceito de que se pode mudar de mulher, de partido, mas nunca de clube. Esta minha inclinação vem de muito longe, do tempo em que estava hospedado na Pensão Familiar da Arquinha. Lembro-me como se fosse hoje. Sei que foi num domingo de bola. Não fora passar o fim-de-semana a casa, tinha um exercício de apuramento no dia seguinte de manhã e precisava de estudar matemática e o Grinoaldo ofereceu-se para me explicar alguns pontos mais obscuros da matéria muito mal compreendida e mais mal assimilada no decurso das aulas. Estivemos a desbravá-la durante toda a santa tarde de sábado, e no Domingo, após o relato de futebol, passámos às revisões da matéria. Na Pensão Familiar da Arquinha aprendi que o jogo da bola constituía uma doença de domingo, propagada em ondas curtas através dos relatos velozes, apaixonados e apaixonantes do Artur Agostinho e do Amadeu José de Freitas. Neste como em outros campos, a pensão encontrava-se dividida em grupinhos rivais, cada qual tirando parte pelo seu clube predilecto e venerando os seus ídolos do pontapé. Até nos locutores havia emulação. A patroa possuía um *Philco* na saleta de estar, à ilharga da sala de jantar. Deixava-nos quase sempre ouvir o relato, mas, se andava aluada, enxotava-nos da saleta e não tínhamos outra alternativa que não fosse a de irmos a uma taberna vizinha da pensão para ouvirmos o relato a troco de seis tostões de amendoins ou de favas assadas por cabeça. Por fim, o Grinoaldo arranjou umas galenas e daí em diante nunca mais a patroa teve o prazer de nos mandar à fava ou ao amendoim da taberna do senhor Medeiros, mesmo pegada à Pensão Familiar. Nessa tarde de renhido desafio entre os velhos rivais Sporting e Benfica, com um empate a zero ao intervalo, perguntou-me o Grinoaldo à queima-roupa: "És do Sporting ou do Benfica?" Fiquei meio embatucado, mas, ao verificar que ele esperava com sofreguidão a minha resposta, retorqui-lhe que era adepto dos leões sem saber se era essa a minha convicção, mas quis agradar-lhe, tanto mais que tinha tido muito trabalho comigo a ensinar-me matemática. Mais radiante não poderia ele ter ficado. A minha adesão, que com o decorrer do tempo se tornou aguda, vinha alargar a família leonina já de si numerosa na pensão, a mais aguerrida mas sem fanatismos... Assim investido do meu novo estatuto de sportinguista, escutei com outro propósito e outra fé a segunda parte do relato do Amadeu José de Freitas. Nunca os cinco violinos tocaram tão magnificamente a partitura da sinfonia que se desenvolvia na dianteira como nessa tarde de Domingo, com certeza em homenagem ao novel apoiante... Até o Azevedo, o melhor *Keeper* português de todos os tempos, no acalorado dizer do Grinoaldo, defendeu um *penalty*, indecentemente apontado pelo árbitro e confirmado depois pelo *liner*. Garantiu o Grinoaldo pelo que tinha deduzido do relato que o Rogério do Benfica tinha chutado a bola para o lado contrário para onde mergulhara o guarda-redes Azevedo, mas este, ao aperceber-se do facto, em pleno voo, se virara no ar, a meia altura, conseguindo ir encaixar o esférico à beira de ultrapassar a linha de golo rente ao poste esquerdo da baliza... O último golo do Sporting – um golão, como exemplificou o Grinoaldo, no quarto/camarata, por entre as camas – surgiu pouco antes do apito final. "A bola vem por alto, com boa conta, é cabeceada em direcção a Albano, finta dois adversários, dá um toque de calcanhar para Vasques, Vasques avança, tenta desmarcar-se, não consegue, recupera a bola, passa a Jesus Correia, entrega a Travassos, tenta rematar, a bola embate num *back* benfiquista, ressalta, vem parar aos pés de Peyroteo, há perigo, Peyroteo avança, entra na grande área, vai rematar, remata fortíssimo, gooolo do Sporting, gooolo sem defesa de Peyroteo; Sporting três, Benfica dois; bola já no centro do terreno, o árbitro olha para o relógio, Espírito Santo reinicia a partida, atrasa para Francisco Ferreira... e neste momento dá o juiz por terminada a partida entre os dois maiores do futebol português... Sporting 3, Benfica 2... O Grinoaldo era o chefe natural da ampla família leonina da pensão Familiar da Arquinha. Talvez por ser comandante de castelo na Mocidade Portuguesa e estar habituado a dar ordens e a ser prontamente obedecido. Havia, contudo, outras famílias menores: a dos benfiquistas conhecida pelo seu fanatismo clubista; a dos portistas; a da Académica, cujos simpatizantes eram quase sempre adeptos de um dos quatro grandes. Só o Gilberto de Água Retorta é que apoiava, sozinho, os Belenenses: admirava o Matateu e o Quaresma e, sobre todas as coisas venerava o Presidente Carmona, habitante do palácio de Belém de onde derivou o nome do clube das Salésias, ostentando os jogadores a Cruz de Cristo esmaltada em suas camisolas. Pendurado na parede, mesmo por cima da mesa de estudo, tinha um retrato do emplumado Presidente da República à ilharga do Matateu. Ainda não tinha conseguido uma gravura do Quaresma a fim de completar a trindade dos seus afectos, mas lá a arranjaria um destes dias... Trouxe comigo para o quarto um livro de uma das estantes do meu amigo, o *Dinossauro Excelentíssimo*, de José Cardoso Pires. Pena não haver livros do Aquilino. Não vim preparado com os meus apetrechos, nem de leitura nem de higiene, nem sequer me tinha passado pela cabeça pernoitar em Viseu. Reli duas ou três páginas e fechei-o. Não me encontro com cabeça para leituras, por mais leves que sejam. Comi e bebi muito bem. Nesta região a comida é farta e boa. Está agora sobre a mesinha-de-cabeceira. O livro. Amanhã, se acaso acordar cedo, pode ser que me entretenha até saltar para fora dos lençóis. Ao passar perto da terra do dinossauro, lembrei-me dele. Bastou-me para isso ler a placa de sinalização na estrada – Vimieiro. Vim por aí acima sozinho, um tempo de abertas muito curtas e de fechadas mais duradoiras, muita chuva, vento e algum nevoeiro. Valeu haver poucos almocreves pela estrada fora. Dos modernos, com seus cavalos mecânicos. Saí de Coimbra no meu xaveco pelas dez da manhã. Antes, fora à Baixa, a uma pastelaria, aviar uns pastéis de Santa Clara e à florista comprar um vaso de Gerberas.

Vinham duas, uma delas de corola completamente explodida de vermelho-zarcão e a outra, ainda imberbe, inchada em seu verde abrolho. A Zé gostou que lhe tivesse levado as flores e os pastéis. Tem poucas plantas de interior. As que possui são de exterior e encontram-se na varanda da sala, virada a norte. Nesta terra, esse ponto cardeal é muito sério como as gentes beirãs que não são geladas como o setentrião que sopra de encontro a elas durante os longos invernos. O hibisco algarvio, implantado em seu vaso, encontra-se ainda muito serôdio em primavera. Só agora lhe começaram a rebentar as primeiras tímidas folhinhas ao longo da estaca do corpo. Cheguei a Viseu perto das onze e meia. Vim devagar, em minha companhia e de um tempo agreste a condimentar a viagem, infunde respeito, sobretudo num itinerário principal, pomposamente denominado IP3, sem nenhuma estação de serviço. Pena não ter música no meu automóvel, roubaram-me o rádio e o leitor de cassetes, na noite anterior à eleição de Jorge Sampaio, o tal ladrão honesto... Vieram-me assim escoltando os pensamentos. Positivos, para que tudo corresse bem. Primeiro e sempre, pensamentos de Ela. Há três meses fez esta mesma viagem comigo, no automóvel da Cristina Martins, igualmente para casa do Oliva, que celebrava o seu aniversário. Senti a minha mão na sua, o modo de viajarmos juntos, nas viagens reais e imaginárias. Mãos dadas, enterradas na quentura uma da outra. Agradável entrelaçá-las mesmo ao longe. A recordação de agora já foi o pão saboreado sem qualquer distância de permeio. Poisei o pensamento em meu irmão Francisco. Ontem de manhã falei com ele ao telefone, para lhe dar os parabéns por mais um ano de vida. Disse-me, entre outras coisas, que o meu livro, *Relação de Bordo*, o tinha impressionado e marcado muito. Que escritor, mesmo sendo irmão, pode ficar imune a esta apreciação tão bela? Está a Maria Alice a preparar-se para o ler também... Bati à porta do Oliva com estas palavras no ouvido e com a mão de Ela bem arrochada na minha... Saímos logo, o Oliva e eu – a Zé estava ainda no quarto. Fomos tomar um café. Tenho sono. Quase quatro da manhã. Apagar a luz e ver se adormeço. Já me descem as capelas dos olhos piscos.

VISEU, 19 DE MAIO
Acordei às sete e meia da manhã. Por mais esforços, não consegui dormir mais. As escassas horas em que permaneci esquecido foram bem dormidas, encontro-me fresco – *as fresh as a daisy* – o nome da flor do nome de Ela, fica-me muito bem na lapela da saudade – depois de ter tomado banho, relido cerca de vinte e cinco páginas do *Dinossauro Excelentíssimo* (livro que não será dos mais conseguidos de José Cardoso Pires) e comido uma taça avantajada de morangos, seguida de uma malga de arroz doce, muito saboroso e bem feito, a Zé fê-lo para o almoço de ontem. Os meus anfitriões deitaram-se mais tarde do que eu, estão ainda em sonhos. Lá fora há muita chuva, tempo ainda pior do que o de ontem. Não se consegue ver nem a Serra da

Estrela nem a do Caramulo, tal é o negrume a forrar toda a paisagem à volta. O Oliva disse-me que, antes do almoço – será num restaurante nos arredores de Viseu, em Fragilde onde fazem um polvo à lagareiro de truz, como se fosse bacalhau – iremos dar uma volta pela cidade para apreciar os monumentos. Viseu é uma cidade bastante rica nesse domínio. Logo a seguir ao almoço, iremos a uma quinta do colega da Zé, amigo de infância do Oliva, fica também nos arredores, perto de uma aldeia chamada Povolide, sufixo que não sei o que significa, mas entra também na formação de Campolide. Esse médico, a quem ontem fui apresentado, tem a mesma idade do Oliva, cerca de quarenta anos, estudou em Coimbra, um verdadeiro anarquista. Praticamente não tem documentos, ou melhor, tem-nos todos caducados há vários anos, do Bilhete de Identidade à carta de condução. Não paga há anos o imposto automóvel, esquece-se de pagar a água, a luz e o telefone, mas nunca nada lhe aconteceu ainda... Além destas particularidades, tem outra – o seu medo visceral de andar de avião. Nunca experimentou nem põe a hipótese de um dia vir a tentar. Tem uma bela quinta de cerca de quarenta hectares, casa rústica adaptada de uma velha casa de alfaias agrícolas. Vive aí, embora mantenha na cidade um apartamento de renda barata. Mal me foi apresentado, gostei logo dele. Almoçou connosco ontem, vai almoçar hoje e assistiu ao jogo de futebol pela televisão. Bom copo e bom garfo, compleição de atleta. Mostrou-me uma fotografia do tempo em que andou por Coimbra a cursar medicina. Irreconhecível. Parece o Che-Guevara. De facto andou e militou nas hostes de extrema-esquerda, não sei se por lá se mantém. Tive pejo de perguntar.

Coimbra, 20 de Maio
Saí cedo de Viseu. Aproveitei uma aberta e uma suspensão da chuva irritante que caíra durante a noite e quase todo o dia. Se tivesse continuado, já a tinha cá dentro fisgada – pediria aos meus anfitriões para pernoitar lá de novo. Queria vir com dia pela estrada fora, de mais a mais sozinho e num xaveco como o meu. Portou-se muito bem, não tenho razão de queixa. Excelente o almoço de polvo à lagareiro, nunca tinha comido tal molusco cefalópode com batatas a murro, aprender até morrer. Dali fomos à quinta. Chuva que Deus a dava. Uma desolação. A vinha plantada há pouco tempo estava desenraizada, um grande prejuízo. O dono desabafava que a quinta se estava escoando para a estrada... Gostei da casa. Rústica, aconchegada, no meio da imensa extensão de terra. Era um local magnífico para uma pessoa se isolar a escrever um livro. Trouxe de lá uma garrafa de azeite, o dono garantiu-me ser de boa qualidade, quase sem acidez. Antes de o almoço, demos uma volta de automóvel pela cidade de Viseu, a chuva impertinente estragou tudo. Ainda revi alguns monumentos: o Seminário onde estudou o dinossauro excelentíssimo, a Sé de Viseu, a casa onde nasceu Augusto Hilário, o lendário

fadista de Coimbra e etcœtra, palavrinha mágica nestas pendências enumerativas. Saí pelas cinco e meia da tarde, pouca chuva apanhei até Coimbra. Não havia grande movimento. Vim devagar. Tinha muita pressa de chegar a casa. Cheguei, falei com minha Mãe, li, vi televisão e fui para a cama perto da meia-noite. Aqui está a mal contada história da minha ida a Viseu — espero se repita um dia destes.

MAIO, 22
O cheirinho a Verão perfuma as fraldas já mais que mijadas da Natureza! Apetece levantar cedo e sair por aí sem destino ou com o destino marcado apenas pelo ritmo das pernas. Não me seria impossível aderir a esta auto-sugestão e pô-la em prática. Representaria o meu pequeno preito de homenagem à saída de cena da chuva que prolongou em demasia a sua canhestra representação em palco, não se importando sequer com as vaias e pateadas dos espectadores, seus naturais mártires pacientes e padecedores. Em compensação, irei mais logo até ao pátio da Universidade dar meia dúzia de voltas, como burro à nora, antes das primeiras aulas e inspirar a linda paisagem que de lá se desfruta — o rio Mondego espelhando-se em música de fundo. Guardarei para amanhã ou para depois o passeio mais abrangente (que palavrão!) que me devo e os meus pés reclamam. Tenho andado tomando nota de endereços de várias editoras. Significa que ando parafusando no mesmo e mais forte, como a velha música da Relva,

que fazia coisa análoga no respeitante às partituras. A demora da *Campo das Letras* já se está tornando um poucochinho dilatada e, se calhar, vem a resposta por aí abaixo embrulhada numa rotunda negativa escrita com todas as suas oito letrinhas apenas... Já tenho mais de meia dúzia de endereços, mas ainda não me sentei, ou melhor, ainda não me pus a perambular para escrever uma espécie de circular, igual àquelas em que se pede emprego, não para mim, mas para o meu livro. Começa já a cair no desemprego e não tem direito a qualquer fundo, a não ser o da gaveta. Ainda vou dar mais um tempo à editora do Porto, não quero precipitar-me – neste domínio pode-se tornar fatal. Ontem o Carlos André falou comigo. Avançou mais um pouco. Pediu desculpa pela demora, ainda não é toda, mas teve, entrementes, de ler uma tese de mestrado. Mas disse: "já te posso avançar uma opinião acerca do que já li; estou a gostar muito, há lá páginas de uma força extraordinária (e deu alguns exemplos), de resto a tua prosa demonstra essa força – à medida que vou avançando no tempo do diário, mais entusiasmado vou ficando; só não gosto muito da parte escrita em Mafra, na tropa..." Segundo o seu ponto de vista, "é vazada numa escrita ingénua e sem aquela garra que é *apanágio* da tua prosa." Discordo, mas fiquei contente. Opinião franca e, no fundo, muito elogiosa. A parte referente a Mafra foi a última a ser escrita, escrevi-a em Abril (não lho disse, mas fica aqui para que conste) a partir apenas de um velho caderninho completado com dados da memória. Daí ter mascarado certos nomes com pseudónimos. Tudo isto significa que fui capaz de regressar no tempo de tal maneira que consegui meter--me na pele dos meus vinte e quatro anos e escrever em estilo conforme. Por vezes a crítica literária deixa-me sem fôlego. Fico aguardando o que me dirá quando concluir a leitura. Meu irmão Francisco gostou muito da primeira parte do livro, exactamente aquela sobre a qual o Carlos André semeia as suas reticências...

Maio, 23

A Universidade de Coimbra abre hoje os seus portões para deixar entrar a poesia. David Mourão Ferreira deve estar às portas da morte. Ele será o homenageado. Uma exposição bibliográfica, uma conferência de Carlos Reis e uma sessão de fados de Coimbra com letras do Poeta. Espero estar presente. Gesto bonito. Pena que, quando assim acontece, paire quase sempre no ar um erradio cheiro a morte. Aqui as homenagens têm ainda esse carácter agoirento – faz arrepiar. Não se sabe bem se elas a atraem, se, quando se fazem, já assentam os seus pilares no movediço terreno que serve de cama ou de porta à fechadura da vida. Gostaria de me associar à homenagem. Sou capaz de levar comigo na pasta a Obra Poética para ler um poema em cada aula que irei dar. Retirei a ideia da Rádio Difusão Portuguesa. No fim de cada noticiário, irá transmitir um poema dito pelo próprio Poeta, magnífico *diseur*. Recentemente foi publicado um CD, *Monumento de Palavras*.

Tenciono adquiri-lo um destes dias. Mais uma referência da minha geração que desaparece do mapa assim inopinadamente e sem idade ainda para morrer. A idade madura, ou maduridade como diria o Poeta, tem destes percalços – dela vê-se desmoronar o mundo, pedra sobre pedra. São os amigos, os parentes e um dia... Ontem fiz um provérbio. Uma colega minha, professora do Liceu, veio ter comigo para que lhe desse a tradução portuguesa equivalente a um ditado inglês. Não me ocorreu, no momento, nenhum anexim português que traduzisse o seu correspondente anglo-saxónico. Não me dei por achado. De repente, saltou-me da mente, como fatia de pão de torradeira automática, dois versos rimados em forma de frase feita, pronta a servir. Não só traduzia a ideia contida no apodo inglês como dava a impressão de um provérbio autêntico – *Quem gasta o que tem, não chega a vintém*... A excelentíssima colega ficou encantada com a minha proverbial sabedura e eu por ter nela alimentado a ideia falsa de que sou um perito em máximas do adagiário português... Desta e de outras maneiras mais ou menos semelhantes se erguem os grandes pedestais de barro misturado com merda ressequida... Por falar nela, lembrei-me de uma história verdadeira passada na Ilha no tempo de meu Pai, Deus lhe dê o céu. Havia na freguesia uma senhora chamada D. Prudência que era muito invejosa. Até se dizia que se de acordo com a hierarquia dos sete pecados capitais o da inveja não era considerado, no catecismo em vigor, de patente muito elevada, era com toda a segurança o mais corrosivo dos restantes irmãos colaços. D. Prudência dos Prazeres e Canto seria, nesse reino, uma das maiores capitalistas da freguesia. Roía-se de inveja do Zé Peidão e de seu mágico traseiro. Possuía a mui recém-senhora longo tempo de crescença. Preenchia-o por inteiro devotando--se a miuçalhas apostólicas: organizadora do bazar das festas; solista quase contralto no coro da capela; presidente do júri dos exames das aspirantes a catequistas; directora e militante da confraria do Sagrado Coração de Jesus; secretária de duas associações: a da Conferência de São Vicente de Paula e a da Cavalaria Ligeira da Imaculada... Sempre muito atento a certos sinais e avisos transcendentais, tomou o padre vigário em consideração o novo estatuto socioeconómico da ilustre paroquiana... Havia-se consorciado há pouco – ela em primeiras, ele em segundas núpcias – com o 5.º morgado do Calço da Má-Cara, Paulino Botelho e Canto, podre de rico e senhor de extenso poder terreno e de elevado autorizo secular. A fim de festejar com dignidade a subida de vários degraus do escadote social de sua freguesa, o sacerdote pôs à sua disposição o melhor cadeiral do altar-mor, mandando estofar o assento de veludo vermelho. Deste modo protegida, poderia ela assistir aos actos litúrgicos com todo o respeito devido à sua nova classe, e ficava mais bem resguardada dos bafos e suores velhos dos gentios e labregos da paróquia. Pouco tempo após ocupar o cadeiral das honrarias, principiou a sentir, nas tripas, uns rumores suspeitos. Não fez caso. Talvez qualquer coisa que tivesse comido e lhe não caíra bem... Na proporção porém que os domingos se iam passando, principiou a sentir-se cada vez mais mal disposta, uma premente vontade de ir lá fora despejar. Certa vez, ia a menos de meio a explanação do Evangelho segundo São Mateus, escapuliu-se a senhora pé ante pé do altar-mor. Amarela de cidra e lavada de suores frios, enfiou pela porta da sacristia e mal se apanhou no adro embicou para uma das casas da vizinhança e em agonia invadiu-a. Meia hora depois voltou ainda muito a tempo de ouvir o resto da prática que se estendeu por outro tanto tempo (o padre vigário, quando malhava, era por telhas e selhas, não consentindo que o rebanho que pastoreava pusesse a boca em pasto verde). D. Prudência já trazia outro sossego dentro de si, via-se-lhe na cara, graças a Deus e ao penico de louça da Paixão, sua amiga do tempo em que a antiga criada de dentro do palácio da Má-Cara não usava, nem lho davam, o tratamento de Dona... O desarranjo agravava-se-lhe de dia para dia. As dorezinhas de barriga persistiam e não raro subiam de tom – instantes agónicos ensopados de suores e batidos de calafrios. Em tais ocasiões, transfigurava-se o altar-mor no seu jardim das oliveiras de bolso, "Pai, afastai de mim este cálice de fezes quase a transbordar", e instalava-se-lhe no pensamento a figura atrevida de Ti Zé Peidão, rabo alçado contra o vento, estrondeando ventosidades, segundo o seu livre-arbítrio... A sua secreta ambição seria manobrar com o mesmo à-vontade a recôndita caixinha das tripas sempre em turbulência. Mas, como dizia a Bíblia, Deus escrevia direito por linhas tortas e dava o cu conforme a tripa, ou vice-versa – seja feita a Sua santa vontade... Em Domingo de Ramos aconteceu o que há muito se previa e no íntimo ela vinha desconfiando. Não se sentindo com forças bastantes para se erguer do cadeiral, deixou-se despejar ali mesmo... Ao levantar-se, após o ofício, sentia grude esborrachado ao redor das nádegas encarquilhadas. Valeu-lhe a cinta-de-forças. Da molhanga nem um suor trespassou. No agónico momento de martírio, D. Prudência caiu em si e finalmente entendeu na sua fundura o verdadeiro significado das palavras do Jaime Tramalho no tempo em que ainda eram ambos criados no palácio do morgado Paulino Botelho e Canto. O Jaime curava do canil e da capoeira. Apesar dos rumores sobre as afeições entre o patrão e a já governanta, esta seria, para ele, a mulher da sua vida. Cosia este sonho há muito consigo, mas, não sabia como declarar-lhe o seu bem-querer. O convívio com os animais fizera-o caladão, embuziado e sucinto de palavras que de facto não abundavam em sua leira semântica. Um dia perdeu o medo e pediu-lhe namoro, a voz entaramelada. Ela, nem sim nem sopas, o que tivesse de ser, soaria. Cada vez mais confuso, deu em entristecer. Pândego por natureza! Perante uma pilhéria mesmo sem graça, desmoronava-se de riso. Uma compensação por ser provido de poucas falas. A tristeza de que se trajara acicatou-lhe a benquerença por

Prudência. Numa esmalmada tarde de Agosto... Andava ela no terraço sombreado por uma latada de lilases e o Jaime, num esforço sobre-humano, venceu as últimas amarras, sem saber ainda que palavras desenterrar da courela do léxico diminuto. Mas decidiu-se: "Gosto de ti como do bom obrar..." A rapariga ficou néscia e brava. Má-criação tamanha! Não se atreveu a ir acusá-lo ao senhor morgado, mas nunca mais olhou para ele. Se o via por perto, virava-lhe a cara, as costas e tudo o mais... Volvidos tantos anos, alcançava agora com clareza o fundamento de que o Jaime a amava como ninguém se consolava de ser tão bem querida. E corou de pejo por via do segredo de uma aventura amorosa que só existiu no imo do rapaz e cujo desfecho fora o seu embarque para as Bermudas – desgosto tamanho o dele! Outra opção não tomou a amada que não fosse a de deixar de ir à missa. Das últimas vezes que saía de casa para assistir ao sacrifício divino, bastava-lhe pôr o pé na soleira do guarda-vento para que se iniciasse a revolução intestinal, não se aventurando a entrar na igreja em pecado tão mortal. Corria a casa da Paixão e enchia-lhe o penico de louça da Vila. Posto ao corrente do sucedido, o padre vigário ofereceu-se para ir celebrar uma vez por semana na ermida privativa da casa senhorial. Cumpriu. Mas a senhora não encontrava alívios. Continuava saindo a meio da celebração litúrgica. Pôs-se então ela a correr a via-sacra dos médicos e, por fim, a dos curandeiros. Nenhum lhe encontrou o mais pequeno pitafe – tudo nervos. O padecimento agravava-se cada vez mais. Bastava-lhe ouvir o sino a tocar para a missa, ou ver, ao longe, uma batina de padre ou de seminarista, para sentir vontade de ir dar de corpo. Lágrimas sobre lágrimas lhe lavaram o rosto. Pedia muito a Deus que lhe consertasse o traseiro de forma que ficasse igual ou parecido com o do Ti Zé Peidão. O Doutor Alemão, judeu refugiado na cidade durante a Segunda Grande Guerra, principiara há muito a lograr fama de santo popular nos quatro cantos da Ilha. D. Prudência decidiu-se a ir consultá-lo. O taumaturgo pô-la fina. À boca pequena corria que o médico milagreiro lhe instalara uma rosca nova. Havia quem afirmasse que o conseguira com o auxílio de uma tarraxa alemã legítima. De resto, a ferramenta dessa nacionalidade era, nesse tempo do pós-guerra, a que mais fama alcançara entre a mestrança da Ilha. Vendia-se à socapa e por alto preço nos Grandes Armazéns de Ferragens Figueiredo & Sucessores, no Largo da Matriz de São Sebastião...

Maio, 24

Tal o cansaço após a última aula – terminou às oito (já não estou para mui altas cavalarias) – que não tive aço interior para ir ouvir a conferência do Carlos Reis, decerto brilhante, sobre a obra de David Mourão-
-Ferreira. A exposição, hei-de ir vê-la mais tarde, fica patente ao público durante alguns dias mais. Que me perdoem os deuses que presidem a estes ofícios religioso-culturais em não ter saído de casa depois do fru-

gal jantar, mas, pela minha parte, havia modestamente colaborado, associando-me à homenagem de certo modo nacional, lendo poemas do poeta em todas as aulas dadas durante o dia. Não foi tempo mal empregado, os alunos não só ficaram suspensos da minha leitura como também gostaram muito da própria poesia que escolhi para lhes recitar. Quisera eu e teria preenchido as aulas do princípio ao fim com a recitação de poemas. Nenhuma vantagem fazia. A poesia de Mourão-Ferreira é toda ela de alta qualidade harmónica, quase sempre sensual – a palavra funciona ali como um corpo de mulher que se desnuda aos poucos para haver maior excitação... Não saí de casa à noite. Não é meu costume. Estava outrossim interessado em ver na televisão um programa integrado na grande reportagem sobre o mundo homossexual português, pelos vistos ainda muito tímido e oculto, apesar das consabidas excepções. Não sei dizer se gostei ou não. Ainda não consigo, nem talvez jamais venha a conseguir, encarar este problema sem estremecer. Tantos são os preconceitos solidificados na mente e que a distorceram. Não tenho culpa, é-me extremamente difícil encarar com naturalidade essa mútua atracção sexual entre iguais. Claro que consigo ver um programa da natureza daquele que ontem foi transmitido, mas, por dentro, fico numa lástima.

MAIO, 26
Nunca se me apagará da memória a viagem na segunda

do Inter-Regional entre Lisboa e Coimbra, ao fim da tarde de um incendiado domingo de fins de Maio. A companhia do cachorrinho não poderia ter sido mais agradável. Durante o percurso ascendente, tratei-o por *Alex*. Mas, logo que o confiei aos pais adoptivos, ficou *Adónis*. O nome mitológico constava da cédula de nascimento: chegará um destes dias, trazendo a descrição dos pais e dos quatro avós que lhe afiançarão um aristocrático *pedigree*. Dei-lhes a saber o nome original apenas por descargo de consciência e dever de padrinho. Nem tido nem achado na sua escolha, apenas colaborei nas andanças pouco complicadas da adopção e transferência do infante do internato materno-infantil. Sugeri-lhes o diminutivo *Alex*, nome de guerra e de clandestinidade, pelo qual não só o tratara durante a viagem como igualmente o havia debitado à curiosidade de tantos passageiros perguntadores. Só lhes escondi a nobre denominação da estirpe que vai entroncar na frondosa árvore dos *Huskies*, de Kiev, capital da Ucrânia. Os mais sabedores intuíam-no só de olhá-lo. A mãe adoptiva declarou que *Alex*, nem pensar. Era nome de cão que deixara saudades desde a morte por atropelamento na via pública. Não queria manchar a sorte nascente do cachorro, baptizando-o com a mesma graça de um predecessor vítima de um destino trágico. Seria abrir a ferida ainda mal cicatrizada. Ficou *Adónis*, o nome do velho deus babilónico da fertilidade, depois adoptado pelos gregos que o colocaram na sua mitologia com ademanes efeminados, simbolizando a beleza juvenil. Apesar de aparentemente fortuita, esta circunstância tornou-me meio apreensivo. Estando ainda o infante naquela idade em que o sexo é indefinido, poderia acontecer que, no momento da aclaração, tanto poder cair para um lado como para aquele de onde nunca mais se logra sair. E, confesso, sem qualquer preconceito sobre a orientação sexual de cada um, que não gostaria de o ver mais tarde num programa televisivo, já adulto e homossexual assumido, ladrando contra a repressão exercida pelo espírito machista da maioria da canzoada... Muita sorte teve o *Adónis* em lhe ter calhado este destino coimbrão. Até o próprio comboio antiquado concorreu para o tom picante da aventura. Já há muito que eu não viajava num trem dessa natureza. (A última já foi há anos, num Setembro tão acalorado ou mais do que esse dia de Maio e até fiz versos. Viajava, só, no compartimento, e a musa veio visitar-me. Embalava-me com ritmo, e pouco depois surgia o primeiro alexandrino de doze sílabas bem escondidas: "P'ra ti o mar tranquilo da minha ternura". O Inter-Regional vinha entupido de militares. Calor e muito barulho, bebedeiras e palavrões, leitores de cassetes e música pimba em altos berros ensurdeciam os passageiros e atemorizavam o *Alex*, resvalando ainda nas primeiras sílabas da canidade. Mal o comboio partiu de Santa Apolónia, o cachorro deu logo sinal de que existia. Ganiu ou ladrou, não posso precisar. Viajava numa jaulazinha colocada na prateleira por cima da cabeça. Os outros passageiros – quatro, além de mim, três homens e um outro que nunca consegui saber a que sexo pertencia – sorriram e mostraram desejo de ver o prisioneiro contestatário. Fiz-lhes a vontade e retirei-o das grades. Ficaram estupefactos, incluindo o tal ou a tal, que fez o favor de nunca abrir a boca, para que se lhe não visse o sexo... Imponente, o *Alex* trazia a personalidade saindo-lhe do pêlo lustroso. Magotes de viajantes passavam no corredor no endireito do bar. Tamanho era o calor que a porta do compartimento estava aberta, para que a corrente de ar aliviasse a transpiração abundante. Por esta altura iniciou-se a romaria ao compartimento. Soldados de regresso aos quartéis passavam em direcção à carruagem-bar, olhavam e logo entravam para vê-lo e fazer-lhe festinhas. De entre eles, um pára-quedista tratador de cães: "Que lindo bicho o senhor aí leva! Na semana passada, apreciei um em Cascais; pediram-me cento e dez contos; achei de mais e resolvi arranjar um na Bósnia; parto para lá daqui a dias num contingente militar. Quanto lhe custou?" E eu, mentindo: "Oitenta e cinco contos...". E ele: "Não foi nada caro, pelo menos está abaixo do preço que se pede por aí". Até ao Entroncamento, a divisória transformou-se na gruta do presépio, tantas as visitas de militares e de paisanos. Um pouco antes de Santarém, entrou o revisor. Estava o cachorro sentado à minha ilharga, porte altivo, elegante, garboso. Perguntou-me se não tinha uma caixa para guardar o cão. Apontei-lhe a jaula no cimo da prateleira. "Está muito bem; se a não tivesse, tinha de lhe cobrar meio bilhete; mas, e se entretanto chegar algum passageiro, ceda-lhe o lugar; caso contrário, tenho mesmo de lhe cobrar o preço de meia passagem..." Faltavam três passageiros para que o compartimento ficasse lotado. O *Alex* veio sempre ali comigo. Às vezes encostava-se mais a mim, sobretudo nos momentos trepidantes em que zunia um comboio na linha paralela. Veio sempre sentado sobre as patas traseiras, dando fé de tudo, olhando para a paisagem através da janela, armazenando sensações novas que tinha tido o privilégio de sentir ao ser-lhe concedida esta oportunidade de viajar de comboio ao mesmo nível de qualquer passageiro. Muito terá ele que contar aos irmãos adoptivos quando chegar a casa e se for deitar com a nova família. Com certeza que ninguém vai pregar olho durante toda a noite, tantos serão os episódios de viagem a narrar. Na estação do Entroncamento, entraram duas estudantes de enfermagem. Ainda ficou vago o lugar à minha ilharga. Ambas fizeram umas ternuras na cabeça do cachorro. Deve ter gostado, porque se encostou um pouco mais, os olhos luzindo de gozo. Eu sentia que ele se me estava afeiçoando. Talvez até tivesse já iniciado, em si ou em sol, a eleição da minha pessoa como dono efectivo e afectivo. A estudante que se sentou ao lado do *Alex* abriu uma sebenta, Lições de Pediatria, pude ler na capa. Pouco depois, vi eu com estes olhos o cachorro passando as páginas ao livro com a patinha direita. Esperto como é, viu logo que se tratava de matéria médica que lhe interessava por se tratar da fase etária que atravessava. E ia partilhando a leitura com a fortuita companheira de viagem com muito entusiasmo e compenetração. Só visto. Quando ambos chegavam ao fim da página, o cachorrinho apressava-se a virá-la delicadamente, a fim de continuar a leitura da matéria pediátrica... Cheguei a Coimbra pouco antes das onze da noite. Dirigi-me logo a casa dos pais adoptivos. Esfuziante alegria. Total surpresa no tocante à mãe, longe de sonhar com aquela prenda de aniversário. Mal me viu com o cachorro ao colo, abriu os braços e veio buscá-lo. Ele reagiu com uma forte mijadela. Farto estava ele de ser bem-educado ao longo de tantas horas. Durante o tempo em que lá estive, o agora *Adónis* portou-se sempre bem. Comeu bolachinhas de água e sal, bebeu leite, brincou com os companheiros. Só a *Eunice* emitiu uma rosnadela de ciúme. Sentiu que a dona estava apaparicando em demasia aquele estranho que chegara, vira e vencera. No fundo, e ela reparou, o *Adónis* estava sempre com o olho em mim, notava-se que estava pressentindo uma orfandade efémera... Gostei que lhe tivessem mudado o nome. Assim, poderei sempre ter saudades do *Alex*, o meu excelente companheiro de viagem entre Lisboa e Coimbra, numa tarde acalorada de Maio. No dia seguinte telefonei a saber como tinha ele passado a noite. Não me enganei. Toda a canzoada residente só adormeceu sobre a manhã. Estiveram os dois cães e as duas cadelas a ouvir, boquiabertos, as aventuras que o *Adónis*, tão jovem e já tão privilegiado, lhes tinha para contar.

Maio, 28

Calor tamanho logo de manhã que se adivinha um dia de torreira ainda pior que o de ontem. A grande diferença é ter aulas, poucas, mas o suficiente para atravancar o dia e ficar privado da santa liberdade de contrabandear à vista e à solta. Antes queria andar passeando com Ela num jardim ou num bosque anárquico e irrequieto de árvores de copa folhuda, a água por perto, para que a sombra e o seu rumor apaziguassem estes ardores meteorológicos e sobretudo os interiores que me desinquietam. Com Ela ao meu lado, inclinada sobre o meu ombro esquerdo, ou seja, sobre a minha vida. Não desgosto da imagem! Mas gosto sobretudo da doce pressão do seu sobre o meu braço. É macio e repleto de sugestões lúbricas... A Ilha seria o lugar perfeito neste momento. Sempre. Destino destinado de cada ilhéu, suspirar pelo seu berço em forma de quilha para dele sair sempre que o desaurimento lhe pegue fogo no peito. Ouvi na rádio a um locutor de S. Miguel que na Graciosa havia bom tempo e um grande silêncio. Um grande silêncio! A rádio local celebra os seus cinquenta e cinco anos, por isso houve ligação directa aos estúdios de Ponta Delgada. O locutor de serviço forneceu uma panorâmica do tempo nas Ilhas todas. Em Vila Nova do Corvo chovia com mansidão e o nevoeiro era tanto que se não avistava a vizinha Ilha das Flores. Saudade de lá estar. Desde sábado passado, dia em que encontrei o Viriato Madeira na Rua Augusta, tenho andado por lá disperso. Traz-me sempre um bom naco de Ilha nas suas palavras e sobretudo nos seus olhos. Foram muitos anos a amassar o tempo juntos, tanto na Ilha como em Coimbra, onde permaneceu dois anos. Na nossa idade de então eram mesmo longos. Depois, a dispersão. Cada um em cata da sua ventura. De há uns anos para cá, o reencontro, talvez o regresso ao ciclo primitivo da vida, o retorno ao paraíso perdido – o mistério da mente gosta de facilitar, nesta idade ruim, a pouco mais de um quarto de caminho do grande silêncio. Parecido àquele que hoje se abate sobre a Ilha Graciosa... O boletim meteorológico para a minha Ilha de dentro prevê hoje céu muito limpo e calor intenso a percorrer o corpo já a pegar fogo, deixando-o sequioso. Quanto ao vento, não se prevê alteração ao panorama anterior – continua soprando de Ela e para Ela e leva-lhe na garupa este escrito. Quando o sentir soprar no seu rosto, vai beijá-lo! Estar-me-á beijando os olhos...

Maio, 29
Há um véu de nevoeiro velando toda a paisagem. A minha não. Continua esclarecida e cristalina. Sabe-me bem esta relativa fresquidão matutina embrulhada em chilreios de pássaros. Ouço-os daqui, entram-me pela janela meio aberta, sinto mais fresco e respiro mais fundo. A canícula de ontem e anteontem deve repetir-se. Basta esta bruma levantar-se para que o Sol, à espreita e à espera de se exibir, venha de novo morder. Deitei-me tarde. Sem sono. Excitaram-me dois telefonemas e

o calor. À conta da insónia, decidi imprimir mais um exemplar do original do meu livro. Já é obsessão, irra! Para não ficar como um *babou* sem nada fazer enquanto a máquina ia vomitando folhas impressas, fui adiantando a revisão da sebenta do José Augusto. Trabalho puramente mecânico, pouco ou nada entendo do que lá está escrito – ando apenas à caça de gralhas e de vírgulas a mais ou a menos, tarefas dessa natureza podem e devem ser realizadas em ocasiões menos nobres ou de parceria com outras. Estou a chegar ao fim da empreitada. Enquanto andava ocupado com a impressão, por um lado, e a revisão, por outro, estive ouvindo música (a televisão, a certas horas, está cada vez mais impossível): o Resende tinha-me oferecido uma cassete onde gravou o CD da Dulce Pontes, *Lágrimas*. Deu-mo anteontem, após ter declarado à mesa da tertúlia que gostava de ter esta obra, mas não tinha leitor de CD. Amigo. Teve o cuidado de gravar, no fim da fita, os cantores originais de quem a Dulce surripiou algumas das cantigas: Amália e Zeca Afonso. Não sei dizer de quem gosto mais. Acho a Dulce – Hollywood agora descobriu-a em força, ao ponto de inserir num filme (*Raiz do Medo*), durante quatro vezes, a *Canção do Mar* – uma grande intérprete e senhora de uma voz excelente. O Resende não gosta de imitações e prefere os cantores originais. Está no seu direito. De tarde com o José Augusto. O cachorro tem-se portado muito bem, apesar de nas próprias palavras do dono ser muito eléctrico. Conquistou um lugar cimeiro entre a canzoada lá de casa – põe e dispõe e não admite rosnadelas nem intromissões intempestivas dos outros. Atira-se também e não deixa os créditos por mãos alheias. Fica sempre por cima, ou seja, tem sempre a última rosnadela... Por falar em José Augusto, um outro conterrâneo, professor jubilado da Faculdade de Letras, o Doutor Walter de Medeiros, partiu os dois braços. Parece mentira, mas é verdade. Os dois de uma vez. Os ilhéus são mesmo excessivos! Ia passeando, muito distraído, como é seu costume, na cidade universitária de Lisboa e, a dado passo, deu um grande trambolhão junto de qualquer obstáculo que não viu. Deu entrada num hospital. Foi operado de urgência e parece que lá está ainda.

Maio, 30
Dar aulas com este tempo é um castigo divino. Fica-se com a língua de fora como um cachorro cansado. A talho de foice, o *Adónis* – não me esqueci de ontem de novo perguntar por ele – já está praticamente habituado ao seu novo *habitat* e continua a concitar as atenções e as ternuras preferenciais dos donos. Os próprios companheiros já estão por tudo e dão-lhe também certos miminhos, talvez para agradar aos superiores... Para a semana que vem, tenciono lá ir a casa vê-lo. Os meus amigos da Faculdade de Letras é que têm mais sorte – amanhã, para eles, é não só o fim do mês mas também o fim das aulas. As férias do Verão estão aí não tardam muito. A viagem às Ilhas está tomando cada vez mais as nossas conversas à mesa. Ainda ontem

recebi um *fax* de São Miguel. A senhora que nos arrendou o palácio disse-me que a contactasse logo que pudesse. Telefonei de imediato para saber de que se tratava. Estava convencido de que seria por causa de dinheiro. Não era. Apenas para informar que as obras que a casa solarenga está a sofrer estão muito demoradas e a casa não fica pronta em Agosto. Dava em troca outra solução: em vez da casa arranjava três apartamentos na praia do Pópulo, dois T3 e um T2, por cinquenta e cinco contos por dia, vinte e cinco contos mais barato do que a primeira alternativa. Nem sequer pedi à senhora que esperasse até ir consultar os outros. Nestas coisas a democracia só atrapalha. Disse logo que aceitava a mudança e dei-lhe de novo a lista dos casais, das pessoas soltas, apenas duas senhoras, as idades de todas as crianças até aos doze e as dos jovens, uma dúzia ao todo. Quando cheguei à mesa, a malta foi unânime em dizer que tinha feito bem. Como o Victor Torres se tem mostrado interessado em ir connosco, resolvemos, eu e o Oliva, falar com ele a perguntar-lhe se aceita e não fica melindrado se lhe pagarmos a passagem. Estivemos, o Oliva e eu, a fazer as contas e dá cerca de dois mil e quinhentos escudos a cada bico adulto. Várias pessoas prontificaram-se a pagar. Vou avançar. Caso haja bronca, eu e o Oliva assumimos a responsabilidade por inteiro. No Instituto, soube que até me iam pagar, dentro em pouco, os meses todos de uma vez só...

Maio, 31

Apesar das desconfianças e dos ameaços, não houve grandes calores, nem sequer hoje acordou o dia esfregado de grande sol, a temperatura desceu bastante e assim até uma criatura bendiz a sorte de ter acordado logo de manhã com uma das vozes do pensamento a confidenciar que a Primavera começa a existir lá fora. Lá fui jantar com o Mário Mesquita, boa companhia e sempre se vai aprendendo alguma coisa com o seu convívio, já nos tratamos por tu, custou ao princípio, foi o Ferreira, que, na viagem que fizemos os três há semanas para Coimbra, insistiu para que nos tratássemos com menos formalidade. No início, quando contactámos, ele tratava-me por senhor Doutor, até que ponto ia a cerimónia! Por isso, custou um pouco a mudar as agulhas do tratamento, com muitas recaídas e hesitações pelo caminho, não admira. Neste momento, o tuteio já não me causa qualquer estranheza e a ele também não. Fomos a um restaurante chinês, no Terreiro da Erva. O Mário Mesquita anda agora a tentar fazer uma certa dieta e como também não gosto de me encher na refeição da noite, até achei boa a escolha. Depois de jantarmos e de conversarmos sobre muitos assuntos que incidiram sobretudo na Ilha e nas suas gentes, nos amigos comuns (e aí sempre houve uma ligeira má-língua), fomos a um bar em frente do Portugal dos Pequenitos, muito sossegado e fino, uma bela paisagem de Coimbra a pedir que os olhos a desfrutem da esplanada quase debruçada sobre o Mondego. Ele bebeu um uísque e eu uma amêndoa amarga. Demorámos pouco. Por volta das onze menos um quarto já eu estava em casa. Ainda tive de esperar mais de uma hora por um programa televisivo sobre a guerra na Guiné-Bissau. Foi para o ar cerca da meia-noite e tinha por título *De Guilege a Gadamael*, duas povoações onde existiam dois aquartelamentos portugueses, ao sul – o reino do Nino, hoje presidente da Guiné (o chamado corredor da morte) – bases que foram bem fustigadas pela guerrilha e por fim, quando os ataques eram insuportáveis, abandonadas pelas nossas tropas, para fúria de Spínola. Queria fuzilar os fugitivos... Revivi a minha guerra, a paisagem continua idêntica. Gostei do programa, da confraternização dos antigos guerrilheiros com os ex-combatentes, um deles alferes miliciano na altura, actualmente professor de Liceu e com mais vinte e tal anos em cima do pêlo. Falaram todos sem preconceitos, no local outrora inferno, e ainda com resquícios da velha guerra colonial, abrindo o jogo e falando abertamente sobre o que, na altura, Maio de 1973, presidia às suas intenções. Nino Vieira estava presente, fardado de camuflado, comandante supremo, na ocasião, daquela zona sulista. O Viriato Madeira esteve por lá cerca de um ano, na Ilha do Como. O Inferno ao vivo!

Junho, 2
Quase uma hora da manhã. Acendeu-se há mais de uma hora o vento ruim de Leste. Quente. Não consigo pregar olho. Ouço-o nítido e em lâmina. Na Ilha as

rabanadas seriam mais violentas. Pertence à estrita competência do vento ilhéu. As de cá são igualmente fortes. Assobiam. Nesta noite de ventania compareceste em tua velha visita. Compareces sempre. Vens a cavalo no vento. E em seu dorso um dia zarpaste, mal concluíste o quinto ano do Liceu – deste entrada no reino da emigração a bordo de um dos navios da Companhia dos Carregadores Açorianos, o *Ribeira Grande*. Anda o vento à solta e sem freio nos dentes. Compareceu-me, além de ti, meu bom Benvindo, a oração da infância, implorando misericórdia divina por aqueles que andam por sobre as águas do mar e da vida. O vento em fúria serve, na Ilha, de pão que alimenta os seus nervos durante uma grossa fatia do ano. Ponho-me a cogitar no que seria se o mar engolisse a Ilha. Não raro, dou por mim encolhido na crueldade deste pensamento. Que será ficar uma pessoa órfão do chão onde nasceu? Deve sobreviver na criatura uma infinita sensação de abandono acompanhada de uma dor extravasada e sem nome. Nas guerras deve acontecer coisa parecida com aqueles que perdem as casas. O sítio fica lá. Em escombros, mas fica. O mesmo já não acontece com as aldeias submersas pelas barragens. Vilarinho da Furna foi a primeira. Há uma no Mondego, perto da barragem da Aguieira, que foi também fazer companhia às águas. Os antigos habitantes desses povoados sofrem muito. Natural. Vão matar saudades, em ocasiões em que a nitidez das águas é tal que se pode ver toda a aldeia debaixo de água, como um fantasma engarrafado... Uma Ilha, não. A Sabrina apareceu no mar dos Mosteiros e desapareceu cerca de um ano depois. Não deixou rasto. O mar é uma cama inquieta. Se serve de sepultura é na mesma um local de insofrimento. Ai dos que lá moram ou lá morrem. Nunca mais têm descanso. Tal como o vento que lhes afeiçoa os nervos e os afina pelo diapasão do desassossego. O vento deixava-te esvaído e com o pânico à flor dos olhos, meu bom Benvindo. Também herdei muito do vento ilhéu, rodopia-me nas canadinhas do sangue... O vento da Ilha ensinou-me a lição. Com seu fôlego mais absoluto, continua decerto bom orador nos púlpitos dos revoltos céus de lá. Ouço portas e janelas de ferrolhos mui subtis batendo pela casa fora até se irem meter à conversa com as da vizinhança. Sinto-as a todas rebatendo no fundo não sei de que víscera. Dói como se as portadas pertencessem à ampla janela que se me rasga no frontispício da morada em que assisto, (me)moro e em cujo parapeito, em noites menos bravias, me debruço a namorá-la e a olhar-me, embevecido, nas poças de seus olhos. *Sume-te*, atormentado vento, vai dançar a pavana para os céus de mourama! Ao iniciar a escrita após a noite de ventania, abri a gaveta onde está guardada a *Relação de Bordo*. O seu coração de magma batendo na chaga esquerda do peito, prefigurando o instante em que Ela a receberá de minhas mãos para com ela engrinaldar o dia da chegada e eu conjugar a alegria de nunca de Ela ter zarpado. Se me não falha a memória, meu bom Benvindo, eras o número treze, o senhor número treze, assim te chamavam os professores, logo antes do que me pertencia — o meu primeiro nome iniciava-se pela quarta letra do alfabeto — daquele quarto ano turma A, a única turma mista do Curso Geral. No caso particular da disciplina de Francês, cujo professor era tão doido quanto bom poeta (fez parte do grupo do Orfeu), éramos nomeados, na aula, consoante lhe dava na real gana. Pelo número, por qualquer característica física ou outra, raramente pelo nome. Tudo em francês. Assim, havia o *monsieur Béret*, o *monsieur Lunettes*, a *demoiselle Tresses*, o *monsieur Poisson Volant*, o *monsieur du Bois*, isto só para falar dos de fora da cidade. Tu, meu bom Benvindo, filho e neto de homens do mar, ficaste *monsieur Poisson Volant*. Eras de facto um peixe voador. Voavas em asas de fantasia e fazias depois lindos versos de amor e de escárnio e maldizer. Emigraste para o Canadá e de ti nunca mais tive notícias, mas todos os dias em que o vento venta forte, apareces e conversamos até ele se ir como veio. O mesmo vento que te amedrontava até à amarelidão do pânico... Ao princípio, alguns colegas julgavam tratar-se de uma comédia habilmente representada para saíres em meio das aulas e te safares assim à chateza das lições e ao terror das chamadas à pedra. Mesmo antes de teres contado a história por miúdo, eu pertencia ao pequeno grupo daqueles que nunca puseram em dúvida o teu visceral medo ao vento, esse deus vingativo que desposou a Ilha em núpcias eternas e se escondeu depois algures numa das suas inúmeras e enormes cavernas misteriosas. Em tais momentos agónicos de suores frios e palidez de morte, corrias desarvorado, as orelhas tapadas com ambas as mãos, em direcção a qualquer local esconso onde não ouvisses as tremendas gargalhadas do monstro assobiando de nordeste. Na Ilha dava pelo nome de matavacas! Parecia que o tinhas herdado dos teus antepassados marítimos e o trazias no íntimo juntamente com o pavor sanguíneo transmitido por algum antepassado a afogar-se no mar rodeado de ciclones. Havias sido parido à pressa numa noite de temporal desfeito, empandeirado de desenfreada ventania. Teu pai andava na pesca do alto aos chicharrinhos novos no mar do norte. A Lua parecia de feição, calmo fora o entardecer, e sinais de vento não havia à largada dos barcos de boca aberta. Em terra, o tempo quase a cumprir-se, tua mãe agarrava-se às contas de um rosário de aflição tantas vezes passado pelos dedos. Depois de se acender o vento, ela já nem atinava que mais voltas dar à meada tão enriçada do seu desespero. Uma corrente de susto percorreu-a em relâmpago de alto a baixo, foi-se transmitindo ao líquido aconchego onde ainda boiavas na doce inconsciência de ainda não seres. Pouco depois, antecipavas, bem-vindo, o vagido dos que rasgam a esponjosa paz da placenta! Tinhas sofreguidão em estreares os primeiros irreversíveis segundos de vida e foste parido de sete meses nessa noite de ventaneira medonha... Um dia na última aula de moral do primeiro período, não aguentaste! O padre Perestrelo:

"Meus amiguinhos, estamos chegados à última aula do primeiro período. Aproxima-se a mais bela quadra do ano – o Natal de Jesus! A festa da alegria, da confraternização, da paz, do amor. Mas nem todos, meus amiguinhos, poderão usufruir dos bens espirituais e materiais da festa da Natividade. Mais do que nunca devem os pobrezinhos habitar o nosso coração. Sobretudo as crianças. Pensai nelas. Vós, que na Noite Santa tendes em vossas casas o merecido conforto, a sinfonia das luzes na criptoméria do Natal, o reluzente brilho dos cristais, a alegria dos presentes, a abundância das iguarias e das guloseimas e dos vinhos finos, pensai... Senhor Benvindo, sente-se maldisposto?" – Estavas amarelo de cidra. Não havia vento lá fora. Não sabíamos o que se passava contigo. Súbito, levantaste-te da carteira. Demasiado tarde. Antes de alcançares a porta, a tua boca abriu-se numa torneira. Lançaste fora para o chão da sala de aula. Cristais de fel das iguarias e das guloseimas e dos vinhos finos servidos na derradeira aula de Moral do primeiro período do nosso quarto ano, turma A. Tinhas o estômago fraco, meu bom Benvindo. Sabia-lo muito bem. Para que foste então servir-te de todos aqueles acepipes? Fizesses como eu – só debiquei uma guloseima e saí do ágape em pensamento, quero dizer, da aula do padre Perestrelo. "O Natal à porta, meus amiguinhos..." À porta da sala estava o contínuo Tavares, "Perfeitamente, senhor reverendo...", foi chamar a mulher da limpeza que veio varrer, com serradura, o laguinho de fel e de restos do comer que foram devolvidos à procedência, ou seja, à mesa que nos estendeu o Padre Perestrelo na euforia da sua oratória anedótica, de *anekdoton*, o puro étimo grego...

JUNHO, 3

Só não pego em mim para me pôr debaixo de água fria por ainda se não terem passado três horas sobre o almoço. Quero a digestão completa, não tenciono morrer despido e cheio de frio debaixo de um chuveiro... Para mais, comi arroz de polvo – comida custosa de se desgastar no estômago. Bem cozinhado, arroz solto, gosto assim, cor de camarão, o polvo tenrinho, bem cozido, não se enfia nos interstícios dos dentes, já quase todos postiços. Nestes e noutros assados sempre piores que os naturais – por vezes embrulham-se com o alimento e querem trocar o seu papel de mastigadores para serem mastigados... Pena ter o polvo sido tão pouco em comparação com o arroz – enchia o recipiente de barro vidrado até às bordas. Quando andava comigo no primeiro ano da Faculdade, o Viriato Madeira apreciava muito esse prato, serviam-no-lo ao almoço dos domingos na cantina da Filantrópica de que ambos éramos comensais, mesa marcada, cerca de oitenta, nesse já tão longínquo tempo, na altura tão longe ainda da massificação das actuais cantinas – mais de doze mil refeições por dia. Este prato e um outro – bacalhau com grão e cebola e salsa picadinhas – aos sábados. Acho que nunca tínhamos comido na Ilha. Pelo menos, sempre tive um contencioso com semelhante peixe. De um modo geral, era boa a comida servida no refeitório da Filantrópico-Académica confeccionada para pouca gente. Só o NS, muito mais velho do que nós, hoje professor da Universidade dos Açores e ao tempo estudante tardio de História (viera de Direito de Lisboa e já tinha feito uma comissão militar na Índia, actor de fama nos grupos de teatro de estudantes e nosso companheiro de mesa) – só ele proclamava, alto e bom som, que os pratos servidos na Filantrópica em sua casa eram destinados aos gatos... Um exagero! Perdoávamos-lhe por sermos mais novos e respeitadores. A cantiga repetia-se todos os dias, como quem cumpre um dever de altivo aristocrata em visível decadência... Nunca abandonou a cantina – no fim e ao cabo, oito escudos por refeição eram uma pechincha... Não admira que um dia o Viriato Madeira me tivesse oferecido, em sua casa da Banda d'Além, um almoço em minha honra com esses pratos, para avivarmos a memória e regarmos a lembrança... Só teve o sabor da saudade... Não fora este pequeno *quiproquó* digestivo que agora enfrento e já tinha tomado o meu duche frio para refrescar – o calor é intenso, há tremulina no ar, vê-se daqui através dos vidros da janela. Cheguei muito a tempo ao bar, cerca da uma e vinte (o comboio cumpriu o horário), quase toda a malta ainda presente, comendo ou conversando, já não há aulas – o Victor Torres ainda chegou depois de mim, tinha ido dar um espectáculo em meia manhã para duas escolas. A estreia foi sábado passado à noite e, apesar do convite, ninguém da mesa pôs lá os pés.

Tem gosto que vamos todos ver a peça. Para os adultos é à noite, às sextas e sábados. Apenas dois actores, ele e outro, e o espectáculo dura cinquenta minutos. *Uma Lua e Duas Casas...* O Mário Mesquita tinha exame logo às duas horas da tarde, preferiu comer no comboio – refeição muito parecida às dos aviões. Cara como burro. Mais de dois contos. Viemos ao lado um do outro. Eu lendo os jornais; ele, lendo um livro, ainda em provas, cujo lançamento será amanhã ao fim da tarde na livraria Barata e é ele quem vai botar faladura...

JUNHO, 4
Telefonou-me minha Mãe. Passou a segunda-feira a ser dia de conversa à distância. Bem bom que assim continue por muito tempo, sinal de que a tenho – na minha idade já se vai tornando um privilégio apenas conferido aos eleitos. Contou-me que meu tio, irmão dela, vai ser operado a um joelho: não tem líquido quase nenhum na rótula, queixa-se muito daquela perna. Até agora, o único senão na sua saúde de ferro. Com oitenta anos feitos, muita coragem é precisa para se submeter a uma operação dessa natureza – vão pôr-lhe uns ferros para servir de dobradiça à perna. Está triste e desanimado. Além da agressão cirúrgica, vai ter de ficar internado oito dias no hospital, em Providence, onde trabalha a filha mais moça, enfermeira instrumentista. Fora de casa, o seu reino absoluto, meu tio não é ninguém. Não vai também poder ir este ano à

Ilha, como tem sido hábito todos os Verões dos últimos anos, para reviver, numa relação amor/ódio, mais um pouco da vida que lá viveu e lhe ficou para sempre gravada na memória do coração. Quase sempre gosta de mostrar o contrário por meio de palavras desabridas, depressa desmentidas nos versos que faz. Ultimamente, tem estado muito agarrado a minha Mãe. Há anos que assim não acontecia. Deve estar a operar-se um regresso à infância, sorte de fechamento do ciclo da existência que esta idade de quase despedida do mundo favorece. Vai amiúde visitá-la e leva-a a dar passeios de automóvel pelo *Colt State Park* (os *Bois*, como lhe chamam os imigrantes, numa alusão às duas estátuas de bronze, representando dois touros quase em tamanho natural; encontram-se sobre as colunas do portão de entrada). Trata-se de uma enorme extensão relvada, moios e moios de terra, sempre aparada, à beira do braço de mar – uma maravilha de frescura e sossego. Quando lá me encontro, gosto muito de aí passear de bicicleta. Há estradas de asfalto e um *Bike Path*. Os meus mais próximos estão a encaminhar-se para o fim, se calhar eu também – qualquer dia começo a ter as minhas surpresas. No fundo, não o são. Custa sempre os olhos da cara... A gente pensa que os entes situados dentro da nossa estima e do nosso afecto são eternos. Quando desaparecem, como mandam as leis da Natureza, apagam-se muitos pontos de referência. O pior é que passa para nós o ónus de nos apresentarmos perante sua excelência quando ela vier bater à porta...

Junho, 5

O calor esmalmado faz-me embotar a imaginação e a inspiração, não sei se esta existe, a transpiração, sim, mas não perdi a capacidade de me surpreender. Ainda não chegaram os fogos de Verão para animar um pouco mais este ambiente ecológico em que vivemos, com direito a ministério presidido por uma ministra de palavra fluente, quase efluente... Veio logo de manhã à rádio falar sobre o dia do ambiente (tanta rima interna desperdiçada na mente...), que hoje decorre. Mais logo, realiza-se um Conselho de Ministros ao ar livre, creio que na mata de Monsanto, para celebrar a data com a dignidade estatal que ela merece e nós também. O Governo Regional dos Açores, sempre ao despique com o de cá, também não deixou os seus créditos por mãos alheias, e agora mesmo ouvi, na *Antena 2*, que vai reunir-se, em plenário, na mata da Serreta, esperando-se algumas medidas legislativas sobre a defesa do ambiente, sobretudo de algumas lagoas a morrer lentamente. Não devia haver aulas nesta quadra calorenta ou então haviam de ser transferidas para o campo, à semelhança do bucólico Conselho de Ministros desta manhã... Quase ninguém tira proveito delas, já poucas faculdades se encontram em laboração (falo pelas minhas...), os estudantes, neste período, antes querem estar sossegadinhos, de preferência em casa, a desbravar as matérias para os exames finais. Se eu quisesse fazer um balancete do feito e do por fazer do dia de ontem, teria de chegar a resultados negativos e no nosso país os balanços são sempre positivos... Andei, cansei-me, suei as estopinhas – não é difícil com este tempo – dei aulas, fui às compras... No fundo, nada fiz que jeito tivesse, nem sequer senti o tal descanso do dever cumprido. Às tantas, não cumpri nenhum dever, nem ao menos abri um livro para ler – ora vede a nocturna dimensão da minha desgraça! Tenho evitado ir à minha livraria. Não gosto de jazigos. Fui lá ontem e fiquei com o coração num grande aperto, o dono ainda hospitalizado. Tenho ido vê-lo com frequência. O estabelecimento transformou-se num espectro do que era aqui há um, dois anos. Não tem novidades – um desconsolo. Neste momento é a livraria do *já não temos este livro* ou *ainda não temos este livro*... Quem a viu estuante de movimento e a vê agora definhada, quase a exalar o último suspiro, fica meio abananado... Assim, de um sopro, se transformam as coisas, as pessoas, o próprio mundo (adjectivo que significa limpo, exactamente o contrário de imundo) que agredimos todos os dias e já se está ressentindo... O meu possível futuro editor, o Adelino de Castro, telefonou-me ontem a dizer que houvera atraso, no Porto, na leitura do meu original. Dentro em pouco iria dar-me uma resposta. Para o experimentar, disse-lhe que iria mandar o original para outras editoras... Pediu-me que não fizesse tal coisa. Fiquei mais descansado e com alguma esperança. Aguardemos então o veredicto da editora *Campo das Letras*. Tem realmente um nome bonito...

Junho, 6

Não tive mão em mim e fui ver o cachorro *Adónis* – o *Dóni* para os mais íntimos – e gostei de o ver crescido e cada vez mais cheio da personalidade siberiana da sua raça, muito doidivanas e estabanado, como compete a um bicho quase a largar os cueiros. Pouco ou nenhum tempo lhe resta para estar quieto e comer com assento, debica aqui e acolá, até gosta de meter o focinho nas gamelas dos companheiros só para se exibir e rir-se, com os seus pêlos luzidios e bem escovados, do espanto dos colegas que o respeitam ao ponto de nunca lhe ladrarem. Está bem nutrido. A dona, por causa do fastio, até lhe comprou *Schmackos*, um suplemento alimentar para infantes de que ele gosta imenso, até lambe os beiços e chora por mais. Basta mostrar-lhe, como eu próprio vi, o saquinho com a guloseima para ele saltar, eufórico, de encontro à dona que anda sempre a apaparicá-lo com carícias e outras delícias, os ingredientes com que afinal se constrói o amor entre os seres pertencentes ao velho reino animal. Não sei se me conheceu ou não, se ainda se lembra da nossa agitada viagem de comboio de há três semanas. Só sei que me tratou com muito agrado e delicadeza, saudou-me, lambendo-me a cara e as mãos enquanto eu estava sentado no sofá; poisou depois o focinho sobre os meus joelhos, os olhos sonhadores semicerrados, cada vez mais da cor do céu sem nuvens... Com a dona, porém, é digno de assistir-se ao espectáculo da sua alegria. Mal se senta, ele salta-lhe para os braços, beijam-se mutuamente, ele apalpa-lhe os braços, até têm as marcas das suas estreloiçadas carícias. Após a exaltação, ficam ali ambos no conchego do colo um do outro, passando o serão até se enchouriçar de sono e ir com os companheiros para o ninho da cave. Dizem-me os donos que aquele cachorro trouxe juventude à casa — os outros, devido à idade e posição, já se tinham deixado de brincar. O *Dóni*, com o seu feitio exuberante, veio pôr os pontos nos *ii* no que respeita às actividades lúdicas — obrigou-os a todos a brincarem com ele, os brinquedos de borracha que a dona lhe comprara só são úteis para quando se encontra sozinho ou se fosse eventualmente filho único. Só a cadelita *Barby*, uma podenga portuguesa, acometida de doença grave e prolongada, é que, por vezes, lhe mostra cara de poucos amigos. Não admira. Quem tem um cancro, salvo seja, tem direito a que a deixem sossegada enroscadinha no seu cantinho... Mesmo assim estava ontem mais riquinha de cara e mais esperta — tem tido uma constante assistência médica e medicamentosa, faria inveja a muitos humanos. Até já foi operada por um cirurgião de renome no Hospital da Universidade. Não há cura, mas os donos também não querem fazer-lhe uma eutanásia, ser-lhes-ia fácil, preferem viver pendurados em fios de esperança... A notícia do nascimento de uma nova ninhada de *Huskies* foi recebida com alegria, a dona do *Dóni* preparou-o psicologicamente, dizendo-lhe que, dentro em breve, iria ter uma companheira da sua estirpe canina... Ainda sem apetites carnais, não fez grande caso e continuou na santa brincadeira...

Junho, 11

Viemos ambos, eu e o Mário Mesquita, durante toda a viagem na conversa, temas variados, como não podia deixar de ser, alguma má-língua pelo meio, para entreter o espírito e o tempo e espantar o sono que podia chegar de um momento para o outro com o calor que fazia dentro do automóvel. Pouco movimento para norte. Para sul, e durante as primeiras dezenas de quilómetros, era grande a fila de automóveis na estrada de acesso a Lisboa. Parámos apenas na estação de serviço de Leiria, em plena auto-estrada (nem sequer se via o castelo devido à neblina e ao cacimbo), queríamos esticar as pernas e beber alguma coisa, a sede apertava. Cerca da meia-noite, o salão estava cheio de gente a dessedentar-se e a comer – muito se viaja por este país. Caí na asneira de tomar uma lata de *iced tea* com sabor de limão, mata a sede, mas também dá cabo do sono, pelo menos a mim, o chá preto com a respectiva teína ainda é pior do que a cafeína. Como resultado, estive toda a santa noite a rebolar-me na cama, ainda por cima encalorado, só fechei os olhos pela manhã, mas logo depois acordei e ergui-me para tomar banho e arranjar-me, o vizinho do terceiro deixara-me um bilhete em que me informava que vinha acabar de instalar o fio de ligação entre a ficha da antena exterior da televisão – encontra-se no escritório – e o aparelho que está na saleta. Cheguei a casa por volta da uma e um quarto da madrugada, o Mário Mesquita fez-me o favor de me vir trazer à porta de casa, contra a minha vontade, mas os meus protestos não serviram de nada. Às oito já estava a pé, pouco ou nada dormi. Veio o vizinho e o serviço já está pronto, mas, como nem eu nem ele sabemos ligar a ficha-banana ao aparelho, está tudo na mesma, isto é, tenho a televisão com chuva como estava dantes, só estou mais limpo dos bolsos. A ver se o meu filho mais moço aparece por aí e me dá um jeito. Para isso e outras coisas, sou mesmo uma grande nulidade, graças a Deus e sobretudo a mim – nunca fiz nada que se visse para melhorar este estado de coisas. Saí de casa em meia manhã, mal disposto e furioso comigo e com o mundo, não sei bem por que razão, ia nesta atitude de espírito e logo depois, para haver maior castigo, sobreveio-me uma dor de cabeça das antigas, concêntricas, daquelas que o calor agoniado faz aumentar. Almocei com os meus amigos e aqui estou de novo em casa, antes das aulas da tarde, a ver se dou conta do recado da escrita, não pretendo ficar ainda mais zangado com o universo. Estive com o José Augusto que me deu novas notícias do *Adónis*. Cada vez mais lindo e altivo, estoura-vergas e endiabrado, mas cada vez mais querido dos donos...

JUNHO, 13
Deitei-me sobre o tarde por via do calor. Mesmo dentro de casa, sentia-se como um inferno de bolso. Nem

sei até como consegui dar as aulas sem pedir que me atirassem ao corpo, vestido apenas com a roupa indispensável, uns baldes de água fria. Em meia tarde, armou-se uma trovoada que parecia trazer, com a chuva subsequente, uma certa fresquidão ao ambiente. Mas choveu pouco, nem deu para retirar toda a poeira entranhada dos automóveis, pelo menos do meu – está tão sujinho e encardido! Logo depois, voltou a agonia com maior intensidade. Quando saí para o Instituto já não havia sinais de que tinha chovido – tudo sequinho com o bafo saindo da terra e do asfalto. Na Ilha dir-se-ia ser tempo próprio de abalos. À noite, em casa, nem vontade tive de jantar, comi uma sandes e bebi uma cerveja sem álcool, para ter a ilusão de que estava sentado numa esplanada debruçada para uma noite de Verão. Pus-me a ver televisão e a corrigir um trabalho de um estudante que pediu ao meu filho mais moço para que lhe desse uma vista de olhos antes de o entregar ao professor. Ossos do ofício! Não percebo quase nada da matéria, trata-se de comunicação dentro das empresas, mas sempre sei pôr uma vírgula desavinda no seu lugar... Logo após o almoço, fui ao espectáculo infantil. Levou-me o próprio Victor Torres, que almoçou, como de costume, com a malta da tertúlia. O teatro fica perto, no Colégio de S. Teotónio, a travessia da estrada do calor foi rápida. Chegámos ao teatro um pouco antes de virem as crianças das escolas, o Victor Torres e o outro actor tinham de se vestir e preparar a cena. Que frescura pairava na plateia! Tudo escurinho, sem ninguém, parecia uma cisterna fresca no meio de um deserto. Sentei-me numa cadeira e ali me fiquei, olhando para o palco, vendo a preparação da cena, o ensaio das luzes e dos próprios actores, passavam de novo, e muito rapidamente, um ou outro passo do texto, até que chegou a miudagem e o Victor Torres os foi receber, como se fosse o porteiro do teatro (faz parte da encenação e do próprio espectáculo que se inicia aí). As crianças foram entrando, tomando os seus lugares e o Victor Torres sempre a falar como se porteiro fosse, até que, a dada altura (disse-me ele logo depois), verificou que faziam barulho a mais e disse, no meio da fala, que parecia que havia meninos parvinhos, e olhou para quem tinha feito a algazarra – era surdo-mudo o miúdo. Ficou doente e esteve mesmo para dar por finda a representação, tais os remorsos que sentia... Mas chegou ao fim e conquistou a criança, para quem ele representou todo o tempo, praticamente só olhando para ela, tal era a sua má consciência. Ficou compensado... O seu papel é muito mexido, quase de saltimbanco, é exímio nesses papéis de acrobacia, foi num espectáculo, a *Esopaida*, de António José da Silva, representado pela companhia dos *Bonifrates* de Coimbra e em que o Victor Torres representava o papel principal, em ritmo diabólico, que a Maria do Céu Guerra o convidou para actor profissional. Mas, confesso o meu pecado – dormitei um bom quarto de hora durante a representação. Vinha tão esmalmado de fora, que aquela frescura e semi-obscuridade do teatro fizeram

com que escorregasse para dentro do sono. Mas gostei.
Palavra que sim.

Junho, 14

Não se pode passear ao ar livre, só dentro de casa, nu,
tanto me apetecia fazê-lo lá fora, para poder pensar
direito e escrever algumas linhas de prosa poética – é
ambulando que me acodem as boas ideias e a escrita se
inicia no seu deslumbramento, o verdadeiro, sem papel
nem computador – a pena electrónica do nosso tempo
– a delimitar o voo da palavra no ecrã! Tenho-me de
contentar com estar revendo provas, triste destino esse,
passei parte da manhã e praticamente toda a tarde, no
gabinete da Faculdade, debruçado, sem cair, mas com
algumas tonturas, sobre a escrita de outrem, procurando
gralhas e outras mazelas, num corpo de letra que é um
verdadeiro flagelo para os olhos. Assim se vão passando os dias e do meu livro novas ainda não há, já não
sei que hei-de pensar, a paciência está-se esgotando
gota a gota, qualquer dia perco-a toda e não sei o que
irá acontecer. Talvez acabe por mandar o original para
a *Salamandra*, para eu não ser parvo, se calhar o único
editor que me publica o livro sem grandes demoras!
O Carlos André ainda não o acabou de ler, diz que está
mesmo nos finais, mas recusa-se, por enquanto, a dar a
sua opinião. O meu amigo Viriato Madeira nunca mais
deu pio. Que terei eu feito para merecer tanto descaso?
Toda a gente tem imenso que fazer, a vida gotejada por
minutos, só eu me mostro disponível para quem quer

que seja. E se eu próprio me mandasse à merda com todas as letras e me deixasse de fantasias?

Junho, 17

Do Poeta ficou um monumento de palavras, não de bronze, não tinha vocação de estatuário, mas de fumo persuasivo, assim era seu desejo, para ir penetrando devagar, inefável e inebriante, como o do lento e aromático tabaco por que o seu cachimbo sempre optou – o *Captain Black*. Pelo Poeta responderão as palavras às quais atiçou fogo para se tornarem em brasa, para poder fazer amor com elas na alcova da página, numa ininterrupta e inolvidável música de cama... Pelo Poeta darão o rosto, nuas e lascivas, neste lado da vida que vai prosseguir como se nada tivesse acontecido, apesar do enorme buraco de ozono sobre ela instalado – olho gigante a devassar-lhe as entranhas já despudoradas. David Mourão-Ferreira vai hoje ser devolvido à terra dos Prazeres numa manhã de nevoeiro, haverá algum significado para além desta simples mantilha brumosa que disfarça a minha hoganiana paisagem defronte? Despediu-se ontem do mundo e das palavras de múltiplas e aguçadas intenções com que cantou o corpo e seus respectivos sentidos – na luxuriosa tabuada da sua arte poética, são mais do que os cinco da tradição científica (a poesia será sempre um excesso, como o amor, seu incentivo primordial). Ouvi a notícia há pouco e não fiquei surpreendido. A morte está-me ficando cada vez mais doméstica e natural, longe vai o tempo em que ela era um insulto e um rasgão de dissonância no tecido inconsútil que me vestia o corpo antes de chegar ao que cheguei... Na viagem ascendente de comboio, cheia de percalços e demoras, deu-me tempo para tudo: para concluir a leitura de um romance, ficar com os olhos areados de tanto os firmar nas linhas da mancha tipográfica, acender-me com fome e sem lhe poder acudir – no bar do comboio tudo se havia esgotado – e até me sobejou tempo para estender o pensamento por sobre David Mourão-Ferreira. Se calhar, já tinha morrido àquela hora em que nele pensei por uma associação de ideias de que me não recorda agora o nexo – tenho medo dos meus presságios, houve um tempo em que sonhava com pessoas do meu tempo da Ilha e dias depois anunciava-me minha Mãe a morte delas...

JUNHO, 18

Sente-se uma pessoa cada vez mais de braços caídos perante o absurdo, a morte continua a cevar na gente da minha roda e da minha geração, desta feita foi António Bernardino, o cantor de Coimbra, morreu de cancro, acabei de ouvi-lo cantar na rádio a *Samaritana plebeia de Sicar* em jeito de homenagem de despedida. Vai logo a enterrar na sua aldeia, no concelho de Águeda, onde também nasceu Manuel Alegre, cujo coração lhe tem também pregado alguns sustos. A última vez que vi e ouvi o Bernardino foi na Universidade Lusófona, em Santa Marta, ainda antes das actuais novas instalações, creio que numa festa de homenagem ao Doutor Fernando Vale, neste momento a caminho dos noventa e seis anos lúcidos: nasceu um ano antes do século e oxalá o esgote e o ultrapasse para que fiquem mais bem arredondadas as contas com a padroeira da vida. Disse-me ontem o José Augusto que teve de exercer a morte por eutanásia, a chamada morte doce, numa ninhada de cinco gatos que lhe nasceram na madrugada da noite em que lá fui jantar. Estava adivinhando, até me disse que a gata ceguinha, com barriga de fim de tempo, era capaz de desovar dentro de breves horas. Os seus modos, nessa noite, inculcavam que ia entrar dentro em pouco em trabalho de parto. Pariu mesmo. Além de não ter pregado olho, teve de ir ao hospital às quatro da manhã buscar umas injecções de potássio – acho que era esse o produto letal – a fim de pôr os gatinhos a dormir o sono eterno no paraíso gatarral. Disse-mo com pena, é mais que humano com os animais que com ele convivem e partilham praticamente o mesmo espaço doméstico. Mas, se fosse a guardar todos os gatos das ninhadas, a sua casa transformar-se-ia num clube de gataria. Apesar de cega, a mãe-gata é de tão fecunda ao ponto de parir várias vezes por ano... Dia nacional de futebol. Vamos todos para casa do Resende, à tarde. Os membros da mesa doze são patriotas e querem dar força aos Lusitanos. Vão defrontar os Croatas. Até parece que se trata das batalhas de outrora, no tempo em que a História era uma sucessão de guerras e intrigas...

JUNHO, 19

Tarde de futebol feliz em casa do amigo Resende na companhia de alguns *tertulianos* do Bar das Letras. Uma mesa cheia de vitualhas que a Rosa nos preparou – camarão, *paté* de salmão fumado (uma delícia barrado no pão de fatias, fresco, abarrotando um cestinho), uma bem fornida tábua de queijos, doces, frutas (umas cerejas de truz, de duas qualidades, umas escuras e outras claras, segregadas, numa tina, como num *apartheid*, outra fruta da época), vinhos, cerveja com e sem álcool (levada por mim: estava há tempos imemoriais, a com álcool, no meu frigorífico e quase a terminar o prazo de validade), uma excelente sobremesa quase no fim do prândio acabadinha de ser confeccionada pouco antes de a Rosa ter abalado para a sua escola nocturna de Miranda, nos arredores de Coimbra – uma espécie de pudim cremoso, meio mole, com escarchas de chocolate e coco chovidas por cima, ainda passou, ora se passou, o estreito com muita dignidade gastronómica, apesar de o João Paulo, ontem nos seus bons dias de verve e facúndia, ter protestado com o seu irónico desabafo, *para que é que se estiveram a incomodar connosco, mas já que insistem ficamos para o jantar...* Durante a primeira parte, vimos o desafio com muita atenção, de costas para a comedoria, embora o aroma do camarão estivesse a causar bastantes cócegas no apetite. Em caindo o intervalo, para mais com dois zero a favor dos Lusitanos, logo nos amesendámos para comemorar o feito e ali permanecemos até ao fim do desafio. Acabou por haver mais um golo para a nossa equipa sem qualquer resposta dos adversários. Ficámos então sentados à mesa redonda com um olho espreitão no televisor e o resto do corpo e do espírito entregue à santa trincadeira, à falação e à risada, o melhor destes convívios que têm como pretexto o futebol. Foi-se de novo a minha dieta, mas, para compensar, bebi cerveja sem álcool, eu e o António Campar, ecologista militante, perante as palavras de gozo do Resende – o mesmo que fazer amor com um escafandro – só bebeu vinho verde de Ponte de Lima, que, pelo golinho que levei à boca, me fez recordar, sobretudo pelo seu paladar acidulado, uma estada de tão boa memória em Caminha vai para dois anos... Cheguei a casa pelas sete e meia e logo depois telefonou-me o Adelino de Castro. Informou-me que a demora na leitura do meu original se devia tão-só ao facto de a época ser muito atarefada. O Jorge Araújo, principal accionista, ia lê-lo dentro em breve, garantira-lhe na véspera, na sua reunião semanal...

JUNHO, 21
Veio o Carlos André e disse da sua justiça. Informou-me que havia justamente acabado de ler o original da *Relação de Bordo*. Dei um suspiro de alívio bem cosido com os meus botões, não fosse ele escutar-me... Daí em diante, cobri-me todo de ouvidos! Principiou uma vez mais por me pedir desculpas pela demora e tornou a esmiuçar as suas razões justificativas para o enorme

atraso na leitura. Aceitei-as de bom grado, não sou ingrato, apesar do meu afogo e impaciência em quase todos os assuntos pendentes e meio empatados por merdices inomináveis, incluindo os de natureza literária em que sou parte interessada, cuja delonga não raro me transforma em criança birrenta e obstinada pelo seu brinquedo... Gostou muito. Do início do livro, não. Acha que aí não estou ainda amadurecido e não reflicto na escrita a paisagem interior. Já me tinha transmitido essa ideia. Tirando essa parte, a que se refere ao meu tempo de Mafra – antes do *Memorial do Convento* – da qual gosto particularmente (não é espírito de contradição), chegou à conclusão de que se tratava de um bom livro, merece a luz do dia. Segundo ele, à medida que se avança, vai-se deparando com páginas de grande qualidade e força literárias, prenderam-no como leitor atento e exigente. Ao contrário de muita gente, não morre de amores pela literatura diarística e tem uma certa dificuldade em apreciá-la condignamente. No meu caso, foi levado pela escrita e pelo pendor ficcional de muitos passos do diário e deu-me ideia de que iria escrever qualquer coisa sobre isso, mas nem sequer insisti. De Vergílio Ferreira, de quem se considera leitor assíduo e entusiasta (escreveu um excelente artigo num jornal aquando da morte do escritor) – não conseguiu ler mais que dois volumes da *Conta-Corrente* e, mesmo assim, com grande custo... Tenho razões para ficar contente. As suas reticências são para a diarística em geral e não reparos ao meu livro. Ofereci-lhe então um pacote de cerca de meio quilograma de tabaco de cachimbo que tinha trazido há cerca de um ano da América. Levara-o comigo por acaso para lhe oferecer, sem sequer adivinhar que me iria falar sobre o livro. Disse-lhe: "Toma lá este tabaco de que gostas muito; é a minha paga pelo trabalho que tiveste..." Resposta: "Os teus livros dão-me prazer, não me dão trabalho..." Gostei da guloseima. Estou com muitas esperanças neste filho acabado de parir e nunca acabado de brunir... Ainda hoje estive mais de duas horas de volta dele... Falta agora o editor dizer da sua justiça, tenho uma voz que me bichana que vou ter sorte. Deve ser do solstício de Verão. Acabou de se estrear.

JUNHO, 24
Desde sexta-feira que o meu estado de espírito se mantém no píncaro de qualquer coisa doce, dulcíssima, não sei o que seja, nem estou muito interessado em descodificar, mas que me sabe muito bem, lá isso não vou dizer que não, e pouco me importa que contribua ou não para a minha futura diabetes... Apeei-me como se tivesse desembarcado numa estação no meio de um deserto – o calor desabava de um céu completamente limpo e pintado de uma cor meio alucinada. Sem um suspiro de vento. Sorte o meu automóvel estar ainda à sombra. Num instante me pus cá em cima, na acrópole universitária (quase nulo o tráfego nas ruas àquela hora modorrenta), ainda muito a tempo de almoçar com os meus companheiros de mesa e de tertúlia.

Encontrei-os a todos, uns ainda a comer, outros na bica, todos pegados na conversa. A Rosário chegou ainda um pouco mais tarde e sentou-se na cadeira que vagou entre mim e o Resende, ocupada pelo Ricardo, que se fora entretanto corrigir pontos das provas globais. O João Paulo estava sentado em frente. Iniciou logo a girândola de piropos à pequena de uma louridão renascentista ou medieval, para condizer melhor com a especialidade histórica do Resende. O João Paulo declarou que os homens, incluindo-se a si, perante as mulheres como ela, eram paus mandados, e sublinhou a palavra *paus*. A rapariga, na sua inocência alva como a sua pele, não percebeu ou se entendeu não deu sinais exteriores de que tivesse compreendido a piada na sua profundidade erótica. Não me aguentei e dei uma gargalhada que se ouviu em todo o bar. Esborralho-me quase sempre com um bom trocadilho do João Paulo. A reunião de parte da mesa ontem, com o pretexto de assistir ao futebol europeu, ocorreu em casa da Cristina Martins. Houve boas iguarias, incluindo camarão e cerveja...

JUNHO, 26

Mais um dia de canícula a fazer lembrar fogos nas matas – longe vá o agoiro – esta noite foi toda ela atravessada por um vento forte. Acordou-me alta madrugada, cinco e meia, soprado de leste, quente e abafadiço. De papo para o ar ali fiquei, na cama, sem apetência para acender a luz e pegar no livro interrompido, como se o ar em fúria me estivesse varrendo as vísceras e a vontade. Depois de ter jantado e visto os meus programas de televisão, saí de casa e meti-me por aí fora, a pé, não só com o fito de esmoer, mas de passear, passo estugado, quase *jogging*. Quando dei por mim estava na Praça da República, noite excelente, ainda sem pingo de vento e sem grandes calores, o pensamento clarificado pela ténue brisa e pela energia despendida pelos passos. O Carlos André surpreendeu-me ao dizer-me, à mesa do almoço, que me não tinha trazido o original do meu livro, como me prometera a semana passada, porque está de novo a lê-lo. Tenciona escrever-me uma carta com as suas opiniões críticas. Já está quase no fim da releitura e a sua opinião tem-se modificado, mas continua a não se perder de amores pela primeira parte. Estou curioso e expectante. Com certeza que no fim desta semana já me entrega as duas coisas, o original e a carta. Irei publicá-la na contracapa, deve ser também o seu desejo. Um privilégio ter um leitor tão exigente – lê duas vezes um original, tratando-se ademais de uma pessoa que tem a vida contada por minutos...

Junho, 29

Meti dois dias de folga na escrita, nem ontem nem anteontem me dispus a vir aqui trazer um rubro raminho de palavras para juntar aos outros já ressequidos. No fim e ao cabo, paguei um certo preço pelo descanso, nunca chega a sê-lo, acabo sempre por me sentir um tanto ou quanto exaurido, e sem escrita ainda com mais intensidade – sensação que em princípio atribuo ao desalmado calor caído sobre a cidade, a tal ponto de se ter tornado, durante quase toda a semana, o local de mais elevadas temperaturas do país. Se calhar, não terá sido só a calidez a culpada do meu desaurimento – a ela deve acrescentar-se a mordedura que a consciência achou por bem dar-me em virtude de ter feito gazeta à palavra escrita. Um dia Torga respondeu mais ou menos desta maneira a uma pessoa que lhe terá sugerido, nas termas do Gerês, que descansasse um pouco do labor da escrita para se restabelecer do seu escanzelamento: "Pedir-me que pare de escrever para descansar é o mesmo que pedir a um crente que deixe de orar porque se encontra fraco e cansado..." Não vou tão longe, fica mal comparar-me com gigante tamanho. Apesar da minha pequenez, não posso negar que, por vezes, encontro na escrita uma certa paz interina. Mas dá-me também muita guerra... Se tivesse vertido, há mais tempo, para letra de forma que estou profundamente incomodado e magoado com a ausência cada vez mais comprometida do meu filho mais moço – há mais de quinze dias que me não aparece nem dá sinal de si – talvez tivesse ficado com menos agrafos no corpo e decerto menos agravos na alma. Não objectivei esse desagrado na escrita e agora que me avenha com as grandes ruminações interiores. Saí de casa pelas dez e pouco da noite. Fui ao departamento imprimir um texto na impressora *laser* para ficar com aspecto mais cuidado. Verifiquei, pelo caminho, que havia dois arraiais populares: um, junto ao Hospital Velho, tentando recuperar as fogueiras da Alta; outro, no jardim da Sereia, à Praça da República, da responsabilidade da CDU, obrigado ao antigo mote: *A Esquerda é uma Festa*; começa já a ser tradição, pelo menos de há três ou quatro anos para cá tem-se realizado sempre nesta altura. Mal acabei de imprimir o trabalho, pelas onze e meia, passei pelos arraiais com a secreta esperança de encontrar o meu filho. Não estava em nenhum deles. Depois de pensar bem, era de esperar que não – deve andar assoberbado com o estudo para frequências e exames. Em contrapartida, encontrei, no jardim da Sereia, o Adelino de Castro, estava junto de uma barraca onde se vendia livros das editoras *Caminho, Campo das Letras* e *Avante*. Tornou-me a falar da demora na leitura do meu original... Estivesse descansado porque, durante este mês, iria de certeza ter uma resposta. Realmente, tinha tido pouca sorte com a época, mas estava muito empenhado no assunto de forma que não o iria deixar cair. Comprei um romance de um escritor angolano, ainda desconhecido, acabado de publicar na *Campo das Letras*, e que tem sido badalado na televisão, nos programas culturais. O Adelino de Castro disse ao funcionário que me fizesse um desconto de 30%; apesar disso, ainda tive de esportular dois mil e duzentos escudos. Vim depois para casa deitar-me. Ainda li durante meia hora. O romance do tal angolano, a preparar-se, neste momento, para o doutoramento na Universidade do Minho. Usa um pseudónimo difícil de se fixar: Tchikakata Balundu. O título: *O Feitiço da Rama de Abóbora*. Pelo que me foi dado ler, parece-me atraente e de leitura entusiasmante. O mesmo escreve, no prefácio, Luandino Vieira.

Junho, 30

Domingo pachorrento passado em minha companhia (bom sinal, já consigo sofrer-me...), a casa mouca e com bocadinho de alma já, o telefone calado, só uma vez, ao fim da manhã, estilhaçou o silêncio e retiniu, era o José Augusto a convidar-me para ir lá a casa, para o fim da tarde, ver, na televisão, a final do campeonato europeu entre a República Checa e a Alemanha e jantar depois com eles. Aceitei de bom grado. Nestes dias santificados os meus amigos de mesa e de tertúlia costumam desaparecer da cidade ou de circulação com as respectivas famílias (este para o Norte, aquela para a sogra, aqueloutro para a neta e os restantes para moirama ou para as compras que os pariram, tanto faz) e fica o dia meio deserto e santo, com sabor a hóstia por consagrar – ázimo. À conta do convite, já não saí para almoçar. Comi umas coisitas que para aí tinha – duas fatias de broa amarela, uma carcaça de pão de mistura, margarina sem sal nem gorduras, queijo fresco e do outro, magro, e uma cerveja sem álcool (a fruta é para os intervalos, para matar a fome canina). Antecipei o que devia comer logo à noite e deixei-me ficar enrolado na penumbra da casa, os estores descidos, os cortinados corridos para fingir um pouco de frescura, lá fora o sol deve estar a morder com toda a força. O automóvel está por trás da casa, à sombra, para não acontecer o que me aconteceu um dia destes – formou-se-me uma bexiga de água na mão direita porque o volante fervia... Levantei-me um pouco mais tarde, nove horas e pouco e desde então tenho andado a passarinhar pelos livros, como gosto: uma página aqui, um poema acolá... Adiantei a leitura do autor angolano. Esperava gostar mais. Não que o livro seja medíocre, não é isso, pelo contrário, mas, como reflecte a Angola rural, desconhecida, há naturalmente, da parte do jovem autor, um empenhamento muito grande em transmitir os rituais, os costumes daquelas tribos – torna por vezes o texto pesado... Mas há páginas em que consegue transpor a magia africana, tornando a leitura aliciante e condimentada de feitiço. A meio da manhã senti necessidade de mudar de registo e fui em cata de Torga, Mourão-Ferreira, José Rodrigues Miguéis dos *aforismos e desaforismos*, saído há pouco, e também de Paulo Quintela, no seu primeiro volume das obras completas... Folheei-os, petisca aqui e ali, e gostei das iguarias que me serviram...

Julho, 2
Andei até agora – a tarde já vai adiantada – em serviços domésticos. Naturalmente, almocei com os meus companheiros de tertúlia e estive pendurado na conversa até passante das duas e meia. Não posso nem devo dispensar este magnífico convívio, agora com todos pre-

sentes, já não há aulas e a rotina passou a ser outra: a cilha menos apertada à albarda do dever diário. O cada vez mais lunático Oliva também veio. Está a dar aulas no Curso de Férias de Verão, só para estrangeiros, e ontem iniciou as suas actividades lectivas. O resto do tempo, e ainda foi uma mancheia de horas, estive de facto ocupado a colorir de castanho, *xylofene*, as estantes de pinho que ainda estavam em osso. Não vou afirmar que ficou uma obra-prima – em serviços manuais sou um tanto ou quanto aldrabão. Já meu Pai me dizia: *és um verrumão, sem brio nessas mãos*, com a agravante de neste momento ainda me não poder mexer muito bem, a coluna continua a ganir, mal dou um jeito mais desabrido ao corpo. Tinha acordado cedo e estava a ler, no escritório. A leitura não me estava a correr de feição. Ao poisar os olhos nas estantes, fez-se-me de repente luz no espírito e resolvi sair de casa e ir, a pé, a uma loja de ferragens situada ao pé da igreja de Santo António dos Olivais, um pouco mais acima da minha casa. Ao princípio ia curvadinho. À medida que prosseguia a andadura, foi-se o tronco a pouco e pouco endireitando. A menos de meio caminho, antes de chegar ao cemitério adjacente à igreja, já me desembaraçava como um atleta de *jogging*, o passo estugado e tudo – sou bom andarejo e nunca gostei de passos pasmados. Tive uma bela surpresa ao entrar nessa estância de ferragens, já há muito minha conhecida. O cheiro característico a tintas e a anilinas e a cera e a não sei que mais, entranhado nas paredes e nas prateleiras e no balcão, acordou-me, na memória, uma catadupa de vivências, na Ilha, onde, na ponta final da minha infância, e na adolescência, ajudava meu tio Fernando, na sua *estância de madeiras, ferragens, tintas e cal*, assim por esta ordem, como rezava o cabeçalho das facturas e se acrescentava: *Casa Fundada em 1943*, dizeres que também estavam pintados, menos a data da fundação, na tabuleta de metro e pouco, pendurada por cima da porta da entrada, fundo azul-acinzentado e as letras, geométricas, em branco de alvaiade. Bastas vezes as avivei, sempre que a tinta ficava embexigada do calor ou delida do vento e da chuva... A memória dos cheiros é das mais pertinentes e céleres, num ápice saí de Coimbra, despime da minha personalidade actual, cheguei à freguesia da Ilha e senti-me por trás do balcão aviando os fregueses: meio quilo de pregos de soalho, um alqueire de cal em pó, dez quilos de cal de pedra, vinda expressamente do forno do senhor Germano Augusto, da Lagoa... Por isso, quando a Natércia Coimbra entrou na loja para comprar não sei o quê, desci das nuvens e fiquei alguns segundos sem saber em que terra me encontrava, pára-quedista antes de tocar no solo... Como ela começou logo por falar da nossa próxima viagem às Ilhas, nem foi necessário eu de lá sair... Disse-me que estava mesmo pensando em mim, por isso achou o encontro premonitório ou telepático, queria passar-me um cheque com a importância que lhe é devida e às três crianças que leva consigo, quase duzentos contos, para pagar as passagens e parte da estada na Ilha.

Estivemos um pouco à conversa, sempre incidindo na viagem... Regressei a casa meio tonto de sonho. Não me posso exceder. Caso contrário, teria vindo em passo de corrida, pecha minha sempre que me encontro navegando nos mares que me habitam o pordentro. Cheguei a casa e não me pus logo a pintar, lembrei-me de ligar ao meu tio da América, fez há pouco tempo uma operação a um joelho. Talvez quisesse, com o meu gesto, prolongar o meu estado febril – a fortidão do cheiro do verniz viria depois a dirimir. Atendeu-me a Mulher. Antes de passar o telefone, falou um pouco comigo, no seu português mascavado, entremeado de palavras americanas já aportuguesadas, disse-me então que meu tio estava muito riquinho de cara, a grande *trabla* é a idade, oitenta anos, por isso as melhoras iam ser muito *slô*... A voz de meu tio veio logo depois, *Ó mestre*, trata-me sempre assim, lá me esteve contando sobre a operação, tinha demorado três horas e meia, o médico é um dos melhores do mundo... No fim, ao despedir-se de mim, senti-lhe a voz embargada de comoção, ao agradecer-me a lembrança, mas não se descaiu muito, não gosta de dar parte de fraco... Minha Mãe diz-me que ele se comove com muita facilidade... Depois disso, entrei então no reino do *xylofene* e principiei por deixar cair umas pinguitas na alcatifa, coisa de somenos, já tentei lavar aquela área, mas não fui feliz – não só não saiu a nódoa como tenho a impressão – ainda não secou a água com detergente que apliquei, com grande genica, com uma escova dura – de que vai ficar com auréola. Hei-de resolver o percalço com um tapete por cima da mancha...

JULHO, 4

Este dia tão assinalado para a cidade de Coimbra amanheceu húmido e chuviscoso. Aniversário da morte da Rainha Santa, nascida em Aragão em data incerta e falecida neste dia, em Estremoz, na era de 1336. Por ter o feriado municipal caído este ano numa quinta-feira, sairá, logo à noite, a imponente procissão com a mudança da imagem do Convento de Santa Clara para a Igreja da Graça, na Rua da Sofia, sendo o percurso realizado, com a electricidade desligada, à luz das velas. Aí permanecerá até domingo, regressando depois, igualmente em cortejo, ao mosteiro. Nas procissões das quintas-feiras, também conhecidas por procissões de penitência, toma parte muito povo de todo o concelho de Coimbra para quem a Rainha Santa está, por vezes, acima de Deus. Estas festas realizam-se bienalmente, nos anos pares. Se o feriado calha de sexta a quarta, a procissão das velas realiza-se na quinta-feira seguinte e o regresso no domingo. As procissões de domingo são por natureza mais mundanas. Saem em plena tarde e nela se incorporam as autoridades civis, militares e académicas. Este ano o primeiro-ministro e o pretendente ao trono estarão destacadamente presentes mas afastados: Monarquia e República não se misturam, embora, quando o rei faz anos, se vão dando as mãozinhas subreptícias.

Ainda agora, tocou o telefone. Era o Viriato Madeira. Fiquei em pulgas. Praticamente não me deixou falar. O que ele disse ao longo de alguns minutos era de molde a emudecer qualquer escritor. Com o telefonema do meu amigo, ficou o dia mais que ganho. Disse-me coisas tão lindas e sentidas sobre o que já leu do original do meu livro que me deu vontade de chorar. Para já, disse-me que se trata da minha melhor obra. Encontra-se na página cento e trinta e seis e diz que tem medo de andar depressa, não quer acabar o livro. Afirmou que gostaria de não concluí-lo nunca. Está de tal maneira deliciado com a dimensão poética e humana do meu diário que prefere saborear cada naco devagar, embora tenha de fazer um grande esforço para refrear a curiosidade que quer voar pelas páginas dentro. Citou de cor um dos muitos passos que o impressionaram: *Disseste-me que estava frio. Enganas-te. O melhor camisolão que poderia levar já o tenho. Deste-mo nestes dias abrigados e embriagados. Agasalha-me de um calor que chega para todas as nortadas da vida. É um calor que não requer lãs, mas o nu integral da entrega...* Estou meio sucinto. Bom ter um amigo assim!

Julho, 8

Tanto gostava de estar rente a Ela neste dia. Desde que se foi, ficaram algumas luzes apagadas dentro de minha casa. Tem o dom de incendiar tudo com a sua presença e o tição de seus olhos. A data de hoje seria um bom pretexto para um curto-circuito seguido de incêndio em todas as frentes do nosso corpo, todas, incluindo os recantos mais ocultos e secretos, sobretudo esses, para nós já sem segredos, mas sempre a saber à estreia de uma emoção forte. Sete anos de fogo quase contínuo, por vezes com labaredas da nossa altura ou mais altaneiras ainda, nenhuma agulheta de alta pressão seria capaz de extinguir! Parar? Parar para quê? Nem para pensar se deve estancar em qualquer encruzilhada, mormente numa conjuntura há muito aspergida com a pólvora da paixão. O fundo sentir, parente próximo do sismo e do susto, só se compadece com o movimento ascensional que temos vindo a transmitir à caminhada cúmplice de uma aventura que nem no páramo da ventura pode parar – poderia ser patranha... Se pudesse, punha na trança do destino um laço de fita escarlate – modo de anunciar ao destino que lhe estou agradecido por ter feito que Ela existisse em mim.

Julho, 10
À tarde veio o meu filho do meio trazer-me as coisas da América de que foi portador e que minha Mãe mandou: um champô de que gosto muito e que meu Pai usava em vida e ainda hoje, lá em casa, é conhecido, não pela marca, mas pelo champô de teu Pai, assim como outros produtos que minha Mãe compra no *shopping center* e que ele preferia entre todos (um dia, já muito depois de ele morrer, fui com ela às compras e a dada altura pediu-me que fosse à secção da padaria ver

se havia embalagens de determinado pão escuro, às fatias: "Vai lá ver se encontras o pão de teu Pai, é o melhor"); os biscoitos doces que ela própria fez e são uma delícia para um paladar como o meu que continua ainda sonhando com as escassas, por isso tão desejadas, guloseimas da Ilha de algum tempo; outras que mandei vir: uma coberta de plástico para a impressora; um livrinho de versos, *Jardim Saudoso*, publicado pela Casa dos Açores da Nova Inglaterra, de uma poetisa da Bretanha, há largos anos para lá emigrada, a quem eu fizera uma crítica no *Correio dos Açores*, a primeira da minha vida, a um voluminho de poemas, *Cântico da minha Ansiedade*, publicado na Ilha, em 1959, antes de ela emigrar, andava eu no sexto ano do Liceu – na altura, impressionou-me na minha ingenuidade... Por mais esforços, já não consigo reviver as emoções que sentia quando, na Ilha, chegava a casa saco ou mala com roupas e outras bugigangas da América. Nesse tempo de inocência ainda intacta, as coisas vindas do Novo Mundo eram únicas e tinham um cheiro especialíssimo, as narinas captavam-nas a grande distância... Nem mesmo os versos da poetisa da Bretanha de que falei são já capazes de me dizer o que os outros me diziam há quase quarenta anos, muito menos os de agora... Já perdi a inocência toda. Nesse outro tempo ainda o mundo não era a aldeia global, agora tudo se fabrica em série e simultaneamente, retirando não só a originalidade às coisas como a capacidade de sonhá-las e desejá-las com sofreguidão... A saudade é o desejo de desejar e não o desejo das coisas em si. E com este alto pensamento, que me custou uma medida acogulada de suor fresco, vou pôr um ponto final nesta prosa rançosa.

LISBOA, JULHO 14

Chegada e partida duas horas depois de meu irmão a quem já não via desde Setembro passado. Deu-me a notícia do falecimento da *menina* Conceição, minha futura ex-sogra da Ilha. Fiquei meio néscio. Depois de ter partido, o pensamento dela atravessou-se-me na mente durante toda a tarde e boa parte da noite. Percorri não sei quantas vezes o cemitério de olhos fechados e vi a urna no jazigo de família, à vista de toda a gente. À noite, telefonou-me meu irmão a dizer que chegara bem e a desfazer a notícia. Afinal, não tinha morrido coisíssima nenhuma. Estava doente, mas com certeza não vinha a morte tão cedo buscá-la. Respirei de alívio e fiquei mais descansado. Lá tive ir de novo ao cemitério apagar a urna do jazigo e ressuscitar a *menina* Conceição para a freguesia...

JULHO, 28

Tenho as mãos lavadas: a cada qual foram já entregues os bilhetes de passagem de avião para as Ilhas. Até parece mentira! Com tantos acidentes de percurso, estamos enfim, eu mais do que todos, permita-se-me o inchaço do ego, em ablativo de abalada. Se calhar, todos os momentos de arrelia por que passei – nasci assim com pressa de viver ou desviver e gosto de tudo atimado com antecedência – fazem parte integrante das férias e da festa. Segundo o dito popular, alcança o seu apogeu no esperar paciente ou impacientemente por ela. Tenho a impressão de que a Ilha está já a locomover-se e a comover-se em todas as estações existentes no itinerário cheio de nervuras que ligam ambos os hemisférios que me resumem. Em vésperas de partida, ela costuma impor-se desta maneira egotista. Como menina mimalha que quisesse chamar a atenção sobre si própria. Rendi-me, fazendo a mala de viagem. Uma só, contando comigo mais os meus porões. Acho que é quanto basta para transportar roupas, emoções, mimos, afagos e agasalhos. Quis fazer-me parecer a ela – sobretudo a mim – de mãos ocupadas e já com os dedos bem entretidos nas rotas marítimas e aéreas que à Ilha conduzem. Qualquer maleta de viagem alberga, em segredo e latência, ambas em si... Neste domingo de olimpíadas televisionadas e de coimbrinha pasmaceira, calorento e abarrotando de tédio, encerrado para balanço e para férias, trazendo à lembrança outros de outrora em que me encontrava neste mesmo preparo de partida – sabe-me bem este estar aqui no meu recanto a antecipar por palavras mais sonhadas e imaginadas do que transcritas – têm-se negado ao dedo que bate nas teclas, nem se comovem com a minha invocação do génio de Nemésio, sepultado aqui a dois passos –, antecipando o nosso ir em breve ao encontro de Ilhas pertencentes à orografia implantada no meu sangue ilhéu onde ainda não construí nenhum sonho a duas mãos ou a duas vozes. Vou fechar a porta desta minha lareira em frente da qual me sento e por vezes me sinto demiurgo. Já pressinto as saudades que hei-de sentir quando regressar e estiver aqui vestindo a recordação de palavras...

Julho, 29

Encosto-me à antevéspera de partir. Sem rubros entusiasmos. De outras vezes até emoção salivava. Metamorfose terrível, melindrosa, agressiva... *Mal se te toca, uma descarga de ignorada potência quilovática.* Faço gala. Ainda ontem... Ameaça infantil. Estúpida: "Se preferires, não irás comigo; faço-me um favor a mim e a ti..." Como se não fôssemos gémeos univitelinos... Que culpa tem a Ilha de meus males de alma? Detonaste tu ou detonei eu, já nem sei. Referia-me à insuportável disposição com que tenho vindo a cauterizar-me. Logo sobre mim se despenhou a catilinária arrogante de suspender a viagem, ou de embargá-la por iliquidez afectiva. Se me fizesse tal ameaça, o contravapor seria: "para o lado onde durmo melhor", choveriam palavras duras para haver escurecimento. Não desejo escurecer nenhum afecto. Nem me imagino na cama com outra Ilha. Se outra opção não houvesse, assumiria o golpe fatal. Mudava-me de cama e de Ilha! Ou a Ilha mudava-se de mim e de cama! Mais uma perda a juntar a tantas. Redundaria em morte? E depois? Não me tenho ajustado à têmpera do aço acabado de ser caldeado na forja e batido na bigorna? *Nem tão-pouco te prestas a analisar ou a sentir isto: que nem tu nem eu merecemos ser torpedeados por esta maneira tão absoluta de contracenar.* Não ajo sempre assim. Apenas em crise de telurismo, telhudismo, cada vez mais assídua nesta idade de meia-luz. Quedo-me por aqui. Não vou enviar esta mensagem para nenhures. Nem muito menos lançá-la ao oceano numa morosa garrafa de SOS... Serviu-me apenas de desafogo. *Ficaste leve e desagravado!* E eu na mesma. Pensando melhor... *Talvez passes pelos correios.* Enfio-a num sobrescrito e envio-a a mim mesmo. *Vais deleitar-te com o dano que a missiva te provocará quando amanhã o carteiro ta entregar e tu a leres de afogadilho. O que tu fazes para te provar que me amas ou te amas! Depois de amanhã à noitinha vais zarpar ao meu encontro! Tomarás a lancha para me ires sentindo em cada sorvo de vaga.* Ao longo do mar verde e revolto sobre o qual, em vagalhão, ainda te espero. Sempre te esperei!

Julho, 30
Temos grosso modo signos ascendentes compatíveis e essa compatibilidade é fundamental – temos ambos fogo vulcânico que baste. Não inviabiliza a relação forte, tranquila, baseada num amor sobressaltado, mormente da minha parte. Tu serás mais arisca e mais senhora do teu vulcão semi-extinto, semi-activo. Um sem o outro não podemos viver, fomos condenados a ficar assim para o pouco resto da vida. O trígono, triângulo perfeito de 120 graus, Sol/Lua, excelente – só por um triz não gerou uma conjunção. O teu Sol, Ilha minha,

comunica bem com a Lua que me coube e vice-versa. Garante um estar bem juntos, como se as duas metades do mesmo pão fossem descobertas ao fim de longos anos de partição. Só o mar e a lonjura se não podem anular! Entre nós o antagonismo é de somenos e facilmente vencido. A tolerância pertence-me por inteiro, apesar da fama contrária. De ti se origina o vento, a chuva, o abalo, as levadias, as marés-altas... Há cinquenta anos que meu Pai deixara o vício, mas ainda dizia pouco antes de morrer: "Hoje não fumo, amanhã logo se vê..." O horror ao sempre e ao nunca, advérbios cujo absolutismo temporal se não quadra com a carne efémera de que sou feito. Quase liberto dos meus fantasmas... Mentira! Preciso deixar alguns de remissa, para consumo próprio nos momentos de maior aperto. Não posso nem devo anular-me por completo. O vento não autorizava com seu gigânteo buzinão! Que seria de mim sem alguns deles? Prezo a minha identidade. Sem nenhum rondando-me por perto, perdê-la-ia!

Ilha do Pico, 31 de Julho
A comitiva é composta pela mesa da tertúlia do Bar das Letras e respectivos apêndices – cerca de trinta bicos. Eu e Ela incluídos. Chegámos esta tarde à Ilha do Pico, após um périplo relâmpago à Ilha do Faial. Dia esplêndido de sol e azul. O mar de leite. Durante a travessia do canal da Horta à Madalena, a Montanha, nua e roxa, impôs-se-me de tal sorte que fiquei seco de palavras. Extravasou-se-me dos olhos. Não cabia neles e

não puderam absorvê-la. Quer-me parecer que nada conseguirei escrever nestas Ilhas centrais. Têm uma gramática própria pela qual não aprendi na idade adequada e de certo modo me é estranha. Tanto que os meus colegas esperavam de mim nesta viagem! Vou dar-lhes uma grande desilusão. Tenho de aprender com muito vagar. Os sete dias que por aqui ficaremos não serão suficientes. Quando seguirmos para a Terceira e São Miguel, onde permaneceremos outro tanto tempo, então já poderei com certeza ser mais útil e movimentar-me mais à vontade nos misteriosos meandros da Ilha. Aqui, ainda não! Já houve chatices, como seria de prever. Alguns não ficaram contentes com as casas que foram previamente arrendadas e não souberam distribuí-las entre si. E depois vêm-se-me queixar como se eu fosse um agente de viagens. Foram poucos os descontentes, mas foi quanto bastou para haver cisão...

Agosto, 2

Último dia da festa denominada *Cais de Agosto*, por se realizar no lugar do Cais, pertencente a São Roque e no mês em curso. À noite fui ouvir uma filarmónica. Quem a conduzia era uma maestrina. A primeira que me foi dado ver nas Ilhas. O palanquim estava armado em frente da casa comercial do transitário Carlos Herz, meu companheiro, durante dois anos lectivos, na Pensão Familiar da Arquinha no princípio dos anos cinquenta. Há quase cinquenta anos que não nos víamos.

Não se lembrava de mim. Natural. Tinha nesse tempo onze anos e ele dezassete ou dezoito. Mas gostei de falar com ele e de lembrar algumas peripécias daquele tempo. Disse-lhe que me tinha ficado a dever um relógio. Sempre teve um fraco por relógios. Na pensão tinha vários. E, na minha ingenuidade, pedi-lhe um. "O que teria para te oferecer", disse-me, "não trabalha bem, atrasa-se mais de uma hora por dia; depois das férias grandes, trago-te um do Pico…" Como nunca mais nos vimos, não sei se trouxe ou não. E agora, por pura brincadeira, lembrei-lhe a dívida, nunca julgando que a tomasse a sério. No outro dia, dava-me um relógio de pulso em cujo mostrador estava inscrito o nome de Herz… Fiquei comovido com o gesto!

Agosto, 3
Alugaram-nos automóveis e até uma carrinha velha! Fomos de excursão pela Ilha. Mas, a pouco mais de meio da subida da estrada transversal, que vai de São Roque às Lajes, a furgoneta começou a deitar fumo do radiador. O Victor Torres não esteve com meias aquelas: desenroscou o tampão e a água a ferver pelou-lhe a mão direita… Imediatamente levado para o Centro de Saúde, foi logo e já tratado por uma enfermeira tão meiga que o ia deixando pelo beiço. Trouxe a mão ligada e um sorriso aberto nos lábios. Apesar do contratempo, foi dos que mais animaram a nossa viagem. Há pessoas assim…

Cais do Pico, Agosto 4

O tempo continua lindo. Só choveu uma bátega, mansa, ontem ao início da noite. Mas, tal como veio, foi-se e o dia transformou-se em Verão. Continua parte do grupo às avessas. Quezílias do Manuel Cordeiro, uma besta-quadrada com um curso superior! Há pouco o Oliva entregou-me um bilhete que me calou bem fundo: "Quero dar-te – e também à Margarida – um abraço que, ainda que dominantemente cúmplice, é grato pelo prazer que nos estás (estão) a proporcionar. Não me quero preocupar com pontualidades menos boas; nem sequer me preocupo com o sufrágio dos afectos. Porque os afectos não se sufragam... Quero também dizer-te (-vos) por todos – sem cuidados aritméticos – que te (vos) ficamos a dever os saberes e os sabores das ilhas. Da ilha..." Até respirei mais fundo o ar da Montanha...

Agosto, 5

O grupo foi a São Jorge, a Ilha em frente. Só o Pirouz se recusou a viajar connosco. Confessou que não queria quebrar o encanto daquela Ilha misteriosa que se alonga ao comprido dos olhos espantados pelas suas cores de tons azulados, verdes e roxos, suas ravinas sombreadas... O catamarã em que viajámos balançou o seu tanto. O mar do canal é em geral grosso. Muita gente chamou pelo Gregório. O João Paulo, amarelo de cidra, pôs um jornal em frente da cara para ninguém lhe ver o esmaecimento. Mas desembarcou nas Velas sem pôr a carga ao mar!

Ilha Terceira, Agosto, 8

Os dois dias que cá permanecemos deu para vermos bem a Ilha Terceira de Nosso Senhor Jesus Cristo. Demos uma volta intensa pela Ilha, vimos as pastagens verdes, aos quadrados, como grandes relvados, cheias de vacas leiteiras, a lagoa do Negro, o Algar do Carvão e as terras de cultivo muito bem granjeadas. No mato, fomos assistir à saída dos touros para a tourada que se realizava naquele dia à tarde a que íamos assistir. Muita gente que se junta nessas ocasiões, novos e velhos, furgonetas com comes e bebes... Dir-se-ia que a festa taurina corre nas veias destes ilhéus... A Base Americana é um mundo à parte e de certo modo hostil... O terceirence é perdido por festas, as touradas e o carnaval, mas sai-lhe do pêlo: trabalha como um mouro para depois usufruí-las. Fomos a uma tourada nas Cinco Ribeiras. O que mais admirei foi o convívio entre as gentes de várias partes da Ilha que lá acorrem. Disse-me a Fatinha, ganadeira de rija têmpera, que é nas touradas que se fazem negócios, casamentos... Angra do Heroísmo é uma preciosidade histórica. A reconstrução tornou-a ainda mais linda e mais chegada às origens. Não é por acaso Património Mundial da Humanidade.

São Miguel, Agosto, 12

Chegámos há três dias e já demos grandes passeios por toda a Ilha. Ao planear esta excursão, principiei deliberadamente pelo grupo central para que, ao chegarmos

aqui, houvesse apoteose, espécie de *grand final*. Enganei-
-me e bem! Toda a gente abria a boca, maravilhada, com
as paisagens das Sete Cidades, da Lagoa do Fogo, das
Furnas, da Caldeira Velha, mas no fim exclamava: tudo
muito belo, mas o Pico... Às tantas, também eu fazia
coro: mas o Pico...

AGOSTO, 14
Véspera de partida para Lisboa. Vai quase toda a gente
de olhos cheios e de alma regalada. Há uma ou outra
excepção, que o unanimismo não se deseja nem ao pior
inimigo. Um grupinho de cinco veio deliciar o paladar
a um restaurante à beira-mar, em Rabo de Peixe. Pena
que um dos elementos que aniversariava tivesse ficado
por obrigação na cidade de Ponta Delgada. Às tantas,
alguém sugeriu: o que lhe iremos oferecer? Resposta
pronta do João Paulo – uma mulher nova!

RIO MAIOR, AGOSTO, 18
A ida à terra da moca, na companhia dos meus dois
amigos da Geografia, o Lúcio e o Campar, foi agradável. Foram à secretaria do Parque Natural da Serra de
Aires e dos Candeeiros tratar de assuntos relacionados
com visitas de estudo à região. Depois fomos às salinas,
ali perto, e gostei de ter lá ido. Desconhecia o modo
como se faz sal-gema. Ali, não é extraído de mina,
como no caso de Loulé e não sei se de alguma outra
localidade, mas de água salgada não marinha – tira-se
de um poço e depois é encaminhada para as salinas. Aí

se vai evaporando até ficar em sal igual ao do mar. Estivemos um bom pedaço à conversa com um salineiro, já velhote, setenta e nove anos, ainda trabalha a valer, poeta popular, com um livro de quarenta e tantas quadras a ser publicado brevemente, João Dias de sua graça. Esteve a contar-nos histórias sobre as salinas, que vêm do tempo dos Romanos. Disse-nos não os ter conhecido, mas sabe que são muito antigos... E dos Árabes, que também não dá fé, mas ouviu que introduziram as *picotas* para extrair água do poço. O senhor João Dias possuía o dom da conversa, falava com propriedade e sabia, por instinto, o modo como a levar por becos e travessas, perdendo-a, para depois a achar mais adiante, já com o fio da meada na mão. Tinha a noção de que arrastava a conversa, porque, uma vez por outra, lá ia dizendo, "A conversa é como as cerejas", e a seguir retomava a ponta que tinha deixado para trás. Parecia o Nemésio! Informou-nos que, ali, há cerca de quinhentas salinas e muitos são os seus donos – uns têm mais que uma, outros uma só, outros tomaram-nas de renda, outros ainda fazem-nas a meias (antigamente era à terça: um saco de sal para quem trabalhava e dois para o proprietário). Há quinze anos para cá têm uma cooperativa, o que, segundo ele, facilitou a vida aos salineiros de Rio Maior. O primeiro de Setembro é o dia da feira do sal, tradição muito antiga, que se repete ainda hoje, apesar de haver cooperativa. Nesse dia vende-se sal directamente às pessoas. Há oitocentos e quinze anos, acrescentou o poeta popular, que aquelas salinas são portuguesas. Foi descoberta uma escritura muito antiga que relata o facto. Regressámos pela estrada velha e parámos para almoçar no Alto da Serra. A fome era negra.

BRISTOL, AGOSTO, 26

Assim acontecem e desacontecem as coisas! Tão difícil desfocar os olhos de dentro das paisagens de sonho a que se haviam habituado, nas Ilhas, durante quinze dias, e colocá-los sobre o monótono cenário americano deste pedaço da Nova Inglaterra. Cuido que a dor de cabeça que me perseguiu sem parança durante quase dois dias e respectivas noites se deve a esta súbita mudança. Dor de origem virusal, assegurou-me a Maria Alice. Nenhum comprimido ou *Alka Seltzer* conseguiram debelar, e a Mónica está aí que me não deixa mentir: também foi vítima de uma semelhante desde que pôs pé em terra, na quinta-feira passada, para mais acompanhada por um cortejo de vómitos, arrepios e outras complicações do foro intestinal. Já tudo passou. Desde ontem ao fim da tarde estou a modos de apanhar outra *maúça*. Fui ontem a Boston com a Maria Alice esperar meu irmão, a quem vira de raspão, no aeroporto, no dia em que cá cheguei, embora de destinos diferentes, só que ele abalou de novo para Portugal, em viagem de trabalho. Gabo-lhe este seu estar sempre indo para qualquer sítio do planeta e por vezes dá-me ganas de ser assim, pelo menos durante uma temporada, só para tomar o sabor a tão alucinante e alucinado *láricá*. A despeito do *qui pro quo* na minha saúde e bem-estar, nunca deixei de dar os meus passeios matinais de bicicleta, durante cerca de uma hora, a ver se enrijeço os músculos das pernas e da barriga, quero-a mais encolhida e envergonhada. Magnífico tem estado o tempo, se bem que já se note um arrepio outoniço, o céu forrado de nuvens e as escolas a abrir as portas apenas para apresentação dos professores aos alunos – as aulas só se iniciam daqui a uma semana. Aqui ao pé de casa há uma escola. Ao sair logo de manhã, notei a algazarra das crianças nos finais das férias grandes. Dei-me um arrepio! Durante o meu giro velocipédico, vi dois esquilos atravessando a estradinha destinada só a ciclistas, peões e a gente que anda de patins. Tinha pensado pouco antes nisso, estranhando para comigo mesmo não ter ainda vislumbrado uma cauda farfalhuda dando um ar da sua graça à manhã cinzenta. Logo depois vi um e a seguir outro, se calhar um casal desavindo, até julguei que, com tanta prontidão e obediência ao pensamento, se tinha dado o caso de eles me terem atravessado a memória e não o caminho! Não estava a sonhar. Como se sabe da sabedoria do mundo, um azar raramente vem só. Não bastavam só as dores de cabeça, era preciso que o computador portátil se me negasse à polpa do dedo com que bato as teclas. Em Coimbra, haviam-me assegurado que, com o pequeno conserto que lhe tinham feito, ficaria eu remediado durante a minha estada aqui. À mão, já quase não consigo: as ideias não surgem ou esvaem-se e sabem-me as palavras a deslavado. Mesmo assim, obriguei-me a sentar à secretária, para me sentir cumpliciado com a escrita de que me encontrava há semanas arredio, por isso vai esta prosa tão insossida, a ponto de me sentir meio angustiado e de peito oprimido.

Agosto, 28

Acabei há pouco de vir de fora onde inaugurei a chuva na estradinha da bicicleta, o *Bike Path*. Ao princípio parecia uma chuvinha mole, cegona, sem grande préstimo de molhar; com a continuação do dar ao pedal, ela foi-se infiltrando na roupa até a trespassar. Ao chegar a casa, já estava ensopado até aos ossos. Até agora, nada de mal me aconteceu. Valeu a pena não ter perdido este meu exercício diário, obriga-me a ginasticar as pernas e a distrair a mente – a vida que levo aqui é de uma indescritível monotonia, minha Mãe está cada vez mais empurrada para dentro, quase ensimesmada, sem grande apetência, ou já sem tino, para aquelas saborosas conversas sobre a Ilha que costumavam outrora preencher os meus dias na Nova Inglaterra. Tudo se vai acabando e este aproximar não sei de que final de cena ou de acto faz-me, no íntimo, estremecer de frio e de medo. Meu tio, com quem tenho conversado, continua dando notícias da Ilha do seu tempo, lá viveu trinta e cinco anos, como se dela nunca tivesse zarpado. As histórias que conta, rabiando de vivacidade e não raro salpicadas de pilhéria, vão a pouco e pouco perdendo o viço à custa de serem repetidas. A fim de tomar pé nesta vasa de decadência, agarro-me como náufrago à leitura, não sei quantas vezes repetida, do diário dos irmãos Bullar: um modo muito meu de prolongar o sonho iniciado este mês naquelas Ilhas cada vez mais necessárias para enganar a fome de mais sonho que constantemente me assalta. Trouxe também comigo dois livros das *Saudades da Terra* e o volume *As Ilhas Desconhecidas*, de Raul Brandão. Como se está vendo pela amostra, vim bem fornecido de alimento adequado a uma longa travessia no deserto. Vou-me desta forma defendendo, mas estou consciente da precariedade de tudo. Quando a solidão toca à porta e pede para entrar, não há nada capaz de iluminar e aquecer a sombra que ela deixa escorrendo pelas paredes da alma abaixo. Meu irmão lá se foi esta tarde para mais uma viagem, desta feita para Manchester, regressa sábado à tarde, via Porto, com um carregamento de emigrantes em fim de férias. Os saldos de fim-de-estação! Há pouco, minha Mãe saiu-se com esta que me deixou surpreendido e à Maria Alice também: "Quando teu irmão chegar, quero dizer-lhe que tenciono dividir o dinheiro que tenho nos bancos da Ilha pelos meus três filhos..." Não lhe disse uma palavra sequer – não lhe quis afugentar a intenção nem muito menos o meu espanto. Será desta que vou adquirir uma daquelas adegas da Ilha do Pico?

Agosto, 29
Minha Mãe pediu-me: "Vai num pulo à padaria Batista

comprar pão de milho de mistura, para se comer com queijo branco..." Fê-lo ontem e está no frigorífico em ordem de ser comido. Sou bem ensinado, fui num pulo. O pão de milho já se tinha esgotado. Pede-me que vá levar o queijo a meu tio, irmão dela, gosta imenso dos queijos, e de outros mimos, da irmã mais moça, a quem trata ainda por rapariga... Meu tio já entrou na casa dos oitenta em Fevereiro e fez, há mais de dois meses, uma operação a um dos joelhos para lhe ser colocado um parafuso de platina. Já se encontra fero e rijo e com a memória na ponta da língua para contar casos da Ilha de onde nunca saiu, pelo menos quando começa a conversar é para ela que se encaminha, não conhece outro itinerário. Mostrou-me uns versos que tinha publicado na semana passada, na página portuguesa de que é coordenador e vem inserida num semanário americano publicado em Bristol — versos repassados de nostalgia e de saudade da Ilha, embora, na conversação corrente, fale muito mal da terra de origem — mistérios que só acontecem aos imigrantes e só eles sabem entender, mas devemos respeitar. Além dos versos, contou-me histórias que lhe ouço há anos. Desta vez, contou-me uma inédita, passada nas Furnas, que ele conhece como os seus dedos. Foi lá que fez a tropa, pela segunda vez, durante a Grande Guerra de 1939--1945. A narrativa tem interesse histórico. Benjamim Rodrigues era um excelente músico furnense, já dele ouvira eu falar, quando há pouco estive nas Furnas reparei num largo com o seu nome. Contou-me que esse músico era militar e tocava na Banda Regimental da Ilha, tendo sido, no princípio dos anos trinta, demitido por Salazar devido ao facto de se ter envolvido na célebre revolta de trinta e um nas Ilhas. Para sobreviver, passou a ser Mestre de Banda, não só da das Furnas, a *Harmonia Furnense*, como também de filarmónicas de outras freguesias. Enquanto permaneceu nas Furnas, meu tio, também músico e durante anos, mestre da *Música Nova* da freguesia, tocou sob a batuta de Benjamim Rodrigues, e diz que aprendeu muito. Aquando da visita à Ilha, no início da década de quarenta, do então Presidente da República, General Óscar Carmona, o célebre padre Botelho das Furnas, poeta, solicitou uma audiência ao Presidente, instalado no Hotel Terra Nostra, e contou-lhe a situação de Benjamim Rodrigues, pedindo-lhe que intercedesse por ele. O sacerdote fez tudo isto por sua conta e risco, sem sequer dar conhecimento ao lesado e manteve o segredo. Cerca de cinco meses mais tarde, veio um despacho do Governo de Lisboa reintegrando o músico na tropa. Quando lhe deram conhecimento do levantamento da excomunhão, ficou meio aturdido e, como não acreditava em milagres, procurou saber a razão de tal dádiva aparentemente caída do céu. Ao saber, pouco depois, que houvera empenho do padre Botelho, Benjamim Rodrigues recusou-se a ser reintegrado e continuou a viver, como até ali, dos proventos auferidos como mestre de bandas paroquiais!

Agosto, 30

A muito mais de meio da minha viagem de bicicleta ao longo da estradinha asfaltada, quase a chegar a Warren, verifiquei que tinha o pneu de trás vazio. Lá tive de regressar, a pé, a bicicleta pela mão, mais de meia hora de caminho. Não maldisse a sorte, estava o tempo agradável, embora húmido, e mal cheguei a Bristol fui de imediato à oficina de reparação de velocípedes. O ano passado por esta altura colocaram-me um pneu novo por vinte e cinco dólares, justamente o que agora rebentou. Em vez de oficina, havia uma loja de antiguidades, cuja empregada me informou que a dita *Bike Shop* tinha acabado, se eu quisesse consertar o pneu tinha de ir a Warren, uma cidadezinha no corrume de Bristol. Hei-de lá ir com meu irmão, uma vez que, a pé, a bicicleta pela mão, levaria muito tempo e destilaria litros de suor. O meu almoço hoje não foi grande coisa, minha Mãe, coitada, com a confusão de não ter ido ontem às compras com a prima, despercebeu-se (anda cada vez mais despercebida) e não trouxe o principal quando, ontem à noite, foi às compras com a Maria Alice. Minha Mãe e a prima fazem as compras muito devagarinho, levam cerca de duas horas, e com a Maria Alice assim não acontece: muito despachada, anda sempre em frente. Com certeza minha Mãe, incapaz de dizer seja o que for com medo de melindrar, não acompanhou nem o passo nem o ritmo da nora e o resultado foi o que se viu. Não se pode imaginar como estava atrapalhada ainda agora, ao almoço. Descanseia, dizendo que a sopa estava muito boa e que, mesmo que houvesse outro prato, não teria apetite para o comer... Ficou convencida e prometeu-me que amanhã iria à loja do peixe, aqui defronte, comprar-me chicharrinhos da Ilha para os fazer com molho de vilão. Uma sombra da outra Conceição esta minha Mãe, olha--me parada, mas sempre com ternura, as palavras já sem lhe obedecer e traindo-lhe o discurso por vezes atabalhoado. Já não vou ter Mãe durante muitos anos... Depois do almoço, fui às compras com a Maria Alice. Passámos por uma loja do *Salvation Army* e foi grande sorte ter lá entrado. Comprei dois fatos praticamente novos, *Yves de Saint Lourent*, certíssimos pelo meu corpo (as calças também), um em tom azulado, o outro acastanhado, ambos com risquinha – devem ter pertencido ao mesmo dono. Comprei-os pela módica quantia de dezoito dólares, nesse dia havia promoção: cinquenta por cento de desconto. Apesar de virem impecáveis, minha Mãe mandou-os limpar a seco, desinfectá-los – muito escrupulosa nesse e noutros campos...

Agosto, 31
Não poderia ter o dia começado de melhor maneira – o telefonema de Ela logo de manhã a que juntou as vozes dos meus dois filhos mais moços. Notei que estava lavada de uma alegria angelical (angélica a chamou há dias, na Ilha do Pico, o Pirouz), fiquei contagiado, afinando-me, além disso, as cordas do orgulho que sinto por estar acolhida na minha vida. Mal acabou

o telefonema, senti necessidade de expandir-me, a felicidade era muita e pedia movimento dos músculos das pernas e do restante corpo. Fui dar um passeio, a pé, pelo *Bike Path*, passo estugado de quem tem letras em protesto, cheguei até ao ponto onde ontem notei que tinha o pneu em baixo, mais de uma hora, ida e volta, suada por cada minuto, tempo de rosas, claro e transparente, parecia que todo eu me ia florescer em chagas e aleluia, graças ao coro de vozes macias e perturbantes a irromperem de dentro de mim. Ao meter-me debaixo do duche após o passeio, soltou-se-me a voz baritonal e desafinada, procurando dar expressão ao fervedouro do íntimo... Minha Mãe ouviu-me do quarto do fogão e disse-me, quando lhe apareci, que a cantoria estava um pouco desviada do tom... Não desanimei nem coisa que se parecesse — apenas apaguei a voz para melhor ouvir as outras vozes do coro que me não deixava. Por que será que Ela tem o condão de me pôr de pé dentro de mim?

Setembro, 1
Até agora nada aconteceu que valesse a pena pôr em letra redonda... Estive lendo jornais e revistas que meu irmão trouxe ontem de Portugal. Desde que cá estou, já viajou duas vezes para a Europa. Lá fora anda o tempo sombrio, cara de Outono e ar triste. Dizem os meteorologistas que o *Hurricane Edouard* se está aproximando, não sei a quantas milhas por hora, das costas da Nova Inglaterra. Nesta altura do ano, ou seja, a par-

tir de meados de Agosto, é o pão-nosso de cada dia. Anda minha Mãe na lida do almoço, ou jantar, como ela prefere dizer, faz tudo tão vagarosamente, até causa impressão. Quem a viu alguns anos atrás, ligeira e decidida de movimentos, pensa que não está diante da mesma pessoa. Fala-me de novo nas partilhas do dinheiro entre nós os três. Será que anda pressagiando alguma coisa no ar? Quando meu irmão vier daqui a pouco, vai de novo falar no assunto, para que fique tudo assente, a fim de se mandar dizer ao meu outro irmão, há longos anos arredado da família, a ver se concorda ou não, se aceita ou não a parte que lhe cabe. Uma verdadeira consumição! Chegou mais cedo do que eu julgava. Alvitrei que fôssemos dar o passeio dos tristes (nunca mais se falou em partilhas), o domingo, na América, é tão monótono como em qualquer parte do mundo. Andámos milhas sobre milhas, fomos a Providence, a Fall River, a Seakonk e a mais não sei aonde, sempre sem parar, meu irmão não é bicho sedentário, ouvimos música de uma cassete por uma cantora luso-canadiana, nossa prima em terceiro grau, contemporânea de meu irmão na escola da Ilha. Gostei de lhe ouvir as canções (em inglês, italiano, espanhol, francês e português), tem uma rica voz de contralto. O nome Terrie Alves (Teresa Alves) é neste momento uma grande atracção em hotéis e *pubs* de São Miguel, passa metade do ano na Ilha (comprou e está restaurando uma casa junto ao mar das Calhetas) e a outra metade no Canadá – ganha a vida a cantar. Meu irmão não conseguiu entrar em contacto com ela na Ilha. Quando lhe ligou, não a apanhou em casa. E assim se passou a tarde triste deste domingo do primeiro dia do mês mais meu da roda do ano...

Setembro, 2

Talvez por ser hoje feriado em que se celebra o *Labor Day* americano tivesse o *Hurricane Edouard* chegado muito fraquinho a esta parte da Nova Inglaterra. Tanto esparrame fizeram os meteorologistas de serviço desde a antevéspera ou com mais antecedência ainda, que ficou toda a gente meio em pânico, calafetando portas e janelas, amarrando as mesas e as cadeiras dos *yards* com o sentido de almofadar a possível desgraça. Aqui na América é assim: o tempo que faz ou vai fazer é motivo de grande preocupação, há até um canal televisivo, o *Weather Channel*, aberto vinte e quatro horas por dia, vai dando constantemente as variações atmosféricas, quase ao milímetro. Quando se trata de ciclone, vão os meteorologistas acompanhando, a par e passo, as andanças do dito, desde que nasce e é baptizado, até se esborralhar em ventania sobre as cidades e os campos. Por vezes, como agora, é mais o alarme e o susto do que outra coisa. Apesar disso, sempre foi fazendo os seus estragos para as bandas de Cape Cod, onde houve vento forte e chuva torrencial, telhados pelo ar, falta de electricidade, o mar em fúria... Mas as pessoas precisam deste naco de pânico que dê outro sabor à vida. Meu tio telefonou não sei quantas vezes aqui para casa para informar minha Mãe da progressão do ciclone e também para lhe contar dos esforços que estava desenvolvendo, em casa e no *yard*, para minorar os efeitos catastróficos do furacão a vir... Finalmente, tenho já a bicicleta consertada. Esta tarde fui com meu irmão a uma oficina. Em poucos minutos colocaram-me um pneu novo – mais vinte e cinco dólares por alma da caixa velha... Meu irmão não se encontrava de bom semblante, havia nuvens baixas para aquelas bandas, que lhe terá acontecido? Restos do ciclone?

Setembro, 3

Veio cá a casa um velho primo da América do tempo em que ela ainda rescendia nas sacas e nas malas de roupa que de cá chegavam, nos navios dos Carregadores Açorianos. Veio cumprir a sua visita de desobriga familiar. Perto de duas horas e meia serrando uma conversa sincopada, pachorrenta. De sorriso aceso e cara alegre. Culpa já não tem do seu português deslembrado por quase cinquenta anos de emigração. Sempre que chego, apresenta-se cá em casa, em nome de uma amizade antiga e de um parentesco muito chegado, primo em segundo grau. Mais velho do que eu, fala pausadamente, pensando e medindo cada palavra. Não caldeia as duas línguas, como a maioria, para se dar ares de poliglota! Pontua as frases de pequenas pausas que acabam por redundar em séculos de silêncio. E o frenesim apodera-se de quem o escuta. Minha Avó materna – Deus lhe dê o céu – chamar-lhe-ia, na sua pictórica linguagem, *macista* e *sequista* da quinta casa. Desta feita não lhe dou razão! Foi ele quem, no Verão de 1951, me ensinou os rudimentos da Língua Francesa por um velho calhamaço quase desconjuntado: *Primière Leçon*, que eu logo me apressei a traduzir por primeiro lenço... Isto pouco antes de eu entrar no Liceu e de ele embarcar para a América de Baixo. É sempre por este filão que iniciamos a conversa anual, como se fosse sempre a primeira vez. A seguir, conta-me das suas impressões sobre a chegada da tropa à nossa freguesia da Ilha, em Novembro de 1941, tinha eu um ano de idade. Mais de mil homens de uma só assentada, pôs a pacatez do povoado em pé de guerra. Chegado a esse ponto, já sei que vai sofrer um acidente. Ao fechar o portão de ferro do jardim da igreja, entala a mão e quase fica com um dedo decepado. Preso apenas por um fio de pele, foi prontamente consertado, a sangue frio (um berro que furou os ouvidos da freguesia inteira), na enfermaria do novel quartel. Se nesse tempo não tivesse vindo um Regimento de Beja para a freguesia, ficava sem o dedo – e mostra-me a cicatriz ainda bem visível, com vigentes sinais de grande alívio por o não ter perdido... Passa depois para a quarta classe, que lhe demorou dois anos a concluir. Não por ser rude de cabeça! A primeira professora, filha da terra, estava em trânsito para a vida monástica e não tinha assento de espírito para ensinar coisas tão terrenas. Durante grande parte da aula, lavava-se em lágrimas de comoção e amor a Cristo, seu futuro esposo.

Nesses transes, que aconteciam amiúde, ia ter com a mãe, mestra-escola como a filha, que leccionava na sala contígua da casa da escola, onde também aprendi e levei muita reguada. Chega então à freguesia o professor que substituiu a já noviça, que havia de ser o meu. Era um ardido e chegava bem a roupa ao pêlo. Mas, preparava os alunos com minúcia e consciência. Meu primo fez então a quarta classe com ele. No fim do ano escolar, dirigiu-se com os companheiros, no charabã do Ti Ângelo, à Ribeira Grande, cabeça do concelho, onde se dava o exame do 2.º grau... Foi igualmente o meio de transporte que eu e os meus colegas utilizámos, em Julho de 1951, para irmos prestar provas na Escola Central. Após a distinção no exame da quarta e da passagem no de Admissão, meu primo encaminhou-se para a Escola Comercial e Industrial, onde terminou, em 1949, o Curso Geral de Comércio. Durante os quatro anos do curso, esteve hospedado na mesma Pensão Familiar da Arquinha, quase em frente da padaria Xavier e da clínica do Doutor Alemão, em que permaneci dois anos lectivos. Aí conheci o Carlos Herz e o Manuel das Ribeiras, da Ilha do Pico, e outros estudantes das Ilhas de Baixo. Nesse tempo de grandes lonjuras e de rixas entre ilhas, era um privilégio para uma criança de dez anos, cujo mundo se confinava às fronteiras da sua freguesia. Como esteve dois anos sem conseguir emprego, apesar de alguns empenhos, decidiu embarcar para a América, onde havia nascido. Por cá ficou, e só há um ano foi a São Miguel durante uma escassa semana. A única novidade da conversa que temos vindo a manter desde a primeira vez que cá vim em 1979. Mas, pouco adiantou. Ficou hospedado no Hotel Canadiano, na Rua do Contador, achou as ruas muito estreitas. "Naquele tempo eram mais largas, não sei como se estreitaram", e criticou a morosidade do atendimento no Banco, no Largo da Matriz, uma bicha enorme, e quando chegou ao funcionário este disse-lhe que era noutro guiché... "Na América não aconteceria uma coisa dessas; pelo menos deviam ter letreiros a informar os clientes..." Da Ilha pouco mais disse: foi às Furnas, às Sete Cidades, à Lagoa do Fogo, tirou muitos slides e filmou massame: a fachada da casa onde vivera como estudante, na cidade, hoje transformada em creche. Já não se lembrava bem da casa nem do quintal da velha casa da freguesia, hoje pertença de outro dono, por isso lhe pediu que a deixasse visitar... Ficou de coração arrochado com a escuridão e o acanhamento dos quartos, dantes salões de baile... Deixou-me convite para irmos jantar a um famoso restaurante português de *Forrível*: serve bons bifes de carne de vaca argentina, a sair do prato, um primor de batatas fritas, muita pimenta e molhanga apetitosa... "É comer para baixo, meu primo, e não se deixa nada no prato!" – ainda o ouço da última vez. Afinal, no dia aprazado, houve mudança de planos. Havia um desconsolo por marisco e levou-me a um restaurante da especialidade. Às cinco da tarde em ponto, enfrentávamos uma lagosta cada um. Metade do tamanho de uma das nossas. Cozidas sem mais nada. Chegaram ambas à mesa com este insulto à culinária marisqueira – batatas fritas! A acompanhar vinho francês fabricado na Califórnia, não sei se a martelo, pelo menos imitado. Um branco Chardoner muito fresco, mas deslavadinho, como todas as contrafacções. Desta feita, porém, e para meu alívio, não houve vídeo pós-prandial – o meu primo da América viu o estado em que me encontrava e compreendeu. Resmungos da coluna, como lhe dei a saber. Estava na hora de me ir estender ao comprido. Quando me instalei no *truck*, após meia dúzia de passos manquejantes a partir do restaurante *Last Course*, achou por bem dar-me um conselho: "Porque não pedes ao Velho do Natal uma bengalinha?"

Setembro, 4

Mal pus os pés fora da cama, vesti-me num ápice, peguei da bicicleta e fui dar o meu habitual passeio de logo de manhã. Talvez seja a maneira mais eficaz – pensei cá comigo – de desanuviar o céu baixo do peito e distrair o pensamento desde ontem convertido em clave ruminante. Quando assim acontece, fico sem forças disponíveis no reino da vontade capazes de o fazerem mudar de agulha em direcção a um rumo condizente. Enquanto, por um lado, eu pedalava fundo contra o vento que me batia em chapada nas ventas, por outro, ia-se a mente oleando, em pedais mais sensíveis e num trabalho de sapa denominado grande ruminação, os seus músculos mais delicados. No fim da jornada – durou cerca de uma hora e meia – não me sentia nem cansado daquele doce cansaço que precede uma estendida calma, nem sequer trazia o pensamento calado nem muito menos contente. Pelo contrário, uma ideia perversa nele se insinuara e continua martelando-me não sei em que caixa-de-ressonância – quero ir embora depois de amanhã, sexta-feira, estou aqui apenas a perder tempo e a entisicar-me. Ainda me não declarei a minha Mãe sobre o assunto, tenciono deixar o anúncio para mais logo, depois de ela vir do médico a cuja consulta de rotina vou acompanhá-la daqui por uma hora e meia. Apesar de faltar ainda tanto tempo, já se encontra há muito preparada, banho tomado como mandam os preceitos, pronta a sair de casa. O consultório fica a meia dúzia de passos, numa transversal do Bay View, uma avenida que corre ao lado de casa e que conheço desde a minha infância, na Ilha, tal a fama que sempre teve entre os imigrantes que para lá iam de vez ou em visita e ma foram pouco e pouco integrando no meu itinerário sentimental. Na ampla sala de espera do centro médico ouço o nosso falar micaelense retinto – duas ilhoas que despudoradamente confessam uma à outra as suas mazelas. Uma das senhoras acabou de ser consultada, a outra espera a sua vez, falam em voz alta, muito de rijo, como é costume ilhéu e não têm pejo de estarem sendo inconvenientes – estão na terra da liberdade, como gostam de acentuar. Na Ilha daquele tempo havia respeitos humanos e chapéu humilde na mão; aqui, na América, nada disso existe. À despedida, diz a que está de pé para animar a outra, uma baleia de gordura, que ainda não foi examinada pelo médico: "Eh, mulher, adeus, Deus fique contigo e *vaia* comigo, mas fica sabendo que a cova é que há-de comer o resto..." Regresso pouco depois com minha Mãe pelo Bay View abaixo, ouve-se o sino de uma igreja da Rua da Cidade, bate meio-dia, e logo minha Mãe: "Quando se ouvem os sinos da Igreja Presbiteriana, é sinal de mau tempo..." Entramos em casa e eu, meio a medo, digo-lhe que me quero ir embora depois de amanhã, ela concorda comigo, diz mesmo que levo uma vida muito aperreada, noto-lhe uma tristeza caída no rosto. Abre a porta do congelador para tirar não sei o quê e sai fumo lá de dentro, arriegando ainda mais nela a certeza de mau tempo. Tanto o som dos sinos da Igreja Presbiteriana como o fumo saindo do congelador são sinais certos de tempo ruim – sempre o tempo, uma personagem muito importante na peça que a gente das Ilhas representa como pode no grandioso palco desta terra americana. E também os sinais...

SETEMBRO, 5
Não vi meu irmão, ainda lhe não disse que tencionava zarpar amanhã de Boston, vou pedir-lhe que me leve ao aeroporto. Saí logo de manhã de bicicleta, ainda não eram sete horas, fiz um percurso maior, cerca de duas horas, ao menos estive entretido, fazendo exercício físico, os olhos caídos no mar deslavado de Bristol. Depois do passeio, passei em casa, minha Mãe ainda

estava dormindo, peguei na carteira e dirigi-me à *Silva's Barbershop*, ou, como se pode ler cá fora, *Hair Stylist*, sempre é mais pomposo! Àquela hora matutina, ainda não havia fregueses, entrei e encaminhei-me logo para a cadeira das torturas. Mr. Silva, natural dos Arrifes, cumprimentou-me como se me tivesse visto ontem e daí em diante não deu mais pio. Está tudo tal e qual como deixei já não sei há quantos anos. Aqui, nesta terra, as coisas permanecem idênticas, não é como nas Ilhas que se acha diferença de um ano para o outro. Lá estava ainda, à ilharga do espelho grande, o pequeno *poster* que continua a rezar assim: *Anyone can be a father, but it takes a special person to be a dad...* Mr. Silva, talvez para me agradar, sintonizou o rádio, em altos berros, numa estação portuguesa de Fall River. O locutor, um tal Benevides, de São Miguel, é um verdadeiro espanto de eloquência... Música, então, nem vale a pena falar: cantoras e cantores portugueses, desenterrados não sei de que jazigo, entoando canções do mais *pimba* que imaginar se possa. A publicidade é lida pelo próprio locutor, nem sequer se fazem gravações, com música de fundo e alguma encenação, e o resultado fica bem à vista: "Agência Funerária Carvalho, a única sensível à sua dor! Chouriço com pimenta e muito sal para pessoas saudáveis e com menos sal para pessoas doentes, só no Chaves Market..." Trata-se do programa da manhã, no qual também participam os ouvintes, telefonando, geralmente para pedir discos e os dedicar a pessoas de família. Quando cheguei a casa vinha mais leve, não admira, Mr. Silva pregou-me uma valente tronchadela na barba, ficando logo a papada à mostra. O cabelo também ficou curto, fica-me bem, pelo menos minha Mãe diz que sim e acrescenta: pareces mais novo. Mal me viu, disse-me, "Tenho um pedido a fazer-te: não te vás embora amanhã, tem paciência e espera mais uma semana..." Olhei para ela e não tive semblante de lhe dizer que não. Anuí. Vi-lhe o contentamento na cara e nos olhos. Ninguém tem precisão de saber que te querias ir embora. Concordei – a minha boca vai ficar fechada como um túmulo...

Setembro, 6
Após o meu passeio de bicicleta ao longo do *Bike Path*, lembrei-me de ir à Farmácia comprar tabaco de cachimbo. Nunca, como aqui, foi tão certo o ditado "há de tudo como na botica." Além dos medicamentos, existem centenas de artigos de supermercado, incluindo aqueles que, por uma questão de coerência e de respeito pelo lugar, nem sequer devia haver: o caso do tabaco que ali se vê nas suas diversas formas: de cachimbo, de mascar, cigarros e charutos... Até artigos de papelaria existem em grande profusão, de mais a mais nesta época de regresso à escola. Na minha volta, a pé, lembrei-me de ir ao cemitério visitar meu Pai. O desvio não era grande, de sorte que lá me encaminhei para o enorme relvado do sossego. Notava-se que a relva tinha sido recentemente aparada, ainda se sentia o aroma de erva cortada, pena os vivos, sobretudo os portugueses, esta-

rem enchendo o cemitério de lápides funerárias cada vez maiores, mas ainda não há mausoléus para adulterar a paisagem por completo. Dirigi-me ao topo do cemitério onde se encontra a sepultura de meu Pai. Não a encontrei. Procurei uma, duas, três, um ror de vezes – nada. Principiei a sentir-me nervoso, ouvia nos meus ouvidos a voz severa de meu Pai, "És um banana, então não vês que estou aqui..." Continuava a passar todas as pedras funerárias a pente fino e sem encontrar o nome de meu Pai, "Eh, meu baeta, estás cegueta ou quê, então não me vês, estou mesmo aqui ao pé de ti..." Não sei quantas vezes percorri todo aquele talhão do cemitério, cada vez mais fora de mim e, embora os cemitérios americanos não sejam sinistros como os nossos, andava como uma alma penada sobre a alcatifa verde, até que, ao fim de quarenta minutos de vã procura, saí dali para fora, os ouvidos numa chiadeira e safei-me para casa com fogo no rabo. À boquinha da noite, fui lá de novo, desta feita com meu irmão. Afinal, estava a pedra tumular escondida atrás de uma moitinha de flores, espécie de campainhas vermelhas com folhas castanho-avermelhadas, até parece planta de interior. Desta vez meu Pai já não me chamou banana, mas ouvi-lhe, "Continuas o mesmo rapazinho que ferve em pouca água..." Saí do cemitério com o íntimo inundado de uma outra paz...

SETEMBRO, 7
O melhor do almoço ajantarado em casa de meu tio foi

mesmo a conversa que acabou, como era previsível, de mais a mais tratando-se de ilhéus, em escatologia, que, como se sabe, é a ciência excrementícia por excelência! Embarcámos todos para a Ilha e, durante mais de três horas e meia, ninguém nos arrancou do nosso lugarejo de nascimento, exceptuando uma pequena incursão à freguesia de minha tia onde, na sua casa do Teatro Novo, nos demorámos apenas o tempo de ela contar um passo verdadeiro, passado com a irmã mais velha e o pai. A mãe já tinha morrido há muitos anos na América de Cima, a Califórnia. Passou-se o caso no dia de cozer o pão, numa sexta-feira, o dia da cozedura semanal. A Deolinda, a mais velha, era quem, coadjuvada pelas irmãs mais moças, a Joaquina e a Isabel, tratava da lida da cozedura. Nesse dia aconteceu estarem mestres pedreiros em casa, levantando paredes no quintal, esborralhadas pelo temporal de Fevereiro daquele ano. Com pejo de ir à casinha, que ficava no quintal, à ilharga do curral do porco, a Deolinda pegou de umas folhas de conteira, as mesmas que serviam para colocar debaixo de cada bola de massa levedada para levar ao forno e não queimar a sola do pão – e fez o serviço no recato do quarto de cama, diante da imagem da Senhora do Livramento, posta na sua manga de vidro em cima da cómoda... Após ter acabado de fazer o serviço e acondicionado o bolo nas folhas de conteira, guardou o embrulho no escaparate à ilharga da cama onde se fecha o bacio. A seguir abriu, consolada, a janela para que o quarto não ficasse fedorento. Pensou que depois de tirar o pão do forno o colocaria lá dentro – escusado ninguém saber o que se passara. Logo que a mestrança largasse o trabalho, iria despejá-lo no buraco da retrete, o porquinho agradecia e chorava por mais... O certo, porém, é que o presente se lhe varreu da lembrança e ficou no quentinho do forno. Ao outro dia, logo pela manhã cedo, ainda noite escura, o pai, como de costume, foi acender o lume no canto do lar, para aquecer o leite. Pela porta aberta do forno reparou que havia o que quer que era que a filha se tinha esquecido de tirar de lá. Talvez um pão, batatas-doces assadas... O que fosse estava mais que carbonizado. Como era um homem muito severo (minha tia diz *tafe*, do inglês *tough*) e poupado, chamou a filha mais velha em altos berros e disse-lhe: "És uma cabeça de abrótea, rapariga; pois foste-te esquecer das morcelas no forno e agora já estão negras de estorricadas; eu bem as vi; minhas ricas morcelas..." Meu tio não gosta por feitio de ficar atrás de ninguém e encaminhou-se logo para a Rua da Alegria da nossa freguesia, onde ficava a residência do Ti Ângelo Veríssimo, cego, e em cuja casa, à noite, se reuniam a súcia dos amigos. Ficou a tertúlia conhecida pelo *Clube Escuro*. Desta feita o cego está debruçado no peitoril do janelo de sua casa, tomando os ares da manhã, ao mesmo tempo que pressentia o movimento das pessoas que se encaminhavam para o trabalho das terras e o saudavam respeitosamente. Conhecia-os a todos pela voz e até pelo andar... A dada altura passa o Ti José Luís, estatura rasteira, menos que meã, que se descoseu, em voz bastante sonora, no momento em que lhe dava a salvação matinal: " Deus nos dê um bom dia, Ti Veríssimo", ao que ele prontamente respondeu, "É maior o traque que a pessoa que o acabou de dar... Deus to acrescente, José!" Nesse comenos, o George, o netinho mais moço de meu tio, cinco anos por fazer, que passa grande parte do dia lá em casa, interrompeu, na cozinha, o seu programa de televisão, e disse alto, "I want some more pear"... E meu tio: É uma capacidade, este meu neto; queres ver como ele percebe tudo: "Bring the pear para vavó descascar"! E com efeito lá veio ele, pressuroso, com a pêra na mão, para a avó a esburgar; não dá *trabla* nenhuma, vou buscá-lo à escola às onze e meia; o pai leva-o às sete quando vai para o trabalho; mal chega a casa, põe-se em frente do televeja, come com os olhos nela pregados: um descanso; só que o pele de lume não nos deixa ver a RTP Internacional; enquanto cá está, fica o senhor da casa, mas bensinado é ele, como todos os meus netos – e já são sete – todos eles criados nesta casa por minha Mulher. Nenhum deles, e alguns são já graduados pela universidade, se esqueceu ainda da vavó e do vavô, ao menos tenho quem chore e reze por mim quando desta me for..." Regressámos de novo ao *Clube Escuro*, onde se passava o serão à luz do candeeiro – os próprios convivas quotizavam-se para pagar o petróleo – e desta feita o Ti José Bernardo, que dava umas bufas muito malcheirosas, de uma qualidade tal que ficavam atravessadas na garganta de quem tinha o infortúnio de as cheirar, sentou-se na soleira da porta do cego e, pela greta, deixou escapar uma delas... Toda a gente reunida no *Clube Escuro* ficou atarantada, "Logo se vê pelo fedor que é do José Bernardo", dizia o cego, mas, ao abrirem a porta, já ele se tinha posto a milhas... Muito amigo de ir a procissões, ao Ti José Bernardo não havia uma na Ilha que lhe escapasse. Nunca deixou de ir à da Senhora dos Anjos, em Água de Pau, para ele a melhor da Ilha. Já velho – contava ele no Canto da Fonte – foi a essa freguesia no domingo de festa. Um abismo de povo. Já se sabe que estavam todos os bancos da praça ocupados, e ele, cansado das pernas, apetecia-lhe sentar-se. Como ninguém se erguia para lhe dar o lugar ou ir embora, pensou: "Vou dar uma das minhas bufas e logo a seguir não me falta lugar..." Meu dito, meu feito! Mal os eflúvios chegaram às narinas mimosas das pessoas, algumas delas levantaram-se de supetão, cara enjoada, e ele aproveitou a deixa e deu-se ao luxo de escolher o assento que mais lhe convinha. Daí em diante, usava sempre o mesmo estratagema – nunca lhe minguou lugar onde se assentar, para ouvir, em descanso, as bandas de música no arraial da festa da padroeira... Neste momento vou deixar meu tio da América deitado no capacho de casa de minha Avó materna. Tinha ele para aí uns vinte anos. Dera-se o caso de ter ficado com a tripa enfiada. Ele de si já lhe custava a obrar, ainda hoje lhe acontece o mesmo, e além do mais havia comido pevides de mogango à tripa forra, um rico condimento para refrear a soltura. Quando vim da guerra, fui consultar um professor da

Faculdade de Medicina por via das minhas diarreias bravas. Receitou-me arroz-doce sem ovos à moda de Coimbra e pevides de abóbora com fartura... Esteve então meu tio quatro dias sem ir dar de corpo à casinha do quintal, umas dores e agonias levadinhas da breca e de suores frios. Mandaram chamar o médico da Ribeira Grande, o doutor Virgínio. Deu-lhe um clister de azeite. Remédio santo. Ao fim de pouco tempo esvaía-se em caca dura ali mesmo no capacho de tabuga onde se encontrava deitado... Ficou leve. Na América, a prisão de ventre ou *constipação americana* é um flagelo nacional. O outro dia, olhando para o calendário de parede na cozinha de uma pessoa da família, achei estranho que estivesse marcado, em certas casas, com umas cruzinhas. Na guerra também era uso riscar cada dia que passava com uma cruz, por isso tive curiosidade e perguntei. Afinal, mais não era do que a sinalização dos dias em que a minha parente ia ao quarto de banho... A cada um a sua guerra! Cabem aqui os versos do célebre cantador ao desafio, o Virgínio da Bretanha, que meu tio me recitou: *Entre merda foste nascido / E em merda foste criado... / Muita merda tens comido / E dela toda tens gostado...*

Setembro, 8

A data é de meditação em dó maior. Desta vez calhou exactamente no mesmo dia da semana em que nasci. Os telefonemas de longe que recebi constituíram sinais de ternura: o de Ela juntamente com a voz dos meus filhos mais moços e o do Viriato Madeira. Vale a pena amealhar estes gestos. A vida, como diz o Poeta, é feita de pequenos nadas. Minha Mãe esmerou-se no almoço que desde ontem andava preparando e felicitou-me como se eu tivesse acabado de celebrar o meu primeiro aniversário. Talvez eu não tenha, para ela, crescido assim tanto, durante este meio século e muitos picos – têm-se passado em desenfreada correria. Falou-me desse domingo esfumado de mil novecentos e quarenta com a memória nítida dos idosos: da *Música Nova* passando no caminho em frente da casa, vinda da procissão da Senhora da Luz, nos Fenais do mesmo nome; da alegria de meu Pai quando lhe entrou pelo quarto dentro; do contentamento miudinho e nervoso de meu Avô materno, que assomou ao traço da porta do quarto de olhos relampejantes; da felicidade contida de minha Avó, que gostava que o meu nome contivesse a palavra luz, em homenagem à santa padroeira do dia... Assim, serodiamente, embalou minha Mãe o seu menino, que já não sou eu. Mas deixei-me apagar em seus braços que as suas palavras iam inventando, ao mesmo tempo que o meu corpo crescia ao contrário para neles me acolher num sono inocente. Não desdenhava principiar tudo de novo – gostava de tirar a limpo certas coisas e namorá-la numa outra idade...

SETEMBRO 9
O nevoeiro está tão grosso que se pode cortar à faca. Mesmo com esta atmosfera digna do Encoberto, lá fui

dar o meu giro de bicicleta. Bem me bastava a perspectiva de me vir aprisionar o resto do dia em casa, lendo ou vendo televisão até à tontura. Arrastam-se os dias como um caracol de casa às costas. O de hoje foi tão lento que lhe não consegui captar qualquer sentido. Em casa de meu tio do meio-dia às três. Como de costume, um banho lustral de Ilha. Durante esse lapso de tempo, internámo-nos na freguesia de há cinquenta anos, onde ele continua rei e senhor e de lá não sairíamos se não fossem os ponteiros do relógio, comendo o tempo sem pão... Apesar de tudo, o dia foi-se passando com grande ligeireza. Noto em meus tios um ar de despedida. Ele com oitenta, a caminho dos oitenta e um; ela com setenta e oito feitos, ambos rijos e de falas intermináveis – assim estivesse minha Mãe, cada vez mais acabada e tacanha de movimentos físicos e mentais. Quando o terramoto se iniciar, vai ser como um castelo de cartas. À noite, para criar ânimo, reli o *Vicente*, o conto de Miguel Torga, que fecha os *Bichos*...

Setembro, 10

Apareceu meu tio cá em casa logo de manhã. Entrou, sentou-se, e logo as suas palavras se incendiaram e principiaram a ressuscitar a Ilha, que se estendeu sobre a mesa ainda posta e nos serviu de repasto durante mais de uma hora. Vinha de boa ourela, como está quase sempre. O segredo de tal humor guarda ele bem guardado. Para mim, mais não é do que o seu viver, a maior parte do tempo, longe da terra da América, por ele bendita, é certo, mas o seu deus está no meio do mar, incarnado numa Ilha que ele ama e repele, num contraditório jogo de amor e ódio que o mantém rijo e são e ainda com vontade de ir, no próximo Verão, despedir-se dela, o mesmo é dizer que de si próprio... Tem uma grande afeição pela sua casa apalaçada na freguesia que meu Avô comprou na primeira década do século por mil e quinhentos escudos e serviu de escola durante mais de cinquenta anos. Mandada construir por um brasileiro há cerca de duzentos anos, segundo rezam as crónicas, foi passando de mão até chegar à de meu Avô materno. É que – confidencia-me meu tio – bens de padres e de brasileiros chegam aos segundos, mas não chegam aos terceiros...

Setembro, 11

Por duas vezes passear de bicicleta, de manhã e à tarde. Quis homenagear, à minha maneira, Antero de Quental, faz anos que se suicidou. Estava o tempo esclarecido e fui respirar um pouco de mar. Não é como o nosso, longe disso. Trata-se tão-só de um braço que banha Bristol e faz com que este Estado seja uma Ilha – Rhode Island. Começo a despedir-me. E para lhe dar outra dimensão, estive fazendo as malas. Vim apenas com uma e vou com duas mais um saco de mão. Levo massame, como era uso dizer-se na Ilha de outro tempo. Veio cá meu tio de novo. Veio trazer-me dois frascos de café para eu levar a dois sobrinhos da mulher que vivem na Ilha. Meu tio nunca se despede de ninguém. Aliás, quando veio para esta terra, zarpou sem dar a saber à família mais chegada – só o seu procurador é que estava dentro do segredo. Quando há pouco saiu cá de casa, disse-me apenas, "Até outra", sem apertos de mão nem abraços. Será que haverá mesmo outra?

Setembro, 12

Minha Mãe acabou de sair com uma prima quase tão antiga como ela. Vão ambas às compras. Ritual que se repete todas as Quintas-feiras. Conheço-o há muito. Neste dia, levanta-se mais cedo, lava-se, arranja-se e uma hora antes, já vestida, senta-se numa determinada cadeira, sempre a mesma, e fica à espera que o telefone toque, sinal de que a prima está à beirinha de sair de casa. Às dez menos três minutos, toca o telefone. Minha Mãe atende. "Dentro de dez minutos", avisa a prima, "estou aí". Dez minutos depois, sem um pó a mais nem um cisco a menos, ouvem-se os dois apitos repenicados do automóvel, a chamar. Levanta-se de um pulo, enca-minha-se para a porta, desce as escadas o mais depressa que pode, para que a prima não esteja muito tempo à espera e não tenha que dizer! Só no Inverno minha Mãe espera dentro de casa, para não apanhar frio à porta do caminho. Quando é tempo de não haver frio, ela desce mal a prima telefona e espera lá em baixo, para que a prima não tenha que dizer! E para que a prima não tenha que dizer, ofereceu-lhe pelo Natal uma camisa de dormir e uns lençóis, "Sabes, meu filho, devo-lhe muito, não era qualquer que fazia o que ela faz..." Daqui por duas horas, mais para mais do que para menos, a prima é muito lenta no comprar, dá atenção miudinha a todas as promoções do *Super Stop and Shop*, além de que vai munida de muitos cupões de desconto – daqui por duas horas, mais nica menos migalha, vou ouvir de novo os dois apitos do *claxon*. E para que a prima não tenha que dizer, vou ligeiro lá abaixo, para carregar com os sacos das compras. Já estou lá em baixo, minha prima cumprimenta-me de beijo e diz: "Estás tão bom de cara", e minha Mãe acentua, "Nunca o vi assim, até a pele, repara, está finíssima e rosada..." Carrego com os sete sacos de uma só vez, "Credo, rapaz, tanta pressa não é precisa, leva por duas ou três vezes, tens tempo, ninguém corre atrás de ti..." Mas não faço caso, não quero que ninguém tenha que dizer! Esta minha prima em segundo grau, vivia na casa a seguir à dos meus Avós maternos, onde eu era perdido e achado nesse tempo. Nasceu aqui em Bristol há setenta e tal anos e foi para a Ilha depois da grande crise de vinte e nove. Lá permaneceu cerca de vinte anos. Lá casou e tornou a embarcar para a América no dia 28 de Dezembro de 1949, assim rezam os apontamentos de meu Avô que não enganam, autêntica escritura lavrada em cartório. Lembro-me como se fosse hoje, tinha nove anos de idade, andava na terceira classe e, no momento, em férias de Natal. Uma despedida em vida. Também fui ao aeroporto de Santana verter a minha lágrima, sobretudo pelo filho bebé, nunca mais o vi (tantas vezes tenho vindo cá e ainda não o consegui bispar, já deve estar na casa adiantada dos *enta*), tinha onze meses nessa altura. Gostava muito dele. Antes de partirmos para Santana, lembro-me que o pequeno estava a roer um biscoito de massa que minha Avó lhe tinha dado. Não sei como nem como não, o biscoito roído veio parar às minhas mãos, talvez tivesse ficado com ele como recordação, só sei que ainda tentei perpetuar a lembrança dele, pedindo a Vavó que, à sexta-feira, dia de cozedura, me aquecesse o biscoito, para se não estragar. Ao fim da terceira cozedura, ficou como um tição e tive de o aboiar... Apetecia-me contar-lhe tudo isto, mas não contei, porque ela podia ter que dizer! Na América, matriculou--se numa escola da noite para aprender o Inglês, já não se lembrava de nada. Ao fim de poucas semanas, sentiu um estalinho na cabeça e principiou a falar americano correntemente. Tinha sido o subconsciente que lhe havia devolvido à ponta da língua a língua que parecia esquecida. E vou terminar esta prosa, para que não tenham nada que dizer...

Setembro, 13

Amanheceu chuviscoso e ameaça continuar pelo dia adiante. Não fui dar o meu passeio de bicicleta. Pode ser que logo à tarde escampe e haja uma aberta que me permita dar um giro, não sei se o último, se o penúltimo, tudo vai depender do tempo. Estão as malas já prontas à espera que eu as carregue para o automóvel. Logo há-de-me levar a Boston, pelas sete da tarde.

Começa já a Ilha a despontar-se-me no horizonte de dentro. O que me tem valido é esta constante substituição, no mapa interior, de vários portos de abrigo. Quando depois de amanhã, chegar à Ilha, uma outra Ilha mais verdadeira, Ela, imporá a sua íntima presença e absorverá tudo que não seja Ela. Sinto o alvoroço voando comigo.

Coimbra, Setembro 22

Já estava sentindo falta do calorzinho desta lareira. Começa em breve o frio e dir-se-ia que o meu relógio biopsíquico se encontra já meio inclinado a fazer soar alguns dos alarmes ensaboados de alguma angústia, que se têm, felizmente, mantido em banho-maria. Trata-se do velho síndroma de Outubro, a nostalgia do Verão, que acaba de findar. Iniciei ontem, ao fim da tarde, as minhas caminhadas a pé na Mata de Vale de Canas. Daqui por mais umas semanas, se tiver a sorte de abater algum peso, serão esses passeios entremeados de corrida, para que a boa forma e elegância física ressalte aos olhos... Não vou ao ponto de dizer que estou todo partido, mas doem-me algumas juntas das pernas e dos braços, meia hora de marcha esforçada seguida é bastante para movimentar todos os músculos do corpo. Logo à tarde irei de novo para a novena preparatória juntamente com o meu filho do meio, perito nessas andanças de manutenção física. Neste momento encontro-me no meu gabinete. Já há muito que o não habitava com tanto vagar. Agora, no início do ano lectivo, é conveniente andar por aqui – pode haver algum aluno aflito a querer saber informações sobre o curso que terá início daqui a quinze dias. Normalmente não lêem os cartazes com atenção e depois vêm ter comigo para me fazerem perguntas cujas respostas se encontram afixadas. Acabo de receber um recorte do Correio dos Açores que me informa estar o meu livro *Grito em Chamas* em oitavo lugar no *Top Livros* da livraria *O Gil* de Ponta Delgada. Longe estava eu de receber tal notícia, julgava o livro já morto e enterrado. Pelos vistos, ainda mexe – dá algumas esperanças... póstumas.

SETEMBRO, 25

Telefonema da Ilha do Pico a perguntar-me o número da porta da Pensão Familiar da Arquinha, onde fiquei hospedado nos dois primeiros anos lectivos do Liceu. A pessoa a quem gostosamente respondi já se não lembrava, embora estivesse estado lá no meu tempo. Lá lhe disse. Vai a São Miguel para a semana e quer tirar uma fotografia da fachada para incluir no seu álbum de recordações. Após ter desligado, pus-me a pensar no muito que aprendi nos dois primeiros anos lectivos em que lá permaneci. Tive aí o primeiro contacto com outros ilhéus. Nesse tempo cada qual se confinava à sua Ilha. Os estudantes que, nas suas, não tinham estabelecimentos de ensino liceal ou os tinham só até ao segundo ciclo, eram obrigados a mudar de Ilha, São Miguel ou Terceira, se quisessem prosseguir os estudos. Parecendo que não, o convívio logo aos onze anos com outras pessoas que falavam a mesma língua com pronúncias diferentes e mentalidades ainda mais dissemelhantes deu-me outra largueza de espírito e pela primeira vez senti o que era um arquipélago. Até aí não sabia. Saber, sabia da geografia. Mas era só e era pouco. O mais novo da pensão, sorte de mascote a quem se dedica um certo carinho, senti-me sempre protegido por todos os comensais estudantes mais velhos. Às vezes gostavam de tirar palha comigo. Um gozo fininho como se faz a um caloiro. Uma vez um deles, creio que da Ilha das Flores, aproveitando a saída das raparigas da sala de jantar, à hora do chá, pouco antes de cada um se recolher – disse em tom enigmático que o Vaz Serra, do sétimo ano de Ciências, descobrira uma nova lei da Física no respeitante à óptica. Após ter treinado sete horas seguidas diante de um espelho, olhando-se fixamente nos olhos, ficara dono e senhor de um poder mágico. Ao olhar uma mulher ou uma rapariga vê-as completamente nuas... O ex-futuro-padre Serafim dos transportes masturbatórios às fiúzes de uma tal Lígia corou e despediu-se, desejando as boas-noites, até amanhã, se Deus quiser... O Grinoaldo esfregou as mãos de contentamento nervoso, tirou o pente do bolso de trás das calças e o espelhinho do paletó, deu uma penteadela ao cabelo ondeado, vincou uma queda, e mirou-se no caquinho polido com o Travassos a driblar nas costas... O Gilberto não quis acreditar, disse tratar-se de uma patranha, mas não chegou ao ponto de colocar quaisquer fronteiras no imenso continente da

Ciência. Cá por mim, ouvi por dentro o padre Perestrelo: "Lavoisier, Madame Curie, Copérnico, Galileu, Einstein, e outros Himalaias da Ciência, meus amiguinhos..." Os das Ilhas de Baixo, o Manuel das Ribeiras, o Silveira, o Dutra e o Herz escangalharam-se numa gargalhada escarnenta, prenúncio de início de despique entre-ilhas. Como não tinha voz activa, não dei pio, mas fiquei a remoer na experiência do Vaz Serra. Ele podia haver coisas do arco-da-velha e, pelo sim pelo não, num belo Domingo, em Pedreira, peguei do espelho rectangular do lava-mãos da cozinha e fui encafuar-me no granel, disposto a repetir a experiência do finalista de ciências. Olhei fixamente para os meus olhos alumbrados, mas minguaram-me as forças físicas e anímicas, sobretudo a concentração, para me demorar o tempo necessário à obragem do milagre... Permaneci cerca de duas horas nesse exercício narcísico. Por fim, estava a fazer caretas para mim mesmo, melhor, para o outro que do lado oposto me fitava de olhos aguçados. O resultado não poderia ter sido mais negativo – fiquei azoado da cabeça e nunca vi nem vejo raparigas despidas quando as olho, embora goste de as despir com o olhar. Se calhar, resquícios do incompletado poder que me teria sobrado da malograda prova reflexiva. Há quem garanta que o outro residente em mim possui um olhar fixo, penetrante. Não consigo avaliar os olhos através dos quais vejo, mas que me é vedado observá-los no acto de olhar. Diante da Ilha sinto-me a desnudá-la. Estava Ela, descalça, no tapete da palavra, o olhar esborralhado no meu, quando me atirou a pedra necessária de quem, no fundo, ainda guarda um til carinhoso de ressentimento: "Amar significa nascer de novo; se nasceste, então por que esperas? Ama!" Não me lembro ou não me quero lembrar se lhe respondi corando, se gaguejei uma desculpa desajeitada, daquelas em que me afundo sempre desde que tenha de sair da pele. Não me seria fácil reentrar no ventre inundado de paz de minha Mãe ou mesmo no d'Ela, ser de novo parido cumpridas as luas, gatinhar no mesmo corredor, ensaiar os primeiros passos em falso com outros tropeções, ir medrando e crescendo ao ritmo lento do tear do tempo, comungar a vida por outro cálice, recolher o Sol, a Lua e as estrelas em outros olhos...

Setembro, 30

Nas suas cartas de amor para a mulher da sua vida, Maria Parreira, Vitorino Nemésio usava por vezes um morse que só eles sabiam descodificar. Por exemplo: "Hoje escrevo-te bichinhos neste papel..." Se pensarmos que o seu primeiro livro de poesia digno deste nome se intitula *O Bicho Harmonioso*, curiosamente dedicado à legítima e aos filhos, pode-se talvez desvendar uma ponta do mistério daquele amor que durou a eternidade de uma vida. "Vamos a ver se te levanto / Com estas palavras escuras / Que são a luz do meu canto. Vamos a ver se pode ser." Ou esta estrofe do mesmo poema: "Quanto te cito, canta, / Longe, uma voz diversa, / Uma voz aguda como um grito e o espinho o fez dar. / Ninguém lhe conhece a garganta: / É uma simples coisa imersa / Em mim, na noite e no mar…" Do mesmo modo, neste fim de tarde chuvosa, em que me não meteu cobiça ir à piscina e tive de ir ao Hospital visitar um velho amigo e *co-república*, vítima há dias de um acidente de viação, apetecia-me dar-lhe de longe dois toquinhos na mão — entrelaça-se na minha, sinto-a ainda na minha, para perscrutar o saboroso baque da resposta, igualmente dois apertõezinhos. Dizem-me tudo o que eu gosto de ouvir e de decifrar no morse dos arrepios que me percorrem o corpo. Depois disto, gostava de lhe compor uns versos em cripto, só para nós. Como não sou poeta, peço emprestada a voz ao vate das Ilhas para cantá-la: "Vamos a ver se eu te crio, / A ti que me encheste de ser / E enches o escuro de confiança / Adiante dos meus passos, / Como os choupos levam o rio. / Sai um pouco de mim para eu te ver, / Cuida da tua aparência, / Abre na escuridão um rodado qualquer / E veste-te de lume ou de essência / Ou do teu cabelo, se és mulher..." Gostava de lhe dizer tudo isto por palavras minhas. Quando um poeta canta inspirado, faz-se um vazio à volta, e mais ninguém consegue destilar de si uma gota de fogo. Depois, esta chuva desavinda. Quase me cai no cerne das palavras. Vou-as empurrando para que se emolhem (ou molhem?) num feixe de sentido. A chuva apaga logo à nascença qualquer faísca de lume. Tenho-o, não o nego, mas amodorrado num canto do borralho. Minha Mãe diria amuado, neste caso não servia – o meu não tem razões para estar de trombas. Vim de Ela com um suplemento de ternura. Bem condutado, dá para a semana inteira ou talvez mais – o local onde Ela se aloja tem muita lembrança e esta faz milagres de multiplicação em qualquer deserto bíblico. O meu desejo seria espanejar-lhe certas sombras que tão estupidamente têm procurado embrulhá-la num lençol de desânimo. Escolheram mal o terreiro de baile. Ela pertence ao reino solar, por isso "Dá-me outra vez as mãos, recomecemos / O nosso idílio. / Continuemos / Enamorados no jardim despido. / Interromper o beijo conseguido, / A floração que temos, / Era ficar serenamente à espera / Que viesse de novo a primavera. / E nós não renascemos!" – para concluir esta prosa com o poema "Noivado", de Miguel Torga, do IV volume do Diário. Em vez de dois toquinhos na mão, os três da minha exuberância! Sei que responde só com dois. Tanto me basta!

Outubro 3
Pareço entupido. Não que esteja resfriado ou com defluxo. Até suei as estopinhas na Mata de Vale de Canas. Comprei uma cinta adelgaçante, só para utilizar no exercício físico, mas não se me dava usá-la no dia-a-dia – aconchega o abdómen e a região lombar e faz com que se destile em abundância. Se a usasse, seria então um homem espartilhado na verdadeira acepção da palavra. Sou-o de outra maneira: outros espartilhos

mais refinados. Mas não desgosto de a usar – some-se a barriguinha sob o seu suave aperto e as ventosidades criam-se e desenvolvem-se e expandem-se com outra graciosidade e um mais descontraído deleite... Como afirmei, pareço entupido. Sinto-o. Encontro-me embatucado para as palavras sobre cujas asas se deve ter entornado um frasco de goma-arábica. Ficaram pastosas, coladas e sem préstimo para o voo que gostava de lhes garantir. Queria enviar-lhas daqui em jeito de rosa acesa de perfume ou de pássaro-mensageiro de uma música que escutei pela Mata de Vale de Canas, em cujos arruamentos, durante anos, a fui semeando com muito pensamento recolhido, ao longo de percursos, na altura, batidos por um fio de sol remoto e um caudal de sombra rente e renitente. Ao despedir-se a tarde, percorri, ao fim de não sei quantas luas, os mesmos atalhos, com outra alma e outro corpo e um sol mais confiante no horizonte. Pude colher a música do pensamento d'Ela construído e que então fui semeando...

Outubro, 7
Na minha meninice era este o dia de principiar a escola. Depois de três meses de costas ao alto, andarilhando por caminhos e canadas, tornava-se custoso entrar nos varais das disciplinas escolares, sobretudo do desenho à vista de caçarolas bojudas. Acabei de ver um programa na televisão em que se falava da educação sexual nas escolas. No meu tempo de escolar, nem se podia falar no assunto. Além de pecado, era uma má-

criação da quinta casa. O resultado era rirmos quando víamos uma mulher grávida pelo caminho. Mas havia quem já nesse tempo tivesse uma outra espécie de educação sexual, dir-se-ia prática, sorte de catequese laica... Sopram-me ao ouvido. Desconheço a quem pertence a voz. Talvez a uma beata longínqua, diluída no líquido fetal da memória; a uma prima em segundo ou terceiro grau; a uma tia jovem a quem assim se nomeia por mero respeito, rotina familiar ou dever consuetudinário. Ando confuso e não consigo fazer a destrinça... Sei de um saber alicerçado na memória que a dona desse rumorejo deve ter sido a minha primeira mestra de educação sexual, num tempo em que tal prática pedagógica estava muito longe de nascer em Pedreira. "Pecado de luxúria", esganiçava-se, rubro de alarme, o catecismo pequeno, o da Primeira Comunhão, e também o grande, o da Comunhão Solene, que os mais adiantados na quarta classe da fé decoravam de fio a pavio e papagueavam de olhos fechados. Sempre fui considerado um aprendiz aplicado da cartilha religiosa. Decorava tudo num rufo: sabia recitar, numa carreirinha, as virtudes teologais, os novíssimos do homem, as obras de misericórdia, os sete pecados mortais, sem nunca tropeçar na viscosidade de nenhum deles... Tamanha ingenuidade, pouco depois estilhaçada pela própria catequista! Quis, à fina força, dar-me uma aula prática de luxúria. Um dia em que me apanhou sozinho, principiou por me perguntar se *já me vinha*. E uma tarde, depois da catequese, já quase alpardusco, chamou-me de parte e pediu-me que a acompanhasse. Queria mostrar-me uma coisa de que eu ia com certeza gostar! Levou-me para a casa de trás, a meio do quintal, a pretexto de uma ninhada de gatinhos amarelos, listrados de branco, paridos na véspera. Estava eu apreciando a gataria, quando dou com a Regina de saias levantadas, as pernas à mostra, bem torneadas e de uma alvura leitosa, as calcinhas de holanda esverdeada tapando-lhe o maroiço do qual espirravam, para as virilhas, uns pêlos meio castanhos, meio aloirados. Fiquei de olho vidrado. Não me vi, mas senti-me. Chamou-me para o pé de si e pegou de me desabotoar a braguilha; tirou-me a blica já em riste, não seria muito avantajada, mas era o que se podia arranjar, fez-lhe carícias, fechou-a na mão, ia principiar a sacudir... Andava eu em explicações para o exame de admissão ao Liceu e já me vinha, coisa pouca ainda, há cerca de três meses, uns fiozinhos gelatinosos... No lugar de continuar tocando concertina, pegou no instrumentinho e meteu-o entre as pernas, logo abaixo das calcinhas: não as quis tirar por ser pecado e para não haver perigo de *chinchim*... Depois, esfregou-a por fora da fazenda, no sítio da rachinha, até eu me vir e ela se consolar: senti-lhe os beliscões nas costas e uns gemidos de quem não sente dores, muito antes pelo contrário... Finda a aula prática, sugeriu-me que me fosse confessar, e nem pio ao padre... Devia apenas declarar que tinha feito, sozinho e às escondidas, coisinhas malcriadas. Assegurou-me que iria fazer o mesmo – com os pecados de luxúria não se podia brincar... Marcou-me outros *rendez-vous* de doutrina prática, na casa da lenha e das arrumações, mas só compareci a mais dois. Ao entrar em transe, a catequista mordia-me de tal sorte que eu ficava com nódoas negras na cara, no peito e nos braços. Nunca lhe vi o maroiço: apalpava-lho apenas. Ela tinha pudor e vergonha na cara, trintona séria, solteira e temente, só consegui bispar-lhe alguns dos pêlos espichados para as virilhas, não cabiam dentro das calcinhas, assim redobrava o tesão. Saudades da minha catequista e primeira mestra de luxúria! Ensinou-me os rudimentos do prazer a dois corpos, usufruído às ocultas, tudo tão inocente nesse tempo, com o delicodoce queimor do pecado mortal...

Outubro, 10

Cheguei ainda agora de casa, a pé, em passo estugado. Vim para o Departamento munido dos meus apetrechos electrónicos de escrita. Todavia, não consigo adivinhar que areia me andou trilhando por dentro, provocando uma espécie de medo sem raiz ou com ela muito funda e oculta, o pior de todos. Quem sabe se proveniente do íntimo terror das aulas que se aproximam, se da noite mal dormida e atravessada de pesadelos, se da nulidade absoluta do dia, com excepção do lapso de tempo devotado ao exercício físico, que teve o condão de me limpar dos sarros interiores na forma alambicada de suor em bica... A hora, o dia, o momento ou qualquer beliscão na temporalidade é o reflexo do que se quer ou não quer que eles sejam. Passei-o em grande medida à espera (parece que outra coisa não sei fazer), em paragens e nos respectivos transportes públicos colectivos. Valeu-me o novo livrinho de poesia de Manuel Alegre, *Alentejo e Ninguém*, ainda quente e saltando dentro de mim: o Alentejo é-me também uma melodia nostálgica, habita-me o subconsciente banhado de mar da Ilha...

OUTUBRO, 14

A viagem de ontem, ao princípio da noite, no comboio ascendente, foi um pouco calorenta, mas, com a porfiada leitura de Lisboa até Coimbra, passou-se mais depressa do que era de esperar em tais andanças. Se, durante o percurso, me houvesse lembrado das eleições regionais das Ilhas, teria o desassossego tomado conta de mim e o tempo ficado mais pegajoso do que o xarope da tosse que se entornou sobre alguns dos livros que trazia na pasta. Assim, esquecido e com um bom livro de permeio entre os dois lados de mim, cuja capa, lombada e topo tive o cuidado de ir lavar com sabão em pó e água chilra ao WC da carruagem ainda antes de o comboio se pôr em andamento, foi uma maravilha. Pena terem os olhos mais tarde acusado o esforço, areando-se e enevoando-se de lágrimas, numa altura em que estava a viagem prestes a chegar ao fim. Mal cheguei a casa, procurei pôr-me ao corrente das novidades. Minha Mãe, na América, estava seguindo os resultados das eleições regionais pela RTP Internacional e deu-me as primeiras notícias por telefone e informou-me que meu tio se encontrava radiante com a mudança à vista. A seguir, Ela também me disse que houvera reviravolta, pelo menos assim o anunciavam as derradeiras previsões. Só não fiquei desiludido com o resultado definitivo, porque, mesmo com a sua empatada magreza, vai de qualquer modo provocar mudança política ao fim de vinte anos de monocromatismo alaranjado. Já na cama, segui, através da rádio, todos os derradeiros passos dos candidatos, o que disseram e deixaram de dizer, as suas declarações finais de derrota e de vitória, já com entono de homens de estado e de oposição inteligente e civilizada – o costume – os cumprimentos e felicitações ao adversário, as promessas ao povo ordeiro, etcœtra e tal, até que fui adormecendo embalado por tanta conversa fiada, no estúdio, encontravam-se lá diversos comentadores, as suas vozes cada vez mais longe, acordei alta madrugada, o rádio já desligado, com vontade de me aliviar fisiologicamente. Sentei-me no trono a pensar no destino daqueles que viveram, durante estes vinte anos, aconchegados à teta doce das sinecuras. Devem, coitados, andar em pânico, ou então já se preparam para virar a casaca, como se prevê... E parece que aconteceu ontem mesmo com uma personalidade que já tinha mudado de cor e mal soube os resultados definitivos se abalançou a ir até à sede do partido vencedor... Foi recebida com uma grande vaia, o que a fez abandonar a sala!

OUTUBRO, 15

Ergui-me com o Sol ainda enrolado em vale de lençóis e aqui estou, no meu escritório, defronte do computador, o rádio em surdina, a escrever. Atravessei a noite quase de uma assentada, tinha ido para a cama cedo e cansado do exercício físico na mata de Vale de Canas, apesar de durante a marcha, e não é a primeira vez que isso me acontece, me ter doído a valer o músculo ou o tendão que liga o pé à perna esquerda. Se continuar desta forma, tenho de ir consultar um ortopedista ou mesmo um neurologista para saber o que se passa. Com toda a certeza caruncho da idade! Cá me encontro aguardando o primeiro dia de aulas, será dentro de algumas horas. Após uma tão prolongada ausência, o reinício torna-se mais custoso e com o amargo travor de perda iminente de qualquer coisa de muito querido que se teve durante os meses de Verão e parece se vai embora para nunca mais voltar. Volta. Acho que volta. Ainda deve voltar. Começam hoje as aulas para mim, mas já amanhã irão ser interrompidas devido às cerimónias académicas da Abertura Solene das ditas. Parecendo que não, dá um certo estímulo e aligeira a perspectiva carregada do regresso à canga que, no meu caso, não é, nunca foi, nem muito pesada nem sequer incómoda. Prestes a concluir a vida profissional de professor (estarei mesmo?) sem nunca ter gostado muito de dar aulas... Mester de uma grande violência, sobretudo pela exposição quase permanente da pessoa perante muitos pares de olhos e de ouvidos exigentes e críticos. Para quem não é actor nato, custa sempre um bocadinho, embora o hábito lime e aplane alguns dos obstáculos que se vão apresentando. Intimamente, nunca me senti capaz nem competente nem sabedor. É isto que me custa e me dói, ponto quase final. A minha verdadeira vocação seria trabalhar num porto ou aeroporto, a embarcar-me e a desembarcar-me na pessoa dos outros passageiros e lá de vez em quando a ir no lugar deles... Ponto final!

OUTUBRO, 22
Inauguração de mais uma curta semana de três dias de aulas, principia hoje, acho-me preparado para o embate ou embuste, não será assim tão duro, valha-me Deus, eu é que se calhar me encontro aquém de mim e aquém de tudo, daí o drama imaginado a conflituar--se-me quase em nó górdio no fundo do estômago ou da consciência, não me vou agora preocupar se tanto faz. *Se ao menos te conservasses alheio, frio e distante ao que te rodeia, suja e dói, seria mais amável da parte da vida e do que em ti próprio a interpreta tão à letra e tão chegada ao pé da raiz da mágoa...* Custa muito caminhar, meio curvado, no endireito do ocaso, os pés arrastando não por acaso, o chumbo de numerosas ausências e de outras tantas dores maiores e menores, sua-se tristeza e aflição em clave de frio sustenido, e o Sol ainda não é nado. Aguardo o parto de pé na varanda, creio que nunca nasceu, exceptuando alguns breves alvoreceres que carminaram ao de leve a antemanhã da maior parte

dos meus sonhos, ficaram-se-me pela imaginação espalhados. O poente já ali à espera tão veloz, dá-me raiva não poder declarar à morte – sou eterno ou pelo menos sem-fim! Não sei que hei-de eu mais dizer ou escrever no deserto desta página, a prolongar-se para dentro de mim. Sou neste momento uma bruta extensão arenosa – dela vão desertando os amigos mais do peito ou me vou eu deles desertando por incompetência. *Que andas tu a fazer deste lado se ainda não sabes soletrar o abecedário dos sentimentos?* Já nasceu o Sol. Olho o azul puríssimo com que se vestiu a manhã e sinto-me sujo e indigno de mim. Perdão, Sol, para os meus pecados, peço-te daqui do fundo desta última linha – bem gostava que te transformasses na corda do meu sossego...

Outubro, 24

O dia nasceu acinzentado e ainda se mantém, já vou trocar as voltas à cor nem que seja só por um instante e para meu uso secreto. Apetece-me uma fatia de azul-marinho e uma pitada de sal sorvida na crista de uma onda. Acordei com as veias intumescidas, incluindo as do sexo, pediam-me um pouco de mar amplo, um salpico de ilha adivinhada à laia de erótico vislumbre, às vezes por sorte se consegue antever da intimidade de um corpo enamorado, continua contaminando volúpia e entornando erotismo em redor. Decidi ir comigo amanhã cedo dar sangue ao hospital, o prazo quase caído. Asseguravam os antigos que os sangradouros regulares produziam alívio e fazem dirimir tensões e tesões de toda a espécie. Antes que isso acontecesse, peguei de mim tal como estava, ataviei-me a preceito e fui àquela hora tão matutina para a mata de Vale de Canas. Nenhuma claridade tingia ainda os pardos panos do oriente, só me romperam os primeiros alvores da antemanhã mais ou menos a meio da marcha esforçada, já o suor me gotejava da testa e ensopava a camisola e a cinta adelgaçante e as cuecas – tanta ruindade em forma líquida! O casaco de oleado, sem poros e com capuz, ajuda a tornar torrencial, daqui em diante vou procurar fazer o meu exercício físico de marcha estrénua todos os dias a esta hora, a ver se cumpro. Cheguei a casa cerca de uma hora depois, fumegante, e ainda não tinham batido as oito – tomei banho e a seguir o pequeno-almoço e aqui estou fresco por enquanto, sem sentir o corpo, o espírito enfiado nele que nem luva de pelica... A seguir encaminho-me para a Faculdade e fecho-me no gabinete, a ver se concluo o romance do Lobo Antunes, mais de quatrocentas páginas, já gostei mais dele do que estou gostando, cansativo o seu ritmo diabólico, os tempos entrelaçados uns nos outros – não se pode dizer que não seja uma obra de grande fôlego!

Outubro, 28
Já saí logo de manhã para a minha marcha estugada que se converterá em corrida daqui por mais uns tempos, o meu filho do meio dirá quando, para se evitar precipitações, podem-se pagar caro, desta vez realizei-a

aqui em baixo, mais ou menos ao redor de minha casa, já dia claro devido à mudança dos relógios para a hora de Inverno, mais vizinha da solar e mais conforme com o ritmo biológico, o exercício custa tanto ou mais do que lá em cima, na mata, suei na mesma a subir e a descer ladeiras íngremes, sobretudo uma delas, já asfaltada mas ainda não aberta ao trânsito, pena não haver como lá em cima árvores alegrando e oxigenando o percurso, e apesar do fresquinho matinal, cheguei a casa todo encharcado quarenta minutos depois, tempo que dura a minha prática física, não fui para o Picoto, o meu automóvel encontra-se, desde sexta-feira à noite, numa oficina, não por estar avariado, lagarto, lagarto, mas por terem entendido os meus filhos que, após a compra, devia ser submetido a uma revisão geral num mestre de confiança, sorte de *check-up* para se saber em que medida, daqui em diante, se pode ou não contar com o seu coração feito de aço e outras engrenagens. Para já, disse o mecânico, o motor está são como um pêro, gostou do aspecto e acrescentou que tinha sido uma rica compra.

OUTUBRO, 29
As minhas actuais quartas-feiras de tarde, sem aulas, trazem-me o longínquo sabor e aroma daquelas que, há mais de quarenta anos, eu habitava num corpo mais pequeno, onde já me cabia esta alma que tenho (não sei se ela cresce ou incha ou emborbulha com a idade) e já com esta inclinação insofrida de percorrer os caminhos

do pensamento, na altura ainda em nebulosa, mas principiando-se sorrateiramente a ladear de algumas moitinhas de silvas, tenho andado, desde que de mim dou fé, a dar topadas em pedregulhos e burgalhaus e picanços, muito cedo se foram abrolhando no meu terreiro interior. Havia sempre sol nas tardes de quarta-feira, ou seria o desejo dele que me faz agora chamá-lo à lembrança, inundando-a ou encharcando-a, quando me ponho a recordar. Como em certos livros cor-de-rosa onde o tempo era sempre benigno para encanto e enlevo das personagens que por eles se passeavam entre atalhos de frases floridas de uma primavera perpétua. Ia mais cedo para casa nessas tardes iluminadas. Na camionete que partia do canto da Matriz ao meio-dia e meia hora, batida no relógio da torre em duas saudosas pancadas às vezes secas, outras mais prolongadas ou plangentes, se acaso o vento as levava às cavalitas pelos ares em fora. Luminosas seriam (as tardes), pelo menos em relação às trevas das aulas da parte da manhã sempre arrastada, a não ser que houvesse um feriado imprevisto, tudo nesta vida é relativo, já dizia o sábio, e não se enganou. A tarde de hoje está azul como certo mar ou pedaços daquele que marulha no búzio que a Ilha teimosamente me legou quando me fez testamento, ou seja, quando ela me morreu interinamente por me ter dela afastado. Daniel de Sá tem uma frase num dos seus livros que diz: "A pior maneira de ficarmos na Ilha é sairmos dela." Verdade socada como um punho na boca do estômago. Sinto-o assim. Tenho à minha esquerda uma colina meio arborizada, pequena para ser serra, a de Água de Pau, o *ex-libris* do meu sintonizar-me em onda curta de Ilha ou, quando eu lá estava, a evidência de que há Ilha em frente e não estava sozinho num desmesurado alentejo de mar, grande demais para ser o outeiro onde brinquei à infância com alguns companheiros de arco e de pião e por ele abaixo corríamos em voo de pernas dormentes, recusando-se ao quase-quase de serem asas... Mesmo assim, bem tento colocar-lhe um mar aos pés (ficava mais elegante) e depois vê-lo-ia da minha varanda para recordar melhor o outro, o verdadeiro, o meu mar do norte, ainda o avisto do quintal ou da minha rua que trouxe comigo na mala. Vieram os três embrulhados nas roupas, nos livros e nas minhas emoções mais antigas que ainda me sentem. Gostava que esta se transmudasse numa das muitas tardes de quarta-feira azul de que meus olhos ficaram cheios – tantas cores e tons e luzes e claridades fui perdendo pelas canadas desta vida... Só não tive aulas, a única parecença desta quarta-feira e o azul da tarde sem pó de literatura... Ouço Tchaikovsky, *O Lago dos Cisnes*, na esperança de ganhar ou merecer um par de asas e resolver o problema de uma vez por todas. Vem daí comigo, estás perto e longe como um ninho que se cobiça do sopé de uma árvore, tens o dom de me agulhar sonho atrás de sonho – à noite estive na Ilha do Pico, pelo telefone e fiquei com tantas saudades de Ela, saudade com traços de futuro, não é comprido, mas traz em si a urgência de ser cumprido...

NOVEMBRO, 7

De ontem para hoje há grande diferença no tempo que
faz lá fora, regressou de novo o Sol e um azul lavado a
colorir o céu amplo, a mando decerto de S. Martinho,
Bispo e Confessor, foi-se por enquanto a chuvinha ato-
leimada e o emborralhamento da atmosfera, a partir da
tarde de ontem davam agonias e certa tristeza, não sei
se tais bruscas mudanças fazem bem ao corpo e ao espírito da gente, à cautela, e para me sangrar em saúde,
lá fui logo de manhã, ainda mal amanhecia, até à mata
de Vale de Canas fazer os meus exercícios físicos, tão
bem me têm feito, tenho tido sorte, ainda não apanhei
chuva *in loco*, ou chove antes ou depois, cala-te boca, o
meu filho do meio tem-me dito que é com chuva que
se prova se tenho ou não vocação desportiva, espero tê-
-la, além dessa vantagem, ainda tive outra: uma excelente noite de sono, às dez e meia já estava na cama
com a luz apagada e o rádio emudecido, nem pachorra
tive de acabar de ver o futebol na televisão, dois canais
transmitiam desafios diferentes, uma fartura, os meus
filhos haviam estado comigo, mas foram-se, às oito e
pouco, tinha eu as capelas dos olhos a pesarem-me arro-
bas, aproveitei a embalagem para me ir aninhar, devo
ter dormido logo e já, só acordei pouco antes das seis da
matina com o organismo a protestar, queria ser des-
pejado, lá lhe fiz rapidamente a dupla vontade, mas
voltei de novo para a cama, queria deliciar-me durante
pelo menos um quarto de hora naquela saborosa preguiça de entre lençóis quentinhos, mesmo bom usu-

fruir desse pequeno prazer, vêm coisas cor-de-rosa à lembrança, a escassez de dinheiro deixa de constituir aflição, tudo ali se resolve sem custo, sem distâncias a percorrer, entre o sonho e uma realidade meio esfumada e suspensa, se a vida fosse toda assim seria mais doce de viver, vai-se às Ilhas e à América na asa do momento, minha Mãe telefonou-me ao princípio da noite, tinha ido, na véspera, a uma *shower* de um sobrinho-neto, vem a ser uma festa tradicional, só para mulheres, embora em algumas já se vejam os dois sexos, realiza-se antes do casamento, o noivo angaria assim fundos, nos convites escreve-se *green bags*, tragam *green bags*, isto é, dólares, cada pessoa leva então uma boa nota verde para dar como oferta, tudo junto dá uma chuveirada delas, como diz o próprio nome do festim, *shower*, ao princípio, quando meus pais foram para a América, achavam isto uma vergonha, pior que um peditório público, à medida que o tempo se vai passando, tudo entra nos eixos, o que se achava mal passa a ser menos mal, todo o açoriano que se preza e tem o mínimo para comer, repele tudo quanto lhe cheira a esmola, dou como exemplo as pensões de velhice, ao princípio, certas pessoas acanharam-se de as receber por julgarem tratar-se de uma esmola do governo, muito podem os respeitos humanos!

Novembro, 10
Havia nevoeiro e frio à noite quando cheguei, está o Verão de S. Martinho, ou dos milheiros, para falar à

moda da Ilha, prestes a acabar-se, vinha com o peito palpitante das claridades desembaciadas do Sul, não sei se mal empregado, se não é já sem tempo, o calor em demasia, como o que se tem feito sentir ultimamente, não costuma ser bom conselheiro da mioleira pensante; já pego de sentir umas gostosas saudades do frio, Nosso Senhor me não castigue com frieiras entre os dedos dos pés, dos Santos ao Natal é Inverno natural, assim se diz na Ilha, estava o mais moço à minha espera, trouxe-me o automóvel acabado de sair da oficina do mecânico, fez-lhe o tal *check-up*, vinte e quatro contos de réis, encontrava-se então na estação de caminhos-de-ferro há mais de uma hora, deu-se o caso de ele ter olhado para o relógio e visto mal as horas, agora a noite chega muito mais depressa, às oito e pouco há já muita noite acumulada, desapercebeu-se e cuidou que viu os ponteiros avançados um pouco mais no tempo, em vez de oito leu nove, só deu pelo engano quando achou demora a mais no comboio, não havia forma de chegar; olhou para o relógio da estação e verificou serem oito e quarenta, mesmo assim não quis acreditar e esteve para protestar junto do chefe que a cebola mecânica ferro-viária estava atrasada uma hora, segue-se, no entretanto, que cheguei à tabela, o que não é raro, nove e vinte, viemos ambos para casa com o engano desfeito, ele ao guiador, o automóvel está magnífico, mas, pouco depois de chegarmos a casa saímos e fomos comer uma sanduíche mista a uma pizaria não muito distante, bebi um fino e ele leite frio, eu tinha o estômago a ronronar

de larica, depois de alguma conversa à mesa fui então
levá-lo ao Picoto, eram mais ou menos onze, valeu-me
conhecer as curvas e contracurvas da estrada como os
dedos da mão, caso contrário ser-me-ia difícil chegar
ao alto da serreta, tal o nevoeiro baixo e grosso, a descida foi mais rápida, cheguei minutos depois a casa e
antes de me deitar tentei uma vez mais, mas não consegui, falar com minha Mãe, não se encontrava em casa à
hora a que cheguei e pelos vistos agora também não,
deve ter ido dar o seu passeio dominical de automóvel
para o parque da cidade, denominado os *Bois* pelos
nossos emigrantes, moios e moios de terra relvada, sempre muito bem aparadinha, com magníficas estradas
asfaltadas, uma delas rente ao braço de mar, por onde
costumo passear de bicicleta, foi com certeza juntamente com o irmão e a cunhada, estão agora muito
chegados, a velhice aglutina as pessoas de família, num
medo instintivo à morte, quando a razia se iniciar vai
ser bonito, vai, adiante, deitei-me, nem sequer sintoni-
zei o rádio-despertador da mesinha-de-cabeceira, e,
que me perdoe o João de Melo, nem tive aço interior
para repegar no seu último romance, *O Homem Suspenso*, cuja segunda leitura havia principiado, poucas
horas antes, no comboio ascendente, com o sentido de
lhe dizer, por escrito, a impressão que me causou o
livro, apaguei a luz e só acordei às seis menos qualquer
coisa, dormi todo esse tempo de seguida, bem precisava
eu de uma noite descansada assim, ainda estive
naquela modorra, levanto-me não me levanto, até às

seis e meia, hora em que o rádio despertou e eu pulei da cama e me equipei, fui logo de seguida para a mata de Vale de Canas, onde me demorei cerca de quarenta e cinco minutos em marcha e corrida, queria principiar bem o dia, nasceu lindo, sem nuvens nem nevoeiro, mas, à medida que a manhã se encaminhava para o seu fim, foi-se enfarruscando de tal arte que ao princípio da tarde, quando vim de almoçar, começou a chuviscar e ainda continua, uma humidade de se cortar a cinzel, tão compacta se apresenta a esta hora da meia tarde, já a querer tombar para a noitinha, mas ainda de manhã, após o telefonema de Ela cheio de ternuras e cuidados maternais, fez-me cócegas em sítios saborosos, dirigi-me ao hospital ver do meu olho, não era nada, nem sequer tem a vermelhidão que ontem o tingia, aproveitei então a minha ida aí e trouxe a análise bioquímica, todos os valores dentro dos parâmetros da normalidade, mas gostei sobretudo de verificar a acentuada descida nos triglicerídeos, da última vez estavam desarvoradíssimos, mais de cem mg / dl acima do máximo, agora encolheram-se para as quantidades mais que normais, 149 em parâmetros que vão de 60 a 165, não está nada mau, deve ser do exercício físico que tenho vindo a praticar todos os dias desde o início de Outubro e hei-de continuar, custe o que custar, o meu filho disse-me ontem que eu estava mais magro, até já se notava na cara, oxalá seja verdade, a Adriana, que chegou dos Estados Unidos na sexta-feira, onde permaneceu cerca de um mês, trouxe cinco quilogramas de peso a mais, mas diz que gostou muito de lá estar, sobretudo de Nova Iorque, onde andou sozinha nas ruas, de noite, e no metro, "Não fui roubada, nem sequer violada", disse-me ela à mesa do almoço, "Que pena não devias ter sentido", respondeu o João Paulo, ela também gostou muito de Providence, onde esteve mais tempo, ficou encantada, mas diz que gosta muito mais da Europa, terá desabafado, ao chegar ao Aeroporto da Portela, "Estou de novo na civilização" e por hoje ponto final e disse.

Novembro, 12

Depois de um dia tempestuoso como o de ontem, cuidava que esta manhã, ao levantar-me para sair, iria de novo apanhar chuva durante o meu exercício físico. Enganei-me. Não havia uma única nuvem no céu e assisti a um parto do Sol esplêndido, um nascente banhado em ouro, derramando-se sobre as encostas dos montes que me ficavam em frente dos olhos, próximo da aldeia de Vale de Canas, a cerca de três quilómetros para quem desce pelo Picoto a baixo. Não estava frio ou era o meu corpo que já se encontrava em plena laboração, todas as glândulas próprias alambicando suor e outras toxinas. Às sete e meia já estava tomando um duche quente, fez-me sentir que às vezes vale a pena viver. E hoje, dia em que decorre mais um aniversário sobre o massacre de Santa Cruz, em Timor, tenho de ter em reserva mais ânimo e força do que o habitual — esta tarde inicio as aulas no Instituto de Engenharia.

Hoje não será dia de grande dispêndio de energia nem de grande azáfama, tenho de organizar as duas turmas, verificar o nível de conhecimentos dos alunos para os escalonar devidamente pelos dois grupos, fornecer o material didáctico para fotocópias... Mas, de amanhã em diante, será mais a sério, tenho mesmo de chamar em meu auxílio todas as minhas fracas forças, vão decerto aninhar-se na garganta, para que a voz me saia sonora e firme. Que venha então a tarde para enfrentar o touro pelos cornos.

NOVEMBRO, 13

Continua o tempo esplêndido, um pouco frio de manhã e à noite, não admira, a serra da Estrela está coberta de neve, de madrugada, estava eu praticando a minha marcha e corrida na mata, soprava um vento forte de leste, não muito frio, daqueles que varrem as nuvens, o nevoeiro e os miolos da gente, desta vez preveni-me e levei as calças do pijama por baixo das do fato de treino, vieram todas molhadas da transpiração, assim como a *T shirt*; já comecei a utilizar a mantinha de avião, tanto à secretária como, à noite, ao serão, enquanto estou vendo a caixinha electrónica a cabecear de sonolência; no meu gabinete está já o aquecedor a óleo funcionando em pleno, de noite e de dia, a minha colega polaca é friorenta a mais não poder ser; no que me diz respeito, é o caruncho ou a velhice a chegar em passos de gigante apressado – venha ela, mas calma e branda, como certos dias outoniços, sem doenças de maior, sobretudo daquelas que põem as criaturas a morrer às prestações com juros elevados, sem entrada inicial, ao jeito da nossa modernidade consumista, sem a dignidade que a morte deve ter, criando nos circunstantes um oculto desejo homicida, impõe a nossa saída do palco, pela esquerda baixa ou pela direita alta, tanto monta, o que interessa é que seja rápida para dar alívio a quem sofre e a quem fica; quanto a mim, e dado os meus antecedentes familiares, não se me dava que desaparecesse de cena como meu Pai ou como minha tia, irmã dele, viveram até ao derradeiro segundo em que sobreveio a morte dita repentina – estiveram vivos até ao fim, sem que fossem pesados a ninguém, nem sequer dando espectáculo da sua humana decadência; estou tétrico, sem dúvida, deve ser devido ao facto de ser hoje dia azarento, treze de sua graça, além de que encontrei, ainda há pouco, na estrada que sobe para o Picoto, um gato esborrachado no meio do caminho, não sei se era preto ou não, no fim e ao cabo o gato e o algarismo que numera o dia do mês nada têm a ver com o azar que possa ou não chegar de um momento para o outro – este pode vir, sorrateiro, numa papeleta de análises, embrulhado na frialdade dos números, esses sim, carregados de desgraça...

Novembro, 14
Greve na Universidade de Coimbra e também na dos Açores. Todas as faculdades que a compõem encontram-se encerradas. Os estudantes, na sua sempre fresca

e rebelde originalidade, inventaram agora um outro tipo de entrar em greve, muito eficaz, à partida tem uma garantia de cem por cento de adesões das massas estudantis, para utilizar uma linguagem carregada de ideologia – trancam as portas dos edifícios e não deixam entrar ninguém, nem funcionários, nem professores, nem muito menos alunos. Um descanso. No meu caso, vai durar cerca de uma semana, na próxima terça há tolerância de ponto por ser a festa estudantil das latas e na quarta será de novo dia de greve, quer dizer, o encerramento de portas repetir-se-á, nesse dia, todas as semanas, pelo menos enquanto o Ministro da Educação não ceder às exigências dos estudantes universitários. Grande parte deles já fez as malas de fim-de-semana e foi embora para as suas terras, ter com os papás e as mamãs e as titis, a universidade está cada vez mais parecida com um infantário da terceira infância. Assim não custa nada obter resultados retumbantes de uma greve às aulas. Faz-me lembrar os tempos da recruta, em Mafra, em que o comandante de pelotão, perante o silêncio dos instruendos a um seu pedido, acabava por nomear dois ou três voluntários para ir buscar material de instrução à arrecadação do Regimento... No fundo, os estudantes universitários têm razão, a sua seria até uma justa luta, como sói dizer-se nestes contextos contestantes, se o que está acontecendo não fosse o resultado de muitos anos de demagogia, em que se procurou criar escolas superiores a torto e a direito por este país fora, com o aplauso de praticamente toda a gente responsável ou não; neste momento, a contestação levada a efeito em várias universidades portuguesas faz lembrar o ditado que diz que em casa onde não há pão... e a procissão ainda não chegou à praça, daqui por mais uns anos, quando o país estiver abarrotando de diplomados de coisa nenhuma, será então a selva completa – limpem as mãozinhas à parede; os estudantes contestam a alteração à Lei de Bases do Sistema Educativo: prevê que os diplomados pelas Escolas Superiores de Educação, duplicatas das Faculdades de Letras e de alguns cursos de ciências, possam leccionar no sétimo, oitavo e nono anos da escolaridade obrigatória, papel que até aqui estava destinado apenas aos diplomados pelas universidades; tudo a rebentar pelas costuras mal cerzidas desta nação valente que fez meia revolução há vinte e dois anos e quem assim procede, como dizia Trotsky, cava a prazo a sua própria sepultura; a greve devia ser apenas circunscrita às faculdades com vocação para o magistério, mas a solidariedade não é uma palavra vã entre a malta – fecharam também as Faculdades de Medicina, Direito e Economia, estas em princípio, não formam professores; numa Reunião Geral de Estudantes, realizada na Faculdade de Economia, o meu filho mais moço votou contra o fecho da faculdade, argumentando exactamente isso; só ele e outro remaram contra a maré, quiseram sublinhar a sua posição naquele mar choco de améns; a JSD está muito empenhada na greve, não admira, a vingança serve-se fria; e posto isto, vou aproveitar este tempo feriado até às sete da noite, hora em que vou dar duas aulas duplas no Instituto de Engenharia, e amanhã e depois e depois – para dar início a uma revisão geral da *Raiz Comovida*, tenho cá uma fé que irá ser republicada em breve no *Círculo de Leitores*, e como talvez seja a última edição em minha vida, quero dar-lhe uns pequenos retoques para me ir descansado e em paz.

NOVEMBRO, 15
Coimbra quase já não rima com sexta-feira, pelo menos quase nunca a passo cá por cima, há qualquer coisa no ar que me segreda não sei que recado ou segredo e apesar de o dia não trazer nenhum letreiro ao peito anunciando que este é o sexto da semana e o princípio do seu fim, noto uma qualquer diferença, sobretudo em mim, andei esta tarde meio exaurido pelas ruas da parte baixa da cidade, em cata de Ela, lá de vez em quando prega surpresas do tamanho desta ausência que não estava programada no meu calendário íntimo; de manhã foi a marcha e a corrida, lá em cima, durante os quarenta minutos da praxe; depois, casa – andei entretido toda a manhã a calcorrear a Ilha da minha meninice, andei de novo a percorrê-la e percorrendo-me nos primeiros capítulos de *Raiz Comovida*, onde já não entrava há bastante tempo; a finalidade é dar-lhe uns pequeninos acertos, já comecei ontem o meu lavor correctivo com muito entusiasmo, apenas uns pequeninos acertos, dizia eu, para lhe lavar os olhos de algumas

remelas, cortar-lhe um que outro ramo seco, nota-se a toda esta distância temporal com mais nitidez atravancando certos arruamentos da oração frásica; desejo restituir-lhe a frescura e a cadência original, se possível com maior vigor, com vista a uma futura nova edição, desta vez em três volumes, um só calhamaço como o anterior, não deve ser comercialmente viável nem rendível, confesso que estou revivendo tudo como se a vida se me tivesse repetido devagar, aqui sobre o tampo da secretária, meu posto de comando de todas as operações recordativas; estive na Baixa, fui à outra minha livraria, já que a verdadeira continua moribunda e à espera de um golpe de misericórdia, comprei um livrinho de versos de António Vilhena, poeta apaixonado, ainda está com a namorada a quem o livro é dedicado e dirigido: *és tudo nesta barca de navegantes / onde o mar é azul verde e escarlate / és a outra parte do meu nome*: Joana; contém belos versos de amor, não conheço bem a sua obra anterior, composta por três livros, mas, a avaliar por este que foi há pouco lançado, *Mais Felizes que o Sonho*, deve ser digna de ser apreciada; já agora, ficam aqui uns passos, à guisa de isco: *todos os dias renasço na metáfora de um fruto / sobre a tua boca e descanso da caminhada da espera / todos os dias a lua é um pássaro iluminado / na folha branca dos versos uma valsa sobre o corpo*, ou este: *O teu crime é permaneceres bela. Há em ti uma eternidade que resiste quando a beleza escorre de dentro, quando a aura de oiro teima contra as correntes da praia onde a nudez aguça o desejo.* (Faço minhas as palavras do poeta e ofereço-lhas, penso o mesmo acerca de Ela), ou este ainda: *Eram cinco da tarde. Demos as mãos. Devia comprar o jornal, devíamos beber um chá. O dia era a parte que faltava depois de termos gasto o corpo. Prometeste milhões de beijos, mas... de repente, iniciaste o ciclo da paixão e esboçaste um desejo: era bom eternizar este instante.* Os poetas lá sabem!

Novembro, 16

A minha emigração não foi tão inteira como a de meus pais, avós e outra parentela mais ou menos chegada. Um ilhéu a tempo parcial ou inteiro tem sempre alguém que o prolonga e o representa no lado de lá do mar. A emigração que empreendi teve um cariz metafórico, como convém a um escritor, passe a imodéstia, o que não quer dizer que tivesse sido menos real e menos penosa. José Régio sintetizou num verso, uma situação que se pode aplicar a este e a outros casos, tal o poder da genuína poesia: "Tenho dentes postiços com cárie de verdadeiros..." Da Ilha levantei ferro encolhido num camarote de terceira, o rumo traçado a Coimbra. Como os emigrantes deveras, também não fui capaz de cortar o cordão umbilical que a ela, Ilha, para sempre me enleou. Poder-se-á afirmar que emigrei para dentro, e este "dentro", no decurso da vida, veio a ter uma significação física e psicológica. Da física, toda a gente se apercebe mal abro a boca. Nota-se logo que faço parte da diversidade que veio conferir unidade à casa bem arrumada da nossa língua. Aquilino, em cuja obra me enfronhei no mato da Guiné, durante os anos da guerra colonial, escreveu que "o português, dadas as pequenas dimensões do território metropolitano, é único, uniforme ageográfico; à parte a corruptela prosódica, fala-se em Melgaço como em Vila Real de Santo António". Fernando Pessoa disse que a Língua Portuguesa era sua pátria: A minha Pátria é a Língua Portuguesa, tomando a expressão de empréstimo a Eça de Queirós, da *Correspondência de Fradique Mendes*. E Vergílio Ferreira, com outra originalidade, escreveu: "Da minha língua vê-se o mar"... Transporto na pronúncia um tom meio alentejano, meio algarvio, tendo algumas palavras que utilizo, sobretudo na escrita, um aspecto castiço de português arcaico, mais o *u* de Niza, de Castelo de Vide e de Castelo Branco, que há séculos emigraram (sempre a emigração) para a Ilha e por lá foram sobrevivendo, sozinhas, sofrendo as arremetidas de ventos e marés (nessa altura ainda não existiam políticos tontos que tinham por lema ser contra ventos e marés...), de abalos e erupções, mas conservando os valores ancestrais ou matriciais. Nunca renegaram a sua origem, antes dela se orgulham – nunca fizeram parte do léxico corrompido da FLA, nos idos de 75... Quando cheguei ao Continente há quase um carro de anos, como diria Aquilino, alguns perguntavam-me se eu não era alentejano de gema. Também havia quem não entendesse patavina do que de minha boca saía! E ainda vai havendo quem continue... Que terá tudo isto a ver com os lugares da escrita – ou com as influências literárias recebidas na altura em que o discípulo precisa de mestre, ou de mestres, como pão para a boca, na mira de construir o seu estilo – ou com a criação literária e a maneira como cada escritor procede no interior do silêncio que ela exige? Anda tudo tão ligado! Mencionei escritores e alguns lugares. Aquilino, Vergílio Ferreira, Eça de Queirós, José Régio, Miguel Torga... Falta ainda trazer Manuel Alegre, cuja *Praça da Canção* me temperou e fortaleceu o ânimo durante os dias seculares da guerra colonial. E eis as principais fontes portuguesas onde bebi e continuo bebendo, deliciado. Nunca nenhum destes escritores me desiludiu, nem nunca deixei de aprender com as suas obras nas releituras que delas vou fazendo sempre que posso. Outras nascentes haveria a referir, poetas e romancistas que amei e de quem continuo gostando, que leio e por vezes releio, mas deles não recebi influências marcantes. Há de facto uma altura própria para a aprendizagem nuclear e essa idade há muito já se escapuliu para terras de moirama. Haverá outros escritores e poetas cujas obras envelheceram tanto que me pergunto como fui capaz de os ter lido e de deles ter gostado. As releituras comportam por vezes perigos incalculáveis! Continuo a embevecer-me com algum Júlio Dinis e com muito do Camilo... Quanto aos locais por onde passei e vivi, refiro-me à Ilha, com maiúscula, para mim uma entidade mítica; à freguesia onde nasci, local dos crimes cometidos na infância e adolescência, o lugar de onde, como diria

Torga; a Coimbra, cidade que adoptei e onde as lendas florescem tão naturalmente como as lêndeas nas cabeças de certos lentes; à América, que pertencia ao sonho da meninice; à Guiné, que ocasionalmente me zurze em pesadelos... Terão sido todos lugares de escrita? Na infância, à roda dos meus oito, nove anos, tive a sorte de, ao serão, ouvir ler durante anos a Bíblia, que meu Pai ritualizou em leitura diária. Nessa altura, os protestantes, como então eram designados, vieram da cidade para a freguesia em missão evangelizadora e introduziram em certos lares o gosto pela leitura do livro dos livros. Longe estava eu de adivinhar que a Bíblia, cujos capítulos e versículos todas as noites escutava pela voz de meu Pai, não só era importante do ponto de vista religioso, como, principalmente, do ponto de vista literário, ao ponto de, muitos anos mais tarde, já aluno da Faculdade de Letras, ter ouvido da boca de Paulo Quintela que as raízes da Literatura Ocidental ali se deviam ir buscar. Não admitia que aluno seu a não tivesse lido; caso contrário, podia ser enviado para o lugar, após tempo infinito de prova oral. Na juventude, ainda na Ilha, Eça e mais Eça, quase até à exaustão. Aos dezassete, dezoito anos, principiou a borbulha da escrita a comichar. E os textos que eu ia publicando nos jornais da Ilha, em prosa e verso, traziam a marca do último livro que tinha lido. Escrevia versos à Junqueiro, isto é, *junqueirava-me*, como diria Alexandre O'Neill; em prosa imitava com despudor Eça de Queirós. A leitura intensiva e repetitiva da obra do *pobre homem da Póvoa de Varzim* constituía do mesmo passo um benefício e um prejuízo. Benefício, porque estava de facto a alicerçar-me nos caboucos sérios da obra de um dos melhores escritores da Língua Portuguesa; prejuízo, porque, mal tentava mudar de escritor a fim de variar a leitura e alargar horizontes, deparava-me com a grande chateza da prosa do livro que encetava e logo o punha de lado – sempre fui mais atento ao como se escreve do que ao que se escreve. Só com Aquilino, primeiro, e Miguel Torga, depois da guerra colonial, é que tudo havia de modificar-se. O beirão, mais esparramado na sua prosa suculenta e luxuriante, cheia de ressonâncias clássicas; o transmontano, muito mais contido na sua escrita enxuta e descarnada até ao tendão. Com ambos aprendi. E também com Vergílio Ferreira, considerado durante muito tempo por alguns críticos neo-realistas um escritor menor. Nas páginas da sua obra, a partir de *Mudança*, soprava a angústia existencial, sartriana, servida pela simplicidade de uma escrita de frase curta e incisiva, que não dos processos narrativos utilizados, o que para o espírito neo-realista constituía um pecado mais que mortal. A partir do seu romance *Para Sempre*, espécie de epítome de toda a sua obra anterior, tornou-se-me indispensável revisitá-lo regularmente, sobretudo depois de ler a sua *Conta Corrente*, onde, não raro, reflecte sobre a criação literária em geral e sobre a sua própria, em particular. O que vem iluminar muitas das obscuridades que a sua obra suscita, principalmente a escrita antes de *Para Sempre*.

Atente-se neste excerto da *Conta Corrente II*, p. 264, em que se refere à construção do romance *Para Sempre*: "De vez em quando o meu novo romance ilumina-se-me no ar. Vejo-o, tenho a sua aparição. Depois, a visão desvanece-se. Os mesmos factos, os mesmos pormenores, não sei que desencanto os arrefece em inutilidade. São exactamente os mesmos e são outros. Como se uma figura de beleza fosse de repente de cera. Um manequim postiço, uma coisa material. Em todo o caso. Sei que o livro há-de ser a procura da *palavra* virgem e irradiante, a última, a primeira e essencial, a que subjaz a todo o falatar moderno e é a forma de instaurar o mito que nos ordena a vida. A palavra que está antes e depois da politiqueirice, da religião, da própria arte – e que fale no silêncio que alastra à volta do vazio palrador. A palavra inaudível e desconhecida, a do regresso ao silêncio verdadeiro, ao outro, ao das origens." Três são os meus lugares de escrita: *Coimbra*, a *Ilha*, a *América*. Sempre gostei das trilogias. A trindade em que os três espaços se consubstanciam num só, uno e indivisível. Do mesmo modo que o amor do Pai pelo Filho surgiu o Espírito Santo, assim do afecto entre mim e não sei que entidade nasceu a memória afectiva, síntese luminosa dos três lugares. Por seu turno, ela materializa-se na *Ilha-mulher*, ou na *Mulher-ilha*, às vezes mais Ilha, outras mais Mulher...

NOVEMBRO, 17

Domingo triste. Como todos. Não fiz o meu *footing* na

mata. Uma tremenda dor de cabeça que só abrangia a parte esquerda do crânio. Deve ser da sinusite. Nenhum comprimido a debelou. Saí de automóvel até à Praça. Daí fui para a Baixa, a pé. No largo novo ainda em acabamentos, em frente da Igreja de Santa Cruz, vi um casal de surdos-mudos. Até parei para melhor desfrutar a cena: conversavam, parados, por meio de gestos e alguns guinchos de júbilo – um louvar vê-los. Riam-se com o que diziam em linguagem gestual. Às tantas, comunicam melhor que os outros mortais com os sentidos todos inteiros. Pus-me a pensar no milagre da comunicação, não sei se na dos santos, se na humana, enquanto me ia internando no dédalo da baixinha velha... Passei na Rua dos Sapateiros, sem qualquer movimento de pessoas – o trânsito por ali é proibido – talvez por essa razão não tivesse encontrado o cego que numa esquina de uma sapataria faz o seu poiso e o seu púlpito nos dias úteis, à hora normal de expediente, "Tende compaixão do ceguinho, senhores", ouvi-o na memória, sobretudo a parte final, vocativa, da lamúria: *senhores*, num tom de crescendo e não sei por que motivo fui àquela rua, não me admira que tivesse ido inconscientemente, quem sabe se atraído pelo pregão sentido do ceguinho ou então para fazer tempo para o almoço na cantina, hoje não serve vegetariana, só normal, mas o dinheiro tem sido ultimamente escasso e lá são só duzentos e setenta escudos por uma refeição completa, depressa chegou o meio-dia, ouvi-o nos sinos de diversas torres de Coimbra, comprei uma molhada de jornais num quiosque de Santa Cruz, para me dar ilustração durante a tarde, subi a Sá da Bandeira, entrei na cantina, ainda sem grande bicha, comi bem, três fatias de lombo de porco com arroz e salada, sopa, sobremesa e uma garrafa de água mineral, o meu filho mais moço dissera-me, ao telefone, não lhe dava jeito vir almoçar comigo, o do meio havia saído de Coimbra, comi sozinho entre dezenas de estudantes, depois saí, peguei no automóvel e fui a casa do José Augusto, tinha saudades da *Tina*, uma cadela já quase adulta, pelo menos no tamanho, no resto uma catraia, doidivanas que eu sei lá, roedora de sofás e desestabilizadora do ambiente outrora pacato da canzoada lá de casa, demorei-me pouco, hora e meia, tinha encontro marcado, em Vale de Canas, às três, com o meu filho mais moço, para irmos ao mecânico ver um pequeno problema que julgava ter no automóvel, afinal não era nada, voltei a seguir para casa e nem sequer entrei no escritório, dia de descanso deve ser sagrado, ouvi-me resmungar comigo, enfiei-me na saleta, aquecedor ligado, o frio era grande, e mergulhei nas páginas dos jornais e respectivos suplementos, a televisão em surdina, passei uma tarde bem burguesa de domingo que principiara mal...

Novembro, 26
Enquanto escrevo, ouço um trecho de ópera na *Antena Dois*, estou mesmo dela precisando — acordei triste e angustiado como o dia vestido de chuvinha mole e for-

rado de nevoeiro baixo, uma humidade que chega aos ossos, estou sem aço nem disposição de sair para o trabalho mais que rotineiro das aulas, não quero ficar em casa, hoje é o dia mais duro da semana e quinta-feira também, preferia ficar na cama, esquecido de que existia, mas qual o quê: de papo para o ar naquele vale de lençóis, mesmo de olhos fechados e o rádio em surdina, a mente dá ares de uma caldeira esbaforida, só lhe falta o apito para desembestar por aí fora, em correria louca; preciso de enterrar o Mário quanto antes, senão fico para aqui, assustado, a remoer na morte, sobretudo na minha, ainda o vi esta noite, em figura de cadáver, não o devia ter visto nessa forma irreconhecível, estava perto de mim, hirto, não acendi a luz do candeeiro com medo de me dar alarme, se calhar de o ver à minha ilharga, o que me apetecia era isso mesmo, acender a luz e dar um pulo para fora da cama, sair por aí sem destino certo, mesmo debaixo de chuva; por fim, fui-me deixando adormecer e não dormi mal de todo, acordei apenas duas vezes durante a noite, só de manhã é que regressou o esbraseado diálogo à cabeça em chiadeira, ainda pensei ir fazer a minha marcha e corrida lá para cima para Vale de Canas – a canela da perna esquerda estava-me a dar sinal de que era escusado meter-me em altas cavalarias, hei-de ir ao hospital um dia destes, talvez amanhã, se não tiver aulas, esta humidade de se cortar à faca deve influir nos ossos e agora vou mesmo concluir este pequeno desabafo, tenho de sair, aqui em casa não estou bem, vou ver se encontro alguém que me sofra...

Novembro, 28

A minha oração da manhã! Matinas. E à noite. Gostoso desejar-lhe bom sono e melhores sonhos. Completo lindamente o dia. As completas. Sinto Deus dentro de mim. O étimo grego de entusiasmo. Ouço-a com o fervor de um crente. Arrebatamento. Estou dele incendiado. Pouco ou nada dizemos. Escuto-a. Delicio-me a escutá-la. Tanto que gostava de abrir os cordões ao coração da palavra. Acanho-me. Embrulho-me de receio. Medo de magoá-la. Sou por vezes canhestro. Não quero feri-la. Nunca. Prefiro o contrário. Ofendê-la muito menos. Não será antes temor de encalhar num baixio de desilusão? Andei parte da vida enamorado. Nunca ganhei prática. Nem queria. Ser assim pertence à minha natureza de poeta sem versos. Não sou vário. Na Ilha diz-se varela da cabeça ou do coração. Consoante. Não sou. Por ora me basta a melodia. A alegria brincada que delas se desprende. De suas palavras. Nelas bate em cheio o sol do meio-dia. Meridional. Da imensa planura alentejana. Toda a neve se derrete. A que me foi caindo nas ravinas e que teima em fazer parte da contextura anímica. Ainda. A outra continua. Sem graça e conspurcada. Diz-me minha Mãe que cobre passeios e lancis, vidrando-se, solerte, à espera de pés incautos que nela escorreguem. Ou para uma surpresa da regedoria neurológica. Na Ilha diz-se *batacum*. Preciso. Das matinas e das completas. As orações da manhã e da noite. E de Ela. Exactamente o que escrevi. Preciso de Ela no mesmo sentido em que a Lua precisa do Sol.

Dezembro, 1

Enchi-me dos sinais espalhados da sua ausência pela casa e dentro de mim. Todos juntos garantiram-me uma só sílaba de presença, a primeira – oceânica imensa azul. Sobre suas águas sem barco aventuro-me a desocultar o tempo e a música com que na jarra as coroas reais o incendeiam de melodia – sangrou-se de suas mãos e sagrou-o o instante. Dava-lhes cor e abrasava-as de água.

Dezembro, 2

Durante a viagem ascendente de comboio, concluí a leitura de *O Teatro Popular em São Miguel*. A autora tem o mérito de transcrever larguíssimos passos de algumas *comédias* populares micaelenses (princípios dos anos cinquenta, data da publicação da tese de licenciatura em quatro números da revista *Insulana*, não havia ainda sido publicado o terceiro volume de *Teatro Popular Português*, de Leite de Vasconcelos, referente aos Açores, num tempo em que não existia a sacrossanta instituição da fotocópia, o que lhe traz o mérito de ter trabalhado com os próprios manuscritos, copiando-os à mão, algumas vezes à pressa, por os ter de devolver em prazos curtos e fixados pelos seus ciosos donos). Transcreve grossas fatias da *comédia* de D. Inês de Castro (a que lhe toma mais a atenção), da de Santa Genoveva, passando pela de Santa Bárbara, Imperatriz Porcina, Santa Serafina, Princesa Magalona etc., consistindo o seu contributo pessoal em fornecer ao leitor, para sua orientação, o resumo dos passos não transcritos, a fim de haver fio para se entender a meada da história e pouco mais. Gostei de o ter lido. Revivi passos inteiros que eu próprio havia outrora visto representados em palcos das freguesias da Ilha ou ouvido da boca de alguns velhos que sabiam as *comédias* de cor e salteado, o caso do Ti Cabral Gadelha, que, sem saber ler nem escrever, era capaz de recitar todos os papéis da *comédia* de D. Inês de *Carasto*, como ele dizia. Ainda estou a ouvi-lo, na oficina de meu Pai, a declamar, enquanto tocava fole, como se fosse D. Afonso IV, irado contra seu filho D. Pedro, *Ó génio de um homem cruel / Que não sabes quem eu sou / Pois aplicas um aduel / E és inimigo infiel / De um pai que te criou*, ou então, fazendo de D. Branca, dirigindo-se ao seu prometido D. Pedro: *Pensativo estás, meu amado, / Como planta no Verão, / Meu serafim delicado, / Cravo branco serenado / Do sereno da manhã*, ou esta fala de Pedro para Inês: *Dentro de mim metes dor / Que o meu coração abisma; / Não chores, querida flor, / Confiante no meu amor, / Tira-te desta sofisma...* A última *comédia* que presenciei foi em Rabo de Peixe, juntamente com meu Pai, próximo do Natal de 1961, estava já em Coimbra, encontrava-se também na plateia o actor Carlos Wallenstein, a comédia chamava-se *Drama do Rei Herodes*, em cinco actos e vários quadros. Lembro-me ainda que o actor principal e encenador, vizinho da freguesia, tossia em palco, parecia coqueluche ou esgana, tudo porque – disse-me ele depois quando o fui cumprimentar no fim do espectáculo, (demorou cerca de quatro horas) – a história sagrada rezava que Herodes sofria desse mal. E ele, encarnando o papel do matador de inocentes, só cumpria a sua obrigação torcendo-se todo em palco com tosse de cão. Só lhe apontei um pequeno defeito na peça (quis saber a minha douta opinião de estudante de Coimbra): a Virgem Maria, na fuga para o Egipto, trazia na mão um saco da *Pan American*, um leve anacronismo que não tinha ofuscado o brilho do drama. Gostava de dizer isto à viúva de Carlos Wallenstein, não sei que faça, no fim e ao cabo estas lembranças foram suscitadas pela leitura do seu livro.

DEZEMBRO, 3
Tive a noção perfeita de que já pertenço, à terceira idade. Caso contrário não teria a estudante universitária chegado ao pé de mim e inquirido, "Quer que o ajude?" e perante a minha amável recusa, insistiu por duas ou três vezes, "Quer que o ajude, não me custa nada, veja lá..." Eu levava na mão um saco grande de plástico preto cheio de roupa vinda da lavandaria e dirigia-me, açodado e com a respiração ritmada, como sempre faço em marcha esforçada, para o meu automóvel que se encontrava no pátio da Universidade, "Quer que o ajude?", e essas palavras caíram-me tão bem e ao mesmo tempo tão mal, senti-lhes a quentura e a súbita frieza quase simultâneas; à boa educação da moça seguiu-se, peremptória, a facada resultante da tomada de. consciência de uma irreversível situação

quase de facto (não te enerves, nem exageres!), será mesmo que a minha aparência inculca já sinais de velhice? perguntei-me não sei quantas vezes sem sequer querer obter uma resposta e para quê, se, no íntimo, me sinto ainda acabado de sair da adolescência e assim deve continuar até ao fim dos dias, senão seria insuportável viver-se perante o sempre presente espectro da morte, sentindo-se uma criatura a envelhecer por fora e por dentro – nunca tal acontece; guardado o saco no carro, fui ao bar, já lá não ia almoçar há muitos dias e tinha saudades de conviver com a minha tertúlia, da comida não, oleosa e muito salgada; fui saudado com muita ternura pela gente que lá se encontrava, sobretudo pelo João Paulo; mal me viu, disparou, "Toda a gente tem sentido a tua falta e perguntado por ti e aqueles que não perguntam, vê-se-lhes nos olhos que te sentem a falta..." Vieram as novidades; e soube-me bem saber que o Carlos André já tinha tomado posse como Governador Civil de Leiria, o JAM, que odeia o Infante D. Henrique, já deixou de usar as novas notas emitidas pelo Banco de Portugal, que têm a efígie henriquina, tendo passado a usar nas suas transacções o multibanco apenas – pertence ao partido do irmão, o Infante D. Pedro, que morreu em Alfarrobeira – e está até desconfiado que D. Henrique foi uma invenção reaccionária de alguns historiadores; o pior estava para vir; quando chegou a Cristina Martins, senti-me na obrigação de lhe perguntar pelo bebé que deve estar em gestação há três meses; ela olha para mim, de olhos grandes, e responde-me, "Não sabes, eu abortei espontaneamente há cerca de três semanas, estive no hospital e tudo..." Fiquei néscio, sem saber o que lhe dizer, valeu-me de novo o João Paulo, que amenizou, com mais uma piada das suas, a taciturnidade que se abateu sobre a mesa, "Sabes, amigo, as pessoas aproveitaram a tua ausência para precipitarem os acontecimentos, para, quando aparecesses, te dizerem tudo ao mesmo tempo..."

Dezembro, 4
Para não variar, continua o tempo muito resfriadinho, amanheceu com a garganta enrolada num grosso cachecol de nevoeiro baixo e desde ontem ao fim da manhã cai-lhe do nariz uma espécie de pingo de defluxo, a pouco e pouco se tem convertido em poalha de chuva, muito fininha, irrita os nervos e molha os cueirinhos da alma, sinto-lhe a humidade naquela parte da pele que faz fronteira com o corpo; como se vê, ando em estado pré-gripal, nada de monta, mas a sinusite ou lá o que venha a ser está dando sinais do lado esquerdo do nariz, uns laivos de sangue que raia o monco muito escasso, oxalá rebentasse e me aliviasse a cabeça, tornando-me mais arguto; para mais, continuo com a canela da perna esquerda dolorida, apesar das esfregações diárias de manhã e à noite com um unguento; cheguei a casa desasado, cerca das dez menos um quarto da noite, tantas aulas seguidas dão-me cabo do canastro e da própria inteligência, pela qual já não respondo;

às terças e quintas, não há volta a dar-lhe: apesar do cansaço, fiquei de súbito revigorado com um telefonema que perto das onze recebi do Mário Mesquita; estava em Lisboa, em sua casa, e mesmo assim esteve muito tempo a falar; tem andado à minha procura em Coimbra e não tem sido fácil achar-me, tem um horário muito concentrado este semestre, de quarta a sexta, com muitas aulas, escolheu assim, vai ser dispensado da componente lectiva no segundo semestre para se dedicar por inteiro à tese de doutoramento; o outro dia encontrou o Oliva e perguntou-lhe se sabia alguma coisa do meu livro, ao que ele lhe respondeu que estava encalhado na *Quetzal* em outras editoras; era por isso que me estava a telefonar; vinha oferecer-se para ser o intermediário com a editora *Cosmos*, embora não tenha ficção no seu catálogo, ele procurará convencer o editor a publicar-me o diário que não é propriamente ficção, mas um género à parte, entre ela e o ensaio ou coisa parecida; além disso, disse-me, não me é nada difícil defender o livro, li-o e gostei imenso dele; não tive palavras para lhe agradecer o empenho demonstrado e só lhe pedi que esperasse mais alguns dias, a fim de saber se a *Caminho*, para quem escrevi há uma semana, me dá alguma resposta; fui-me deitar bem-disposto: não há dúvida de que ter um bom amigo é uma sorte, ainda para mais quando ele elogia, sem segundas intenções, um original de um livro que se me tem tornado num parto difícil para burro.

Dezembro, 9

Lá de vez em quando é bom fazer uma pausa na vida de rotina, nem que seja por doença, como foi o meu caso. Desde quinta-feira, tenho andado em banho--maria com a gripe da moda, não muito violenta, mesmo assim o quanto baste para docemente me prender em casa. Febre verdadeira, daquelas de fazer variar o juízo e toldar a ordem esperada das palavras, acho que não tive, pelo menos não houve ninguém que mo dissesse – a casa só esteve cheia de mim e dos meus pensamentos, nem sequer transpirei, pelo contrário, senti frio, não sei se da falta de roupa. O pior foram as dores de cabeça, parciais, ora de um lado, ora do outro, e sempre sobre os olhos, não me autorizavam a ler, foi para isso que caí doente... Desde que me conheço que assim procedo, gosto, uma vez por outra, de me irresponsabilizar com o mundo e de responsabilizar-me a sós comigo. Cuido que as dores são devidas à sinusite, não há maneira de se explodir e derramar-se em monco pelas ventas a baixo. Tenho a impressão de que me aliviaria, não há comprimidos que as debelem. Anteontem, já desesperado, dissolvi sal em água meio quente e inspirei-a com força pelas narinas arriba, foi logo irrigar, senti-o pelo ardume, as zonas da testa onde se alojavam as dores: remédio miraculoso, ao fim de poucos minutos sentia-me leve, sem dores nenhumas – garante logo uma grande euforia a quem as sentiu durante largo tempo. À conta da leveza fui sentar-me imediatamente ao computador, a minha lareira portátil a que me aqueço e às vezes me desaqueço e, lesto, submergi no mundo de *Raiz Comovida*, tenho-me sentido bem nele, não admira, fui eu quem, bem ou mal, o criou... E é como demiurgo que agora lhe estou dando uns leves retoques, às vezes com as mãos trémulas por recear magoá-lo. Acho que tanto eu como a obra o merecíamos, não há dúvida de que fui feliz ao escrevê-la, razão devem ter aqueles que o assinalam, embora ame com igual exaltação outras das minhas criaturas, concedo, será por esta que, se ficar, ficarei conhecido. No *Expresso*, em artigo de crítica literária a um dicionário de Literatura Portuguesa, organizado e dirigido por Álvaro Manuel Machado, que, em 1978, ganhou comigo o prémio Ricardo Malheiros, Fernando Venâncio zurze à grande no seu organizador pelas graves omissões e diferenças de tratamento entre escritores. A meu respeito escreve a dado passo: *Teria assim, talvez, sobrado espaço para falar um pouco do magnífico poeta Eduardo Guerra Carneiro (1942), dos bravos romancistas Maria Regina Louro e Cristóvão de Aguiar, dos vigorosos cronistas João Chagas (1863-1925) e Augusto de Castro (1883-1971)...* Não sou só eu, senão seria caso para ficar com complexos, encontro-me em boa companhia, entre as quais se contam ainda Eduardo Prado Coelho, Vasco Pulido Valente, Miguel Rovisco. Quanto a mim, devo pertencer ao reino dos deserdados da literatura. Ou da panelinha onde se cozinham os nomes que virão depois a figurar nas tabelas classificativas – não há volta a dar-lhe. Ando mesmo enguiçado. Oxalá o meu amigo

Mário Mesquita consiga publicar o meu próximo livro na editora *Cosmos*, já lhe disse ontem que iria com ele para Lisboa na sexta-feira e lhe entregaria o original de *Relação de Bordo*. Com tanto silêncio acumulado e outras quase tantas negativas, nem esperançado sequer fico. Se calhar, nenhuma importância tem...

DEZEMBRO, 10
Acabaram-se as miniférias por doença verdadeira – uma pequena gripe. Só a tornei imaginária para terem o vivo sabor da transgressão, mais requintado, e assim aproximar-me do conforto da minha infância e adolescência, atreito a esses frequentes ficares na cama com a conivência de minha Mãe, já se vê... Bastava ouvir-me queixar por doença, ficava logo toda delida e em pânico e era ela própria que, a seguir, tomava a iniciativa de me não deixar sair de casa. Não queria ouvir outra coisa. Sempre foi esta a melhor forma ao meu alcance de fugir, sem recriminações nem represálias, à escola ou ao liceu, ambos enfadonhos e lesivos dos meus urgentes interesses do momento. Já hoje acordei para a realidade das aulas, daqui por mais algum tempo estarei a pregar não sei bem o quê, noutra língua, dormi mal à conta disso e de manhã, à hora do levantar – nunca me senti tão bem no calor dos lençóis – apetecia-me ficar naquela modorra... À conta do Prémio Nobel da Paz, ia adiando o instante do pulo definitivo. O galardão será entregue ao fim da manhã aos dois timorenses que falam a nossa língua, D. Ximenes Belo e Ramos Horta.

Havia um programa de rádio em directo, um pequeno-
-almoço com o segundo dos laureados. Embora não
tivesse grande interesse em ouvir o que já sabia quase
de cor, sentia-me obrigado a arquitectar, mentalmente,
uma patriótica justificação para continuar enrolado
nos cobertores, sem complexos de culpa, para mais com
este frio desalmado... Lá me fui a pouco e pouco men-
talizando e, quando menos o esperava, tinha saltado
para fora da cama e estava debaixo do chuveiro de água
bem quente. Consolei-me! Ainda há prazeres ao alcance da mão, demorei o tempo que pude, não tinha
grandes pressas. Ao serão, depois da telenovela brasileira, fui para a cama dedicar-me à leitura de jornais —
cerca de duas horas embrenhado *no Jornal de Letras* e
Correio dos Açores, suplemento cultural. Soube algumas
novidades, a maior das quais deve ser, espero que seja,
a publicação, pela *Salamandra*, de um livro de versos do
José Martins Garcia, *No Crescer dos Dias* se intitula ele,
do qual são publicados, no suplemento, três poemas
com Ilha até à medula: *uma aragem salpicada de cinza /
e uma loucura parecida / com o sentimento de me tornar
menino / como se aquele bote carunchoso ali / acorrentado
ao meu sentir / subitamente partisse / e dispusesse de sangue e fibra / para nunca mais deixar de partir* ou *Até nos
olhos do meu cão, o clima / Coloca névoas de abissal tor-
por / E o sofrimento, que não sabe expor, / Aos céus pede o
milagre que o exprima. / Os céus são baixos e o milagre
escasso. / A noite é longa e o dia encinzeirado. / Olhos de
névoa e neura lado a lado... / Redondo, o estar escorre passo*

*a passo. / Havemos de partir. Mas tu não espreitas / A hora
da partida. A hora é minha. / Tu és eterno em ti. Eu sou
morrinha / De morrer em masmorra de horas feitas.* Belos
e terríveis os Poetas!

Dezembro, 11
Disseram esta manhã os meteorologistas que o temporal vem por aí acima, de sul para norte, com ventos
de rajada, ilhéus, e que lá no seu berço, as Ilhas, a coisa
se está tornando feia. Só de ouvir este relato me cresce-
ram as saudades no peito e tremores em outro sítio
mais esconso – tenho o miolo de mim sintonizado com
ventos e outros irados arrufos da Natureza e além disso
acordei com o sestro bem aguçado de viajar em mim
ou lá fora, tanto faz, tudo no fim e ao cabo é peregri-
nação ou derrota. É agasalhado dentro dela que me
sinto nas minhas sete quintas. Tenho andado a comer
comida vegetariana e a reler a poesia de Pessoa, em
antologia, para que a visão seja alargada e panorâmica,
como a do pássaro voando sobre a paisagem riscada no
chão. Talvez por isso – a grande poesia mexe comigo –
que agora me deu para rever essa matéria peregrina,
compendiada dentro em mim e sempre pronta a ser
revista, comentada e revivida. Forma de compensar a
aridez de uma vida com aulas, mais o seu cansaço, sem
prazer, de ficar fatigado, sem grandes nem pequenas
conversas para adoçar o vazio que se vai abrindo por
entre os passos por dar, dos já dados nem se fala. Os
filhos não aparecem, os amigos têm que fazer nas

minhas horas de não saber onde pendurar o tédio e eu nem sempre gosto o bastante de mim para andar em estreito convívio comigo. Apetecia-me andar por aí, à deriva, ver-me bem nos olhos reflectidos nos vidros das montras de mais este Natal com todo o sentido ou o sem-sentido que lhe quisermos ou temos para dar, e perguntar-me, olhos nos olhos, o que ando afinal por aqui a fazer metido neste corpo desengonçado, quase a ranger. Aproveito a réstia de sol que ainda ilumina a manhã e vou, a pé ou de autocarro, para a Baixa. Fica o automóvel de férias à porta de casa, pode ser que o ar frio me dê duas ou três chapadas na cara e eu reaja à provocação com sentido de humor.

Dezembro, 12

O primeiro aceno de Natal legítimo chegou-me ainda agora, por mão própria, do outro lado do mar, aconchegado numa carta de meu tio da América. Legítimo, porque o Menino Jesus se encontra agora sobre palhinhas electrónicas reclinado e, apesar da sua provecta idade, adaptou-se sem resistência à informática (nasce à meia-noite em ponto na iluminada manjedoura da televisão). Ao comércio, à publicidade e às luzes que desde meados de Novembro mentem nas ruas da baixa da cidade com todos os seus filamentos de miríades de vóltios. O frio é cada vez mais fundo! Dentro do sobrescrito mandou-me meu tio versos, dólares para a ajuda do jantar da festa, e uma deslindada e bem notada carta. Quando embarcou num dos navios da companhia dos Carregadores Açorianos, andava eu a braços com o pesado programa da quarta classe e do exame de admissão ao Liceu, para onde entrei em Outubro com boas classificações, menos a do desenho à vista em que apanhei um rotundo medíocre... Na altura, nem sabia bem de que nota se tratava, nem tão-pouco sequer vislumbrava o seu alcance valorativo, como viria a saber com o decorrer do tempo... No dia 2 de Outubro de 1951 (nunca assisti à abertura solene das aulas, que se realizava no dia primeiro, no edifício do ginásio, com discursos e outras bugigangas retóricas) — apresentei-me no palácio do Barão de Fonte Bela já munido de uma caneta de tinta permanente, com depósito e pena amarelinha, que meu tio me mandara cerca de um mês antes de me estrear como estudante do ensino liceal. Cinzenta, tampa doirada, fazia vista no bolsinho de fora do casaco. Tinha ele trinta e cinco anos de idade. Até o calo de escrivão que tinha — e ainda tenho — no dedo médio da mão direita, que se fora criando ao longo dos quatro séculos da escola primária por via da pena de haste grossa de madeira, aparo de aço na ponta, de se ir molhando no tinteiro de louça enfiado num buraco aberto na parte superior da tampa da carteira, logo antes de se iniciar o declive que lhe dava o estatuto de escrivaninha e do qual, aparo, caíam por vezes borrões obrigados à cantilena da palmatória do senhor professor — até a calosidade azulada da tinta aderida se foi amaciando e decrescendo em volume, devido à maciez da caneta americana... Com oitenta e quase um, lúcido, arguto e conversador de uma estirpe que vai rareando, mandou-me duas quadras de sete sílabas bem escandidas (especialidade que cultiva desde tenra idade, muitas delas publicadas no jornal da cidade nos anos trinta e quarenta, assim como a correspondência da freguesia) – rezam desta maneira: *Oh! Meu Deus, quem considera / O estado em que eu estou... / Quem era como eu era, / E ser agora como sou! / Toda a vida trabalhei / E vai ser até à morte. / Foram os bens que herdei / De meu Pai c´a mesma sorte!* O Pai dele era meu Avô materno, mestre José Dias, tanoeiro de profissão. Trabalhou até morrer, quatro anos e cerca de um mês depois de o filho ter zarpado para terras da América. Esta é também a minha herança, recebi-a de meu Pai – apodrece num cemitério americano. O ofício da palavra rende pouco e dá suores de aflição. Trabalhar, trabalhar. O estribilho mais martelado, trago-o nos ouvidos, mas nem assim consigo aquietar a consciência rabugenta.

DEZEMBRO, 13

Nem Carlos Paredes, neste momento tocando uma das suas guitarradas no programa *Allegro Vivace*, da *Antena 2*, consegue pôr um pouco de Sol na manhã chuvosa e triste deste Inverno *avant le calendrier*; bem no fundo significa que sou eu quem não está com ânimo bastante para, com o adjuvante da música, realizar o prodígio da transfiguração, ia a escrever transubstanciação, mas acudi-me a tempo de não escorregar na infância...

À tarde perdi um pouco desse alento quando fui, debaixo de chuvinha, mas protegido, à Baixa, abastecer-me de dois livros. Cheguei ao gabinete cheio de frio e com uma rezingona dor de cabeça. À hora de deitar não me tinha ainda passado, apesar do casal de comprimidos que tomei com fé à refeição da noite. Acordei sem qualquer dor, mas, em compensação, estou emarouviado com este tempo peganhento, vejo-o daqui da minha janela sujando a paisagem defronte. Além da desgraça, hoje é dia de dar aulas infinitas, até às nove e meia da noite. Devo, desde já, ir-me conscientizando, para a empreitada não custar assim tanto. Devia fazer, e ficava-me bem, umas considerações de pendor filosofante sobre as aulas e o desgaste que elas provocam em quem as dá ou vende, ao mesmo tempo que entoaria um longo elogio à reforma em idade ainda jovem ou assim considerada... Acho que tudo ficaria como está, teria de sair de casa na mesma para as ir dar, não vale pois a pena gastar pensamento e palavras. Amanhã, sexta-feira treze, vai ser o dia da minha sorte. Primeiro, porque a vou rever após uma ausência de quinze dias e as saudades amadureceram-se-me todas em metáfora no peito; depois, porque vou confiar ao Mário Mesquita o original de *Relação de Bordo* para ele, por sua vez, o ir entregar na editora *Cosmos*. Não estou fervilhando de esperança, mas não quero estar muito céptico.

DEZEMBRO, 14
Na Casa Municipal da Cultura, acabou o sarau por se

transformar numa noite de boémia intelectual. Mereceu-
-o o Manuel Alegre e a sua poesia, que está comple-
tando trinta anos de juventude, tendo sido este o pretexto para uma contagiante festa de amizade e sonho e
de desinibida poesia à solta, como de facto é toda a do
autor de *O Canto e as Armas* e de outros excelentes
livros de versos e de prosa, incluindo o mais recente,
nesse mesmo local lançado à tarde, e que dá pelo nome
sugestivo e misterioso de *Alma*. Foi por esta altura
natalícia de 1964, talvez um pouco mais para diante
(lembro-me como se fosse hoje), que era publicado o
livro a *Praça da Canção*, com data do ano seguinte, que,
como nenhum outro, desde que neste reino se pratica o
mester ligado ao invento de Guttenberg, conseguiu
fazer tremer e sonhar este país de alto a baixo. Tinha
eu vindo de Tomar, em cujo Regimento me encontrava
dando instrução militar com vista à guerra colonial,
passar alguns dias de férias na minha velha *República*,
em Coimbra, quando deparei com o livro nas montras
das livrarias. Comprei-o logo. Já conhecia o Manuel
Alegre, um dos melhores oradores das Assembleias
Magnas da Academia realizadas durante a ante crise
estudantil de 1962 (ele e o Silva Marques), e lera também alguma da sua poesia publicada, não só na revista
Vértice, como também nos jornais académicos, *Via
Latina* e *Briosa*. Depois de jantar, num restaurante da
baixinha, hoje inexistente, o *Texas*, com um *co-republico*,
o Antero Dias, viemos ambos para casa e estivemos
toda a santa noite a ler e a reler (ele lê maravilhosa-

mente bem e eu ouvia embevecido) aqueles poemas de fogo que compõem a *Praça da Canção*. Tenho a impressão de que entrei muitas vezes em êxtase, tal era a música e a força e a novidade do ritmo e a rebeldia das palavras que parecia terem sido acabadas de inventar naquele instante suspenso e vinham depois desaguar em golfadas de fogo em cada página do livro que o meu amigo ia virando devagar talvez com pena de chegar ao fim. Durante a minha comissão na Guiné, o exemplar dessa primeira edição, que ainda possuo, foi o meu breviário. Ainda nele se notam as dedadas de sujidade da poeira africana embebida no suor das mãos, tantas e tantas vezes seria ele manuseado e lido, em voz alta, nas noites de mato e de medo, a quem queria espantar o pesadelo do presente e a morte que se nos apresentava como provável futuro... Melhor regressar a ontem à noite, à Casa da Cultura, o salão abarrotando de gente, vai principiar o convívio com cinco actores da cooperativa de teatro *Bonifrates*, o Victor Torres à frente do elenco, vão representar o episódio dois de *Um Barco para Ítaca*, de Manuel Alegre. O Torres representa o papel de Telémaco e fá-lo com desenvoltura e uma dicção impecável: *Ninguém fale de prudência ninguém fale de esperar. Há palavras que estão gastas (que me gastam)...* Acabada a representação, entra o Vasco e o José Manuel Mendes a declamar poemas de Manuel Alegre. O primeiro, como sempre, foi brilhante, excedeu-se a si mesmo, em certas ocasiões sublimes, que a vasta plateia embebida sublinhava com bravos e aplausos frenéticos, alguns com lágrimas a rebentar nos olhos e todos com o sangue endoidado fervendo no corpo, sobretudo quando se ouviu: *Tudo o que ondula ondula no teu corpo / a garça a flor o vinho a égua a água... Ondula a seara a saia a sarça o trigo / tudo o que ondula ondula e vai contigo...* E veio também o Manuel Freire, com a sua viola e tocou e cantou poemas de Manuel Alegre e o próprio poeta foi ler dois poemas inéditos, um deles, magnífico (daqueles que deixam a pele do coração em estado de alerta), em memória de Fernando Assis Pacheco, seu companheiro de rima e de cardina e de tanta outra poesia verdadeira – *O meu amigo escorregou dentro de si mesmo e as últimas palavras que disse foi dêem-me uma cadeira...* E veio um grupo de fados de Coimbra que tocou músicas de António Portugal, agora prolongado num filho, cujos gestos, tiques, truques e toques, no abraçar da guitarra, fizeram-me crer que o pai se tinha deixado ficar mais um pouco demorando-se nas mãos do filho, que acompanhava um cantor a cantar baladas com letras de Manuel Alegre. Mas o momento para mim mais emocionante, que me valeu abandonar a sala aos soluços, não assistindo depois à actuação de Vitorino e de seu irmão, Janita Salomé, foi a leitura de uma carta que a mãe de Manuel Alegre lhe enviou para Luanda, ao cuidado da PIDE, sob cujas garras o filho se encontrava preso, carta que deu origem ao texto poético *Rosas Vermelhas* com que o poeta nos abre a porta da *Praça da Canção*. Não exagero se disser que a carta é em si um grande poema, à mesma altura daquele que nela foi inspirado e serve de introdução ao livro, além de que revela, em corpo inteiro, uma grande Mãe e Mulher – pena tenho eu de não poder transcrever nada para aqui: fiquei tão perturbado, que só as lágrimas correndo em bica faziam sentido dentro de mim. Ainda hei-de tentar conseguir arranjar maneira de ter acesso a esse grandioso texto!

Dezembro, 15

A meio desta tarde chuviscosa, batem-me à porta do gabinete. Um casal de jovens. Apenas uma palavrinha. Como sempre, mandei-os entrar. Indico-lhes o sofá de napa preta defronte da secretária. Só a rapariga falou. Além do cumprimento inicial, o rapaz manteve-se mudo durante o tempo que durou o monólogo da companheira. Antes de principiar, a jovem colocou-me sobre a secretária um espesso dossiê, preso por argolas. Pensei: "Deve querer impingir-me alguma enciclopédia, aliciar-me para um seguro de vida ou de morte, ou então prometer-me o paraíso de uma nova religião inspirada na Bíblia..." Nada disso. Pertencia a uma organização humanitária, oficializada no Diário da República. Pude comprová-lo. Era afinal a primeira página do calhamaço protegida por um transparente, aliás como todas as outras que constituíam o compacto volume. Já me não lembra o nome da organização, apesar de ter passado, no final da entrevista, um cheque à sua ordem. Tratava-se de iniciais que davam origem a um designação excêntrica. Também pouco há-de interessar neste instante. Há uns dois, três anos, outro casal da mesma organização tinha vindo ter comigo. Lembrei-lho. A jovem confirmou a veracidade do facto, afirmando que havia sido por seu intermédio que soubera do meu endereço e da minha boa vontade. "Esses já morreram, sabe!" E a Isabel prosseguiu numa voz viva e comunicativa: "Também sou seropositiva. Apanhei o vírus através da droga. Deixei-a há seis anos. Tenho vinte e sete. Sou filha única. Meu pai é tenente-coronel e minha mãe atirou-se de uma ponte de comboio abaixo, aos trinta e seis, tinha eu dezoito e ainda bem viciada na droga. Suicidou-se por minha causa. Desestabilizei o ambiente familiar. Mais severo, meu pai, a dada altura, não quis saber de mais nada e entrou em conflito com ela, que sempre me apoiou e me deu carinho. Por fim, e como eu continuava cada vez mais desgraçada, atirou-se para a morte, já não podia sofrer mais. Os remorsos pesam-me. Tenho-lhe sentido a falta. Meu pai refez a vida, nasceu-lhe um filho do novo casamento a quem muito quero. Mas a minha madrasta não consente que eu viva lá em casa. Visito-os, muito agradáveis comigo, muita festa para a festa, mas receia que o meu meio-irmão possa vir a ficar infectado. Não a critico, até a compreendo. Há ainda muita ignorância acerca desta terrível doença. Tenho aprendido a não levar a mal. E como poderia, se há médicos que ainda a não entendem? Eu, por exemplo, não consigo tratar dos dentes. Sempre que vou a um dentista, previno-o por uma questão de lealdade que estou infectada – a consulta acaba logo. Tenho os dentes numa desgraça, ora veja, e não encontro ninguém que me queira tratá-los. Pode perguntar-me a razão por que caí na droga. A resposta é só uma: não sei. Podia dizer que meu pai, como militar, não me dava grande atenção nem carinho, o que se costuma ouvir... É muito pouco. Não sou especialista, mas tenho para mim que deve ser do excesso de liberdade que a juventude usufrui. No meu caso, deixei-me arrastar na onda. Não culpo ninguém. Depois, para sair do inferno, penei tanto que nem consigo sequer... Quando dele me livrei fui logo confrontada com a terrível realidade – a Sida. Infectada há oito anos. Nunca quis tanto à vida como desde a hora em que soube que tinha a sentença marcada. A partir daí, tenho descoberto maravilhas em existir. Já é tarde de mais. Com este trabalho a que me dedico, até me esqueço. Mas, à noite, confronto-me com o pesadelo. Vivemos numa casa, no Espinhal, perto de Coimbra. Cinquenta e um doentes sob o mesmo tecto, uns em estado adiantado de ruína, outros nem tanto, mas para lá caminham. Um deles teve de ser internado nos Hospitais da Universidade. Está mesmo no fim. Foi anteontem. Na segunda-feira, se lá chegar, faz vinte e sete anos. Estamos a preparar-lhe uma festinha de aniversário. Pensámos em oferecer-lhe um par de *jeans* da marca de que ele mais gosta... Aquele livro que tem ali na estante não é o último diário de Miguel Torga? Disseram-me – ainda não o li – que, neste volume, ele fala muito da morte, é verdade? Gostava que me lesse um pedaço, se não fosse muita maçada... O poema que acaba de nos ler é mesmo um *requiem* por ele próprio... Ah, então é este o último poema do livro. Não sabia que Torga principiava e terminava todos os seus diários com uma poesia! Eu sinto o mesmo, mas não sei dizer da maneira tão bela e profunda como ele o faz. Está certíssimo: "aproxima-se o fim, e tenho pena de acabar assim..." Olhe, não o maço mais, e muito obrigada por me ter atendido de maneira tão simpática. Um feliz Natal para si e para os seus. Claro que volto, agradeço-lhe a generosidade. Volto eu ou outra pessoa por mim. Nestas andanças da Sida, adivinhar é proibido..."

Dezembro, 17

Ainda estou com os olhos arrasados e doendo deveras das trágicas imagens que ontem, à hora do telejornal, me foi dado contemplar das grandiosas cheias que a chuva diluviana provocou no passado fim-de-semana na Vila da Povoação, na Ilha; lancinante, para o que eu via sem querer acreditar nos meus olhos, será ainda adjectivo muito pouco eloquente, talvez até frouxo, gostaria de poder desenterrar palavras que soubessem sozinhas exprimir tamanha desgraça: as ruas subitamente transformadas em desarvorados rios nascidos de um inferno verdadeiro e com sanha tamanha que dava a ideia de que as águas turbulentas ferviam e rugiam (ouvia-se o fragor com nitidez), como se os leões de um grande circo estivessem fora das jaulas e já atacando – o grande circo da Natureza ilhoa, excessiva, num dos seus pontos altos e dramáticos; chegou mais cedo o Natal para aquela gente minha irmã de berço basáltico; calcula-se que os prejuízos vão ainda além de quatro milhões de contos de réis, e o Governo de Lisboa já acudiu com a ridícula soma de cem mil contos e mandou juntamente um secretário de estado para ver *in loco*, muito gosta essa gente de se mostrar salvadora, se fosse para o futebol iria mais com certeza ou para o perdão das dívidas do cinema, perdoai-lhes, Senhor; nunca mais me saiu dos ouvidos aquela voz em *off*, com sotaque retinto de São Miguel, *Eh, mei Dês, quié isto?* enquanto rugia o novo mar revoltado e à solta pelas ruas e canadas da Vila da Povoação, *Eh, mei Dês, quié isto*, mas o seu tom era sereno, como se já estivesse tudo consumado, *Eh, mei Dês, quié isto?*, e não houvesse mais nada a fazer.

Dezembro, 23
Todos os anos, por esta altura do calendário, boa parte da humanidade fica atarefada de tanta solidariedade despendida. Deseja-se a toda a gente felicidades, boa sorte e um futuro próspero. Entra-se em tréguas, quando se entra, nas frentes de guerra. Quase todos os pensamentos são dirigidos para os deserdados da terra e para as criancinhas menos afortunadas. Os anseios de paz ocupam, no íntimo de cada um, um lugar de tal importância que a Paz passou a constituir a prioridade

das prioridades para este mundo cansado de guerra... Assim acontece há séculos... E a guerra não se cansa nem se acaba. Nem a pobreza mata a fome ou diminui. Nem a riqueza, privilégio de uma minoria, deixa de ser cada vez mais escandalosa, arrogante e provocadora. Nem deixam as criancinhas de morrer à fome por todo o mundo, sobretudo no continente africano e asiático. Nem decrescem os deserdados da terra nem os sem abrigo. Só a esperança permanece viva e igual a si própria. Ela é, afinal, a única alavanca necessária para que todos os anos, por esta altura do calendário cristão, se renovem os desejos de Paz, Felicidade, Prosperidade... Só desta forma mais ou menos fácil, mais ou menos prática, ficam aparentemente apaziguadas as consciências mais agravadas, não só das pessoas, individualmente, mas também dos países mais poderosos cujas consciências colectivas são uma amálgama das consciências passadas e presentes pertença de todos os que contribuíram e contribuem para a sua génese como nação. Vivemos de palavras apenas? Em grande parte, sim. E de bombas. Principalmente de esperança! As palavras conseguem mostrar e esconder a realidade, consoante a intenção dos que as manipulam. As bombas conseguem esventrá-la, embora muitas vezes lançadas juntamente com uma bolsa repleta de alimentos para matar a fome aos que sem nada ficam à conta dos estragos que elas produzem. A esperança continua sendo o pão eterno dos que ainda ousam sonhar com uma mudança que se atarda e para muitos nunca chegará... Nesta quadra do ano, e salvando raríssimas excepções vive-se quase tão-só de palavreado, pomposo, açucarado, hipócrita – reverte muito mais a favor dos que o produzem do que daqueles a quem é endereçado. Em chegando o dia seguinte, tudo regressa à normalidade – a crua certeza do dia-a-dia, sem os espaventos de ternura fingida e da solidariedade amplificada pelos altifalantes da quadra. As criancinhas ficarão de remissa por mais um ano; os pobrezinhos mais pobres; os sem abrigo continuarão sem tecto e sem sopa; os ricos mais ricos; as bombas serão lançadas com ou sem bolsa de alimentos; o terrorismo, a nova e terrível arma do século e do milénio, só será debelado quando houver mais justiça e equidade entre os homens e o Médio-Oriente deixar de ser um foco constante de desentendimento, violência e de ódio fratricida entre dois povos biblicamente irmãos. A guerra não é boa conselheira, nem põe ponto final à violência, nem ao terrorismo. Só põe ponto final à Paz.

Dezembro, 24

Alta vai já a madrugada. Cantam galos aflitos querendo empurrar, com o bico alvissareiro, o pesadelo da noite fria de encontro à manhã. O sono que sobre as capelas dos olhos não desceu ou só pelo meu corpo passou com a pressa incontida de querer depois ser insónia, sem um cigarro sonhado para preenchê-la, entretê-la – trouxe-me uma dádiva. Eu, que não sou poeta, tenho o dom de adivinhar a poesia estampada nos olhos dos que têm a sua estrela neles bem hasteada. Não sei ao certo – os poetas usam relógios interiores que indicam horas diferentes: umas mais cheias, outras mais vazias, pouco monta – mas, à humana hora rotineira em que os pêndulos vulgares fazem oscilar o tempo por que se regulam os mortais, acordei em sobressalto, como se me tivessem arrombado a porta. Levantei-me ferido de um qualquer pressentimento, acendi a luz da sala e deparei, por debaixo da porta da rua, com um envelope grande, à primeira vista, pareceu-me conter papéis. De facto. Um livrinho e um papel gatafunhado. Ainda pensei que me tivesse afundado em sono ou sonho fundo, estendido de mansidão, e acordado em véspera de Natal, a época achocolatada dos presentes embrulhados em celofane de alguma hipocrisia. Não me enganei. Isto é, enganei-me no celofane embrulhado na hipocrisia ou esta naquele – a ordem dos factores é arbitrária... O que segurava afinal nas mãos em movimento alado era um invólucro atado de muita poesia e uma folha de papel gatafunhada, procurando dar uma explicação para o inexplicável. Manuel Leal! Poeta nascido em Coimbra em 1995, pelo menos com certidão de nascimento passada nessa data. O que não significa que não tivesse sido parido muito antes e por descuido ou esquecimento só se registasse naquela época, como certos pais antigos o faziam para evitar a coima da Conservatória. O meu amigo que habita um corpo com outro nome mais civil, mais cartão de contribuinte, que come e bebe como qualquer mortal, que rezinga e ainda por cima é mouco... Agora entendo tudo. A ilusória surdez é tão-só uma audição superior dos voláteis movimentos da opulenta paisagem interior que o povoa. Li o livrinho de um só trago, como um *calzins* de cachaça da terra em manhã enregelada. Não me sobrevieram gases nem enfartamento, nem sequer precisei de qualquer pastilha para eructar e reacender a digestão. Senti o livro como se tivesse sido parido das minhas próprias entranhas. Todo o caminho que neste instante percorro nos trilhos escorregadios que em mim se vão sulcando está delineado nestes poemas de amor, angústia, frustração... Como o poeta, sinto raiva de quem me roubou as palavras: usurpador da expressão em que gostaria de vazar os meus sentimentos coetâneos. Também me pesam estas quatro paredes, a cama vazia, onde a forma do corpo de Ela se vai dissipando lentamente. Anteontem ou transanteontem, igualmente me rasguei em pedaços que se soltaram em busca de qualquer coisa que está em mim – tu dizes que não está em ti, e eu acredito. É de facto injusta a repartição das horas, das minhas horas agónicas. E eu não tenho pequenos sinais para segui-la, por isso desespero da sua ausência. Será que rejubilarei num possível encontro ou asfixiar-me-ei sem ela, com o encontro já falecido? Mas tu o dizes, poeta, num vislumbre de esperança: "Se esperar é uma virtude, prefiro os defeitos da urgência." É que desespero da sua ausência e os dias escoam-se lentamente... Se a minha vida lhe pertence, é justo que ela a preencha. Só me resta aprender a esperar, mesmo quando Ela não vier... A minha vida continua a ser feita de esperas e de sábados!

DEZEMBRO, 31

A vontade de escrever sentida não me é bissexta como a escrita; só quando, nos anos do rei, executa a dança do ventre me caem todas as defesas: deixo então de lhe resistir e fico nela enleado como aranhiço em sua própria teia; nesses instantes de um prazer rasante à dor, situo-me mais rente a mim e acareado por ela em meu senti-la atraindo-me para os jogos preliminares do banquete dos sentidos que se vai seguir; não sei deslindar qual deles será o mais cativante, talvez ambos, assim como se torna impossível delimitar as fronteiras dos moldes em que será vazada a massa ígnea com que vou lavourando as palavras para se transfigurarem em magma e escrita, ou escrita de magma, cada estrema crescendo para a vizinha, invadindo-se reciprocamente, derriçando-se ou enriçando-se, acasalando-se por amor raramente espúrio, rumo a uma nebulosa cada vez mais espapaçada de sombra na qual só cabe a morte total de todas as balizas entre suas terras comarcãs. Cuidado, porém: a morte traz no peito uma carta de alforria, no sítio exacto da cicatriz ficada do recontro; nessa sintonia vai originar-se uma ressurreição seguida de outro aniquilamento, e assim por diante, até a nebulosa se tornar no cerne de toda a escrita, sem castas nem marcos, sem sentinelas nem espias...

ADENDA

ANOS MAIS TARDE

JUNHO, 16

Até amanhã Poeta bem-nascido! O confrade que cin-
giu teu silêncio na mesma madrugada de *ostinato rigore*
disse Até amanhã camaradas. Ao regressar às páginas
do romance já tinha sido trespassado por uma bala. No
íntimo do volume há-de crescer enquanto o livro des-
cansa na estante à espera de quem o namore e o eleja
como respiração boca a boca. Dois dias antes outro a
quem o sonho abrasara por ter proferido palavras
interditas e indicado os lugares do lume também se
deixou submergir na véspera da água. Meu Pai disse
até logo e logo minha Mãe se assentou sobre o tampo
do tempo aguardando. Tão longa a espera. Catorze
anos menos dois meses. E alguns dias. Finda delonga
tamanha achaste que devias ausentar-te. Nada disseste
de tua derrota e uma noite desceste do palco descalça e
em silêncio. Quieta seria a noite de novembro mês que
tanto amaste e em que me concebeste em teu ventre
sagrado de sémen. Saí de tuas entranhas manchado do
pecado original de amar a vida e a ti e a Ilha e a Mulher
sobre todas as coisas visíveis e invisíveis. Mãe, entraste
subitânea na rota do obscuro domínio, o outro nome da
terra, sem uma queixa – apenas uma sílaba ferida de

síncope. Sempre fizeste da palavra o alimento poupado do nosso sustento, o pão da palavra que teu filho mais tarde havia de exaltar sem que ninguém se acercasse. O peso da sombra não consegue anoitecer a matéria solar de vossa arquitectura, ó astros do meu íntimo e humano firmamento! As mãos e os frutos incessantemente reconstroem a memória de outro rio e amotinados conspiram contra a obscuridade de o reino imóvel onde juntos coabitais o coração do dia. Um dia seremos árvores com a maternal cumplicidade do verão, escreveste tu meu Poeta bem-nascido! Passaste a vida sempre rente ao dizer o indizível. Subiste as vertentes do olhar para de lá contemplares branco no branco o limiar dos pássaros para que a escrita da terra, esse ofício de paciência, se rociasse no mar de setembro ou nos afluentes do silêncio agora instalando teu rosto precário à sombra da memória que os amantes sem dinheiro, o rosto aberto a quem passava, armaram nos jardins onde a lua passeava de mãos dadas com a água e um anjo de pedra por irmão. O sal da língua espera que a palavra amadureça e se desprenda como um fruto ao passar do vento que a mereça.

SETEMBRO, 26

Ainda me encontro na Ilha, um dos meus sonhos mais recentes e esdrúxulos. Violentos, como mandam as regras de um temperamento apaixonado. Terei conserto? E bate-me uma voz de encontro aos ouvidos ainda cândidos. Meu Pai. Encontra-se na sua tenda de serralheiro, noutra Ilha, desenganando um freguês aflito: – "Esta roçadeira já não tem conserto; só uma nova; mas só para a semana..." Como eu! Oxalá me possa atamancar com uma soldadura, um rebite ou um subtil toque da pequena marreta de bola – na Banda do Além estes milagres devem ser naturais – e não seja mais um dos que ao longo da vida me têm servido de pastagem onde tenho retouçado as ilusões que a minha energia anímica ainda continua gerando. Seguem-se as desilusões, sem que as serralheiras mãos de meu Pai me possam valer. Escrevo na casa de pedra basáltica, cheirando à criptoméria com que foram entabuladas, por dentro, as paredes espessas. Têm a mesma bitola com que os primevos cabouqueiros alicerçaram a basáltica sintaxe das Ilhas. Numa delas mamei, com o leite materno, os primeiros sismos e ventos da minha ainda sem-memória. Ficaram gravados num cromossoma nómada que ainda circula e me atormenta. Recolhi à rota da origem. Não à primordial, mas a uma outra que cuido irá abastecer-me de todos os biscoitos de espécie das Índias. Na Ilha em frente ainda se fabricam e servem de sustento ao ilhéu que vagabundeia por sobre os mares de terra deste mundo. Parto logo à noitinha. Em pensamento! Vou de rumo feito a Oeste, aí onde ficam outras índias. Antes de me ir embora, quis a manhã ficar radiosa – meia manhã espreguiçada num cenário de luz embaralhado de tantas cores! A Montanha toda desvelada, sensual, para que aos olhos e à imaginação não faltem o pão e o vinho do deslumbramento. A atmosfera diáfana já em seu bibe escolar de Outono precavido para a vindima. As *despedidas-de--verão*, ou, dizendo à moda da Ilha, *meninas-para-a--escola*, ou *bordões de São José*, ou *beladonas* dão gritinhos em tom róseo nas bermas das estradas e acendem os olhos de cromática melodia. Zarpo após uma noite de viagem toda ela interior, intensa, como amo, e recapitulada, a ferver de insónia. Principiou em Coimbra, principia sempre, passou pelo aeroporto de Lisboa, num rápido *check-in* sujeito a pagamento por excesso de bagagem emocional, logo depois São Miguel para um lesto transbordo. Antes sobrevoara-a a partir da ponta de Nordeste, a Ilha Velha, ao longo de toda a costa sul, com suas vilas e freguesias e ilhéus dormitando ao primeiro sol do dia adivinhado de promessas e de verdes de variegadas tonalidades. É assim que ela é formosa – *música e peleja ao longe se veja* – sobretudo se ela se patenteia desculpada de nuvens carrancudas e peganhentos nevoeiros baixos... Contas velhas por saldar em minha jurisprudência doméstica. Neste momento, a tarde já a principiar, escrevo com a Ilha de São Jorge atravessando-me, na sua montanhosa e quase total compridão arroxeada, a janela de guilhotina junto à qual escrevo, penso, pingo sono por todos os poros, e ouço notícias sobre o furacão que vem da América... Olho de novo São Jorge. Deixo poisar os olhos e a imaginação pelas suas encostas ravinosas e escorrego-os pelas fajãs e vilas e freguesias que branquejam dos Rosais, passando pelas Manadas e Calheta, seguindo até à ponta do Topo. Estou instalado no cerne de um primordial silêncio envolto por um mar macio e estanhado. Apenas um milhafre pairando, insulado, a meia altura, e dois golfinhos folgando nas pacíficas águas do canal. Uma solidão requintada em que apetece amortecer todos os motins ridículos da mente confundida. Sozinho como sempre. Nasci assim e da mesma arte hei-de morrer. O velho lugar-comum. Entre as duas fronteiras, não me sentiria mal se perfilhasse ou partilhasse o vinho da eucaristia pagã do corpo de Ela. Da sua presença. Estou farto da fome da sua palavra enfeitiçada e de seus olhos calados – dizem tantas coisas mais. Tenho-a enfaíscada no tampo desolado da mesa-de-cabeceira. Ascende-me tristeza à boca como um suco urgente e fundamental, faz-me esvoaçar as velas do desvario. Continuo só, sentado num banco implantado na medula deste aprazível isolamento. Neste instante quebra-se na quilha de um barco rumando à misteriosa Ilha em frente. O sono pinga-me de algures como ranho antigo de nariz com defluxo. Boas horas de esperar pelo vento, tenho saudades dele. Não como o dos furacões californianos, mas de outro mais brando e humanizado. Deve estar por aí a soprar. Quero abraçá-lo. O velho vento de Oeste, o meu ponto cardeal mais íntimo. Vou rumar ao seu encontro à hora do alpardusco. Já não vou encontrar minha Mãe esperando-me, a mesa posta com o jantar da chegada. Levou todo o santo dia a prepará-lo, sozinha, à sua maneira. Quase há um ano! Nem sequer disse *até logo, se Deus quiser*, como meu Pai ao sair a porta para ir morrer meia hora mais diante. Minha Mãe sempre foi muito poupada. Nas palavras também... Hoje decorria a data do teu aniversário, Mãe. No reino onde te encontras o tempo não existe mais e quem lá habita fica com a derradeira idade que tinha à hora do desenlace. Os mortos ficam sempre com a mesma idade. Sei que, neste lado de cá, não gostavas que te dessem os parabéns no teu dia natalício. Dizias que se tratava de uma contradição. Lá terias as tuas razões. Como não te telefono (trouxe comigo como recordação o aparelho vermelho a partir do qual me falavas todas as semanas), dou-tos no meu íntimo: mais não será do que um prolongamento do teu que me deixaste em herança, minha Mãe.

Acabado de rever na Ilha do Pico em 22 de Abril de 2007

ÍNDICE ONOMÁSTICO

Adónis	11, 156, 157, 160, 164, 179, 182
Adriana	273
Aguiar (Francisco José)	99, 136, 143, 148
Aguiar (Mónica)	217
Alegre (Manuel)	127, 187, 260, 283, 306, 307, 308
Alvarez (Eloísa)	13
Amiel (Henri-Frederic)	20
André (Carlos)	75, 102,104, 107, 109, 116, 131, 147, 148, 185, 190, 194, 294
Antunes (A. Lobo)	265
Arede (Zé)	142, 144
Arnaut (Ana Paula)	10
Bíblia	59, 152, 284, 309
Campar (António)	190, 215
Castelo-Branco (Camilo)	283
Castro (Adelino de)	112, 178, 190, 196
Castro (Inês de)	22, 23, 24, 291, 292
Coimbra (Natércia)	200
Cunha (Lúcio)	215
D. Prudência	12, 149, 150, 151, 152, 153, 154
Doutor Alemão	154, 230
Eufrásio	117, 119
Eunice	53
Faria (José Augusto)	23

Ferreira (Vergílio)	94, 191, 282, 283, 285
Garrett (Almeida)	106, 128
Hemingway (Ernest)	31
Isquininho	53, 54, 55
Júlio Dinis	283
Lopes (Óscar)	75
Madeira (Viriato)	111, 117, 118, 161, 167, 173, 174, 185, 203, 243
Martins (Cristina)	69, 113, 133, 142, 193, 294
Medeiros (José Augusto)	52, 54, 55, 115, 129, 130, 132, 134, 135, 163, 164, 182, 188, 197, 285
Medeiros (Walter de)	164
Mesquita (Mário)	90, 107, 110, 119, 127, 130, 166, 175, 181, 182, 296, 299, 305
Monalisa	53
Moreira (João Paulo)	45, 61, 62, 129, 189, 193, 213, 215, 274, 294, 295
Mourão-Ferreira (David)	148, 154, 155, 186, 187, 198
Nemésio (Vitorino)	124, 207, 124, 125, 253
Oliva (João Luís)	107, 110, 130, 135, 137, 142, 143, 144, 165, 199, 213, 224
Pavão (José de Almeida)	114, 116, 117, 118
Pereira da Costa (Vasco)	122, 178, 190, 196
Pirouz	213, 224
Pitão	53
Queiroz (Eça)	283, 284
Quintela (Paulo)	125, 198, 284
Régio (José)	20, 281, 283
Reis (Carlos)	148, 154
Resende (António)	75, 163, 188, 189, 190, 294
Ribeiro (Aquilino)	73, 136, 141, 282, 283, 285
Saraiva (António José)	75
Sarton (May)	20
Tavares (Maria Alice)	59, 143, 217, 220, 223, 224

Tina	53
Tio Fernando	200
Torga (Miguel)	15, 72, 244, 255, 283, 285, 311
Torres (Victor)	64, 165, 174, 183, 184, 212, 287, 307
Vale (Fernando do)	188
Vasconcelos (Leite de)	22
Viegas (Mário)	105
Wallenstein (Carlos)	292, 293
Woolf (Virgínia)	20
Zé Peidão	12, 150, 151, 154